किसी अप्रिय घटना का समाचार नहीं

किसी अप्रिय घटना का समाचार नहीं

स्वदेश दीपक

वाणी प्रकाशन

प्रकाशन के उत्कृष्टतम 61 वर्ष

vaniprakashan.com

पेपरबैक पहला संस्करण : 2024

वाणी प्रकाशन

4695, 21-ए, दरियागंज, नयी दिल्ली-110 002

फ़ोन : +91 11 23273167, 23275710

शाखाएँ

अशोक राजपथ, पटना-800 004, बिहार

कॉफ़ी हाउस कैम्पस, महात्मा गांधी मार्ग, इलाहाबाद-211 001, उत्तर प्रदेश

महात्मा गांधी अन्तरराष्ट्रीय हिन्दी विश्वविद्यालय, वर्धा-442 001, महाराष्ट्र

36/ए, शेक्सपियर सरणी, रानी बिरला गर्ल्स कॉलेज के पास, कोलकाता-700 017, प. बंगाल

sales@vaniprakashan.in

vaniprakashan@gmail.com

Kisi Apriya Ghatna ka Samachar Nahin

by Swadesh Deepak

ISBN : 978-93-5775-852-9

Collection of Stories

मूल्य : ₹ 299

आर. टेक ऑफ़सेट प्रिंटर्स, दिल्ली-110 032 में मुद्रित

वाणी प्रकाशन का लोगो मक़बूल फ़िदा हुसेन की कूची से

अनुक्रम

चौधरी साहब ने उसे नीचे से ऊपर घूरकर देखा। कुरता–पाजामा, दाढ़ी बढ़ी हुई। अफ़सर नहीं, इसलिए जवाब देना ज़रूरी नहीं समझा। तभी मज़दूरों के पास खड़ा हवलदार वहाँ आया–"साहब, इन मज़दूरों को गांधी मंडी से पकड़कर लाया हूँ। सारे दिन का काम है, इन्हें दिहाड़ी कहाँ से देनी है?"

"ऐसे कर, आधी तनख़्वाह मैं डालता हूँ और आधी तू डाल और दे दे दिहाड़ी। तुझे हवलदार किसने बनाया है? चाय–वाय पिला देना और छोड़ आना गांधी मंडी। कोई दिहाड़ी माँगे तो कहना, थाने आकर ले जाये।" सब–इंस्पेक्टर ने रूमाल से मुँह पोंछा। हवलदार मज़दूरों के पास खिसक गया।

"आप यहाँ खड़े क्या देख रहे हैं? जाइए, अपना काम कीजिए।" यह घुड़की सुनकर वह तीसरी कोठी की तरफ़ चल पड़ा, जहाँ आज सिगरेट–चाय की रेढ़ी लगी है।

वह रेढ़ी के पास पहुँचा। बूढ़े के दो हाथ, जो इस वक़्त हमेशा मशीन की तरह चलते हैं, घुटने पर धरे–के–धरे। लगातार सर्दी–गर्मी में खुले में बैठकर काम करने के कारण शरीर का रंग ताँबे की तरह तपा हुआ। लेकिन आज आँखें लाल क्यों?

"बाबा, क्या हो रहा है? आज बड़े चुप हो।"

"होना क्या है, साहब, नसीब को रो रहे हैं?" बूढ़े की आवाज़ में ग़ुस्सा है, हार की मार नहीं।

"लेकिन आज रेढ़ी यहाँ क्यों लगा ली?"

"पुलिसवालों ने वहाँ से उठवा दी। परसों प्रधानमन्त्री जी आ रहे हैं। इसी सड़क से भाषणवाले मैदान में जायेंगे।"

"अच्छा! प्रधानमन्त्री आ रहे हैं? अख़बारों में तो ख़बर आयी नहीं।"

"स्कोरटी, साहब, स्कोरटी। पहले थोड़ा बताएँगे? मुझ बूढ़े को भी इसी वजह से वहाँ से उठा दिया। मैंने कहा, 'भाई, परसों आ रहे हैं, तो परसों सवेरे रेढ़ी हटा लूँगा।' आप तो जानो, पुलिसवाले भी हमसे सिगरेट–बीड़ी लेवें। जानते हैं। बताया कि बाबा, आज दिल्ली से स्कोरटीवाले चैकिंग करने आयेंगे। उन्हें कौन समझाये! इसलिए तीन दिन के लिए छू–मन्तर हो जाओ।"

"कहते तो ठीक हैं, बाबा! आज के हालात देखते हुए सुरक्षा के कड़े बन्दोबस्त ज़रूरी हैं।"

"साहब, बुरा मत मानना, आपसे उम्र में बड़ा हूँ। बहुत सारे नेता और प्रधानमन्त्री देखे हैं, लेकिन किसी ने आज तक पेट पर लात नहीं मारी। पण्डित जवाहरलाल नेहरू तो खुली कार में सफ़र करते थे। बँटवारे के दिनों के बाद कई बार यहाँ आये। बहुत बड़ा रफूजी कैम्प लगा था। जहाँ भीड़ देखते, कार से कूद पड़ते। ख़ुद मुझे उन्होंने कन्धे पर थपथपाया, हाथ मिलाया था।" उसका सीना गर्व से कुछ इंच चौड़ा हो गया। मुझे एक सिगरेट पकड़ायी।

"साहब, अपनी कोठीवाले दोस्तों को बता देना। तीन दिन रेढ़ी यहाँ लगेगी। कुछ ग्राहक तो आयें। बोर्डवालों को रोज़ पाँच रुपये चढ़ावा चढ़ाना है।"

"चढ़ावा क्यों? रेढ़ी लगाने का लाइसेंस जो है।"

"अरे साहब, लाइसेंस चाटना है क्या? रेढ़ी कहाँ लगानी है, इसकी जगह की मंजूरी तो वही देंगे न। अगले साल इस जगह का चढ़ावा दस रुपये रोज़ कर रहे हैं। देने हैं तो दो, नहीं तो रेढ़ी लगाने वाले और बहुत।" उसने पान लगाना शुरू कर दिया।

"बाबा, मैं तो पान खाता नहीं।"

"आज खा लेना, साहब! ससुरे ग़रीब के हाथ न चलें, तो लकवा मार जाता है। अच्छा साहब, एक बात बताओ। जो कोई हमारे पेट पर लात मारे, क्या हम उसे वोट दें? नहीं देनी चाहिए न? मेरे घर और मुहल्ले की सौ से ऊपर वोटें हैं। मजाल है, कांगरस पार्टी को एक भी डाल जायें। ये रिक्शेवाले, जिन्हें सड़कों से तीन दिन के लिए भगा दिया गया है, डालेंगे वोट इनको? साहब, मेरी बात पत्थर पर लकीर समझो। इस बार चौधरी देवीलाल वाली पार्टी कांगरस को जड़ से न उखाड़ दे, तो मैं अपने पेशाब से अपनी मूँछें धो लूँ। साहब, प्रधानमन्त्री अच्छे मेहमान हैं! पहली बार हमारे शहर आ रहे हैं, तो तीन दिन के लिए हम ग़रीबों का खाना–पीना बन्द!"

एक पुलिसवाला रेढ़ी के पास आया–"चाचा, एक बंडल बीड़ी दे। और सुन, मैं तेरे पक्के ग्राहकों को बताता जा रहा हूँ कि रेढ़ी यहाँ लगी है। सारे आ जायेंगे।"

"भगवान तेरा भला करे, वीरा! अच्छा, यह तो बता, सड़कें क्यों तोड़ रहे हैं?"

"चाचा, स्पीड ब्रेकर की वजह से गाड़ी की स्पीड कम करनी पड़ती है। तोड़ इसलिए रहे हैं कि प्रधानमन्त्री की कार धीमी न करनी पड़े,

जन्नाटे–से निकल जाये। ख़तरा है, ख़तरा।" पुलिसवाले ने व्यंग्य से मुसकराकर यह आख़िरी बात बतायी।

वह काम पर जाने के लिए दस बजे स्कूटर पर घर से निकला। बड़े चौक पर, उसे पता है, गतिरोधक अभी तक तोड़े जा रहे होंगे, इसलिए कोठी के पीछेवाले रास्ते से निकलकर छोटे चौक की तरफ़ मुड़ा, जो बड़ी सड़क से लगता है। लेकिन स्कूटर रोकना पड़ा, क्योंकि सड़क पर तीन ट्रक आड़े खड़े करके इसे बन्द कर दिया गया है। उसने पेड़ के नीचे स्कूटर खड़ा किया। कच्ची सड़क से पैदल निकलकर ट्रक पार किये। सड़क किनारे खड़े सिपाही से पूछा–"क्यों, भाई! ट्रकों से सड़क क्यों बन्द कर दी?"

"बाऊ जी, प्रधानमन्त्री आ रहे हैं।"

"लेकिन वे तो आज नहीं आ रहे हैं।"

"तो क्या? रिहर्सल हो रहा है। सड़क बारह बजे तक बन्द रहेगी। अगली सड़क से निकल जाओ।"

"अगली सड़क खुली होगी न? दफ़्तर पहुँचना है।"

"मैं क्या जानूँ? मेरी ड्यूटी तो इस सड़क को बन्द रखने की है। मेरी मानो तो आज पैदल ही निकल जाओ। स्कूटर किसी–न–किसी बहाने धर लेंगे।"

"लेकिन दफ़्तर तो दो किलोमीटर दूर है।"

"बाऊ जी, पैदल चलने से आज तक कोई मरा है क्या? मुझे देखो, तीन घण्टे से चल रहा हूँ, टाँगें लोहे की तरह मज़बूत..." उसने बात बीच में छोड़ दी। सड़क पर तेज़ी–से आती पुलिस की जीप देखकर एकदम सावधान की मुद्रा में खड़ा हो गया। बन्दूक़ कन्धे पर। जीप जन्नाटे–से पास से निकल गयी। अन्दर बैठे पी–कैप डाले, धूप का चश्मा लगाये अफ़सर ने सैल्यूट देते सिपाही की तरफ़ देखा तक नहीं।

सुबह की सैर के दोस्त, रिटायर्ड जज की बात उसे याद आ गयी। जाने किस सन्दर्भ में बताया था–आई.ए.एस. और आई.पी.एस. तीन जादुई अक्षर...मैजिक लैटर्स होते हैं। नाम के साथ जब ये लग जायें, तो आदमी का कायाकल्प हो जाता है। आदमियों की क़तार से निकलकर वह देवताओं, सुपरमैन की क़तार में जा बैठता है। एक साल की ट्रेनिंग के बाद ज़िले का सबसे योग्य आदमी–जज से, डॉक्टर से, वाइस चांसलर

से, हर आदमी से बड़ा और योग्य, जिसके आगे सब जवाबदेह हैं, लेकिन वह किसी के आगे नहीं। देश के यही असली शासक, अपनी सरकारी ताक़त से लगातार मस्ताये हाथी की तरह झूमते।

वह वापस मुड़ा कि स्कूटर घर रखे और पैदल काम पर जाये। पीछे से सिपाही ने आवाज़ देकर पूछा–"अरे! कौण काम करो?"

"कॉलेज में पढ़ाता हूँ।"

"अरे गुरु जी! तो पहले क्यों न बताया? आप कच्चे से पैदल स्कूटर निकाल लो, फिर इसी सड़क से कॉलेज निकल जाओ। ससुरी जीपों के चलने से सड़क न घिसी, स्कूटर से क्या घिस जायेगी?"

वह स्कूटर आड़े खड़े ट्रकों के पीछे से आगे पक्की सड़क पर लाया। ऊपर बैठकर किकें मारीं, स्टार्ट नहीं हुआ। स्टैंड पर खड़ा किया। किक मारी। मरियल–सी फट–फट और स्कूटर बन्द।

"गुरु जी, ओवर हो गया।" सिपाही ने स्कूटर एक ओर झुकाया, तड़ातड़ किकें मारीं। स्टार्ट हो गया। "कहा न गुरु जी, ओवर हो गया। सुसरा सरकार की तरह है। तड़ातड़ मारो, तो ही चले।"

"कहाँ से आये हो, भाई?"

"न ही पूछो, गुरु जी! सारे हरियाणे की पुलिस जगह–जगह से यहाँ आ गयी है।"

"खाने–ठहरने का क्या इन्तज़ाम है?"

"ख़ूब पूछी, गुरु जी! अरे, यहाँ सड़क के किनारे सोएँगे, यहीं हगें–मूतेंगे, सुबह नल के पानी से मुँह धोकर फिर गश्त शुरू। सुसरे जनावर जो ठहरे! आप यहाँ के एम.एल.ए. से कहकर जो नया तीन स्टार सरकारी होटल खुला है, वहाँ ठहरा दो न?" उसने छेड़खानी की!

वह कॉलेज पहुँचा। आजकल गर्मी की छुट्टियाँ हैं, लेकिन वार्षिक परीक्षाएँ चल रही हैं। प्रिंसिपल ने बताया कि कल और परसों दोपहर दो से पाँच परीक्षाएँ नहीं होंगी। उसने कहा, "लेकिन प्रधानमन्त्री तो परसों आ रहे हैं। कल परीक्षा–केन्द्र बन्द करने का क्या तुक?"

"शर्मा जी, प्रधानमन्त्री का क्या? हो सकता है, कल ही आ जायें! वह किसी के नौकर तो नहीं कि जब कहें, तभी आयें। परीक्षा–केन्द्र बन्द करने की वजह पूछनी है, तो आप डिप्टी–कमिश्नर से फ़ोन कर बात कर लो। उन्होंने ही फ़ोन पर ऑर्डर दिया है। आप समझते क्यों नहीं,

हालात नाजुक हैं। प्रधानमन्त्री दोपहर बाद आ रहे हैं। कॉलेज के सामने की सड़क से गुज़रेंगे। एग्ज़ाम देने वाले लड़कों की भीड़ लगी होगी न सड़क पर। उनकी सिक्योरिटी इम्पॉर्टेंट है कि लड़कों की परीक्षा?" बात करते हुए प्रिंसिपल के चेहरे पर तेज़ आ गया, कन्धे चौड़े हो गये जैसे प्रधानमन्त्री की सुरक्षा का एक बहुत बड़ा भार उन पर भी आ पड़ा हो।

वह स्टाफ़रूम में आया। घर जाकर भी क्या करना है। संस्कृत के प्राध्यापक से कहा–"पण्डित जी, प्रधानमन्त्री आ रहे हैं। हाथवाले झण्डे ही झण्डे उग आये हैं शहर भर में।"

"शर्मा जी, उन कीलों का क्या होगा, जो पाँच साल पहले लोगों की आत्माओं में कांग्रेस ने गाड़ दी थीं। एम.एल.ए. कम होने पर भी राज झपट लिया। उस सामूहिक अपमान का बदला तो लोग लेंगे ही। अंग्रेज़ी में कहते हैं न कि माँ–बाप के पापों, कुकर्मों का फल सन्तान को भोगना पड़ता है।"

"एक पार्टी गयी, उसकी जगह वैसी ही दूसरी आ गयी, तो क्या फ़र्क़ पड़ता है! यह कोई क्रान्ति हुई क्या?" अंग्रेज़ी के प्राध्यापक, जो शौक़िया साम्यवादी हैं, नाक चढ़ाकर बोले।

"क्यों साहब, दुश्मन घर के आगे बैठा हो, उसे मारना ज़रूरी है कि पहले रूस से सलाह लेना कि बताइए, क्रान्ति लाने का वैज्ञानिक तरीक़ा क्या है? लोगों के मनोविज्ञान की ऐसी–तैसी! उन्हें हमारा विज्ञान जिधर चाहे हाँक लेगा, धकेल देगा।" पंजाबी के प्राध्यापक ने जलकर अंग्रेज़ीवाले की बोलती बन्द करनी चाही।

"लेकिन साहब, पिछले सालों में तो हरियाणा में कोई जुल्म नहीं हुआ। मेरी बात लिख लें। कांग्रेस और विरोधी दल की बराबर–बराबर सीटें आयेंगी।" अंग्रेज़ीवाले ने बात बदली, जैसे कि शौक़िया साम्यवादी अक्सर करते हैं।

"आपने शायद सुना नहीं, बोया पेड़ बबूल का आम कहाँ ते होय।" संस्कृतवाले ने हँसकर कहा।

"लेकिन पार्लियामेंट के चुनाव तो इन्हीं की लीडरशिप में जीते गये थे। रिजाउंडिंग विक्टरी!" अंग्रेज़ीवाले ने तीर चलाया।

"तब तो माँ मरी थी, अब किसे मरवायेंगें? रह गया कोई मरकर सिर पर ताज रखने वाला?" पंजाबीवाले ने सबको घूरकर देखा और स्टाफ़ रूम से बाहिर निकल गया।

"पण्डित जी, वह बबूल और आमवाले दोहे का अर्थ तो समझा दें।" अंग्रेज़ीवाला कमीनगी पर उतर आया।

"अर्थ तो आप जैसे मानसिक गुलामों को तब समझ आयेगा जब अनर्थ होगा। चिन्ता मत करें। लोगों ने थैली के बैंगनों को फेंकना शुरू कर दिया है।" वह भी बाहिर निकल गये।

"आज सब बड़ी गर्मी में हैं।" अंग्रेज़ीवाले ने लटके मुँह से कहा।

"सारे देश को बुख़ार चढ़ चुका है और आपको आज गर्मी लगी? घर जाकर कूलर के सामने बैठिए न?" और वह भी स्टाफ़ रूम से उठ गया।

सुबह की सैर से वह रिटायर्ड जज साहब लौटे, तो ठिठककर चौक पर खड़े हो गये। किनारे पर लगे लगभग सौ साल बूढ़े पेड़ पर कुछ मज़दूर चढ़े, इसकी शाखाएँ, तने काट रहे थे। इसके साये में रेढ़ीवाला बाबा चाय–सिगरेट की रेढ़ी लगाता है, रिक्शावाले धूप–बारिश से बचने के लिए ओट लेते हैं, लोकल बस पकड़ने के लिए लोग, स्कूली बच्चे–बच्चियाँ खड़े होते हैं। आज इसी पेड़ को काटा जा रहा है।

जज साहब ने एक सिपाही से पूछा कि पेड़ क्यों कटवाया जा रहा है? सिपाही आवाज़ से, सवाल पूछने के ढंग से ही समझ गया कि कोई अफ़सर होगा। नौकर की नाक हमेशा तेज़ होती है, सूँघकर ही मालिक को पहचानने में निपुण। उसने बताया कि दिल्ली से स्कोरटीवाले आये थे। पेड़ इतना बड़ा और घना है कि इस पर छिपकर कोई भी बैठ सकता है, इसलिए ऑर्डर दिया कि इसे काट दो। काट रहे हैं।

वे दोनों वहाँ से आगे निकले। जज साहब ने कहा–"आपको पता है, इस पेड़ की क्या उम्र होगी?" उसने 'न' में सिर हिलाया।

"जितनी उम्र इस छावनी की है, सौ साल से ऊपर। अंग्रेज़ बाहिर से आये थे, फिर वे भी देश की गर्मी से वाकिफ़ हो गये। सड़क के किनारे सायेदार पेड़ लगवाये–शीशम, नीम, पीपल। अब हाल देखिए... यहाँ से दिल्ली तक कोई सायेदार पेड़ नहीं मिलेगा। बस, लगाइए युक्लिप्टस, बेचिए, पैसे कमाइए। सरकार एक दुकानदार हो गयी है, सिर्फ़ मुनाफ़े के लिए खोली गयी दुकान..." वह अपनी कोठी के गेट के पास रुके। उसे पता है, अपनी बात का निचोड़–वाक्य कहेंगे, आदतन। जज साहब उदास आवाज़ में बोले, आशाहीन आवाज़ में, 'देश एक सायेदार

पेड़ होता है। कश्मीर से यह पेड़ कटना शुरू हुआ, पंजाब में कट रहा है, कन्याकुमारी तक शायद जल्दी ही कट जाये। तब लोग ज़िन्दा तो रहेंगे क्योंकि उन्हें ज़िन्दा रहना है, लेकिन यह ज़िन्दगी बिना सायेदार पेड़ की ज़िन्दगी होगी, हमेशा तपती, झुलसती हुई ज़िन्दगी।" और वह अपने घर की ओर मुड़ गये, बिना हाथ मिलाये या अलविदा कहे।

आज कहीं नहीं जाना, सुबह से अख़बार चाटता रहा, जिसमें मरने वालों के ब्यौरे थे, कहाँ कितने मरे! फिर वह आँखें मूँदकर लेट गया, सोया नहीं। मन में पेड़ उगते रहे, कटते रहे। बारह बजे के आसपास बाहिर रिक्शा रुकी। पत्नी स्कूल से इतनी जल्दी कैसे लौट आयी? स्कूल तो दो बजे बन्द होता है, ख़ैर तो है? वह कमरे से निकला, बरामदे में आया–"आज जल्दी छुट्टी हो गयी!"

"हाँ, प्रधानमन्त्री आ रहे हैं। स्कूल के बच्चों की सड़क पर भीड़ न लगे, इसलिए पहले छुट्टी कर दी।"

"लेकिन उन्होंने तो कल आना है।"

"नहीं, आज ही तीन बजे आ रहे हैं। सिक्योरिटी की वजह से उनके कल आने की बात उड़ायी गयी थी।"

खाना खाते हुए छोटा लड़का, जो तीसरी क्लास में पढ़ता है, रुक गया।

"क्या हुआ? अभी तो एक रोटी भी नहीं खायी!"

"मैं प्राइम मिनिस्टर को देखूँगा।" उसे अंग्रेज़ी शब्द बोलने की आदत अभी से पड़ रही है।

"चुपचाप खाना खाओ। प्रधानमन्त्री को कोई नहीं देख सकता।" वह खीजी हुई आवाज़ में बोला।

"पापा, झूठ नहीं बोलते। हाँ, क्रॉसिंग पर लोग खड़े हैं। मैं भी देखूँगा।"

"नहीं गर्मी है।"

"अरे दिखा दो, बच्चा है। घर के बाहिर ही तो चौक है, जहाँ से उनकी कार गुज़रेगी।"

"ठीक है। अभी सो जाओ, पाँच बजे ले चलूँगा।"

"लेकिन प्रधानमन्त्री तो तीन बजे आ रहे हैं।" पत्नी ने टोका।

उसे थोड़ा–सा गुस्सा आ गया, शब्द चबा–चबाकर कहा, "तुम उनकी पी.ए. लगती हो क्या? कल लाउडस्पीकर पर आने का समय पाँच बजे बताया था कि नहीं?"

"महाराज, घर से बाहिर भी निकल लिया करो। सुबह से मुनादी हो रही है कि तीन बजे आयेंगे।" पत्नी जब उसकी ग़लती पकड़ती है, तो 'महाराज' बुलाकर छेड़ेगी।

"लेकिन कल...! ग़लत टाइम बताने की तुक?"

"सिक्योरिटी!" पत्नी ने एकदम गम्भीर होकर कहा।

उसने चुप रहना ही मुनासिब समझा। 'सुरक्षा' शब्द का वज़न आजकल बढ़ रहा है, क़द भी? लगता है, भाईचारा, मेल–जोल, जन–सम्पर्क, गरमजोशी, स्नेह आदि सब शब्दों को यह शब्द खा गया है। वह दिन दूर नहीं, जब शब्दकोश में सिर्फ़ एक शब्द रह जायेगा–'सुरक्षा, सिक्योरिटी'।

वह लड़के के साथ चौक पर पहुँचा। मुश्किल से चालीस–पचास लोग वहाँ होंगे, वे भी शायद कांग्रेस के कार्यकर्ता, क्योंकि उनके चेहरों पर निश्चित पराजय की मोहरें लगी हुई थीं। आज चौक पर सूरज की गर्मी और धूप धरना देकर बैठी हुई थी, क्योंकि सूरज का दुश्मन नीम का पेड़ कट चुका था। सूरज किसी विजेता की तरह काले मोटे तने पर कुल्हाड़ियों से उग आये सफ़ेद घावों पर अपनी किरचें चुभाता हुआ। लड़का हैरान! आज यहाँ धूप कैसे? ऊपर देखा, पेड़ कटा हुआ, बिल्कुल निबाँहा।

"पेड़ किसने काटा?"

"प्रधानमन्त्री आ रहे हैं।" वहीं पास खड़े रेढ़ीवाले बाबा ने बताया।

"बाबा, पान खिलाओ।" लड़के ने आदतन कहा। आज बाबा ने शरारत से पूछा नहीं कि कौन–से नंबर के तम्बाकू वाला पान! सिर्फ़ 'नहीं' कहा।

"नहीं क्यों? सात नंबर वाला पान लगाओ।"

"नहीं, आज प्रधानमन्त्री आ रहे हैं। दुकान बन्द!"

सड़क पर एक नयी–निकोरी जीप लगातार घूम रही है। छोटी–सी भीड़ के पास रुकी। धूपचश्मा डाले युवा पुलिस अफ़सर नीचे उतरा। उसने लोगों को घूरकर देखा–तुम्हारी ऐसी की तैसी वाले अन्दाज़ में। एकदम कड़कती आवाज़ में आज्ञा दी, "सड़क से बीस फुट दूर हो जाओ!"

लोग पीछे हटे। किसी की आवाज़ आयी कि इतनी दूर से बन्द कार में बैठे प्रधानमन्त्री के दर्शन कैसे होंगे?

उसने गैण्डे की तरह गर्दन घुमायी, आवाज़ के साथ चेहरा जोड़ने की कोशिश में। उसे पता नहीं लग सकता कि किसने उसकी आज्ञा पर एतराज़ किया, इसलिए सामूहिक भभका मारा–"कराऊँ दर्शन तुम लोगों को!"

वह जीप में बैठा, जीप आगे निकल गयी। एक सिपाही ने दूसरे को बताया कि नया ए.एस.पी. है। दूसरे को शायद इस रैंक का मतलब समझ नहीं आया। पहले ने समझाया–"अतिरिक्त पुलिस अधीक्षक। ट्रेनिंग के बाद इन्हें एस.पी. साहब के साथ लगाया जाता है, ज़िले का काम सीखने के लिए। ताक़त का नया–नया नशा पचता नहीं। सुबह से काट खाने को हुआ पड़ा है। चौक से हवाई–अड्डे तक की सड़क पर सुरक्षा की ज़िम्मेदारी इसकी है।"

बड़ी सड़क तो ख़ाली है, लेकिन दो पहुँच–सड़कों पर सौ गज़ दूर ही सारा ट्रैफ़िक रोक दिया गया है। अपनी कारों, स्कूटरों और साइकिलों से उतरकर लोग चौक की तरफ़ आ गये हैं।

तभी एक साइकिल पर सवार आदमी तेज़–तेज़ पैडल मारता चौक की तरफ़ आया। शायद मोटरों–कारों को सौ गज़ पीछे रोकते सिपाही ने उसे देखा नहीं। उसने साइकिल दायीं ओर की सड़क पर मोड़ी। चौक पर खड़े दो सिपाहियों ने हैंडल पकड़कर साइकिल रोकी। एकदम गति–भंग होने के कारण साइकिल लड़खड़ायी। एक ओर हुलाद हो गयी। आदमी सड़क पर आधा गिरा।

"दिख़ता नहीं, ट्रैफ़िक बन्द है। किधर जा रहा था?"

"स्कूल, अपने बच्चों को लेने। आज देर हो गयी।" उस आदमी ने हाँफती आवाज़ में बताया। हैंडल पर लटका थैला उसने उतार लिया।

"स्कूल में तो आज आधी छुट्टी हो गयी। तुझे पता नहीं, प्रधानमन्त्री आ रहे हैं। ट्रैफ़िक बन्द!" सिपाही उसकी साइकिल को घसीटकर पीछे लाया। दूसरा सिपाही उसे छोटे–छोटे धक्के देकर सड़क से नीचे कर रहा है।

"कितने बजे छुट्टी हो गयी?" उसकी घबरायी आवाज़।

"बारह बजे।" लोगों ने बताया।

"तीन बजने वाले हैं। बेचारे के बच्चे तब से स्कूल के गेट के बाहिर धूप में जल रहे होंगे।" इस सहानुभूति–भरे वाक्य ने उस आदमी में थोड़ी–सी जान डाली। उसने सिपाही से इल्तज़ा की–"चौधरी साहब! स्कूल तक जाने दो। एक मिनट में पहुँच जाऊँगा। बच्चे मारे डर से बिलख रहे होंगे।"

"पिछले चौक से मुड़ जा। यह सड़क बन्द है।"

"साहब, पिछला चौक तो दो किलोमीटर दूर है। यहाँ से मुड़ने दो। वापस उधर से हो जाऊँगा। मेरे बच्चे!"

सिपाही ने हवलदार की ओर देखा, सलाह माँगती आँखों से। हवलदार ने सड़क पर निगाहें दौड़ायीं–बिल्कुल ख़ाली। थोड़ा आश्वस्त दिखा, फिर उस आदमी से कहा–"कच्चे से साइकिल पर गुज़र जा। जल्दी कर। और बच्चों के साथ इधर से मत मरना। पीछेवाले चौक से दफ़ा हो जा।"

उस आदमी ने सड़क के कच्चे हिस्से पैदल–पथ से दूर साइकिल सीधी खड़ी की। पैडल पर पैर रखा गति बढ़ाने के लिए, कुछ क़दम एक पैर पर उचका और छोटी–सी छलाँग लगाकर गद्दी पर बैठ गया।

उसी क्षण हवाई–अड्डे की तरफ़ से उस नये अफ़सर की जीप आयी। साइकिल पर सवार आदमी को अफ़सर ने देखा। जीप के ब्रेक लगने की आवाज़ छोटे धमाके की तरह फूटी। उस युवा अफ़सर ने बाघ की तरह छलाँग लगायी। साइकिल को धक्का दिया। साइकिल सवार समेत खड़खड़ाकर नीचे गिर गयी।

इससे पहले कि साइकिल वाला ज़मीन से उठे, अफ़सर ने उसकी गर्दन में पंजा गड़ाकर ऊपर उठाया–बिल्कुल वैसे, जैसे बाघ अपना शिकार उठाता है। अफ़सर ने उससे कोई भी सवाल नहीं पूछा। अपना घुटना उस आदमी के पेट में मारा। आदमी के मुँह से फटते गुब्बारे जैसी आवाज़ निकली, वह दोहरा हो गया। अफ़सर ने अपनी पेटी से रिवाल्वर निकाल लिया। उसके नीचे झुके सिर पर हत्था मारा। आदमी चीख़ा।

पहले चौक पर खड़े सिपाही भागकर वहाँ पहुँचे। उस आदमी को अपनी बाँहों में जकड़कर खड़ा किया। अफ़सर अब उसके मुँह पर लगातार थप्पड़ मार रहा है। छोटी–सी भीड़ चौक से सरककर वहाँ आ गयी।

"कौन है? कहाँ जा रहा था?" अफ़सर के हाथ मार–मारकर थक गये, तो यह सवाल पूछा।

"बच्चे...स्कूल..." उस आदमी के मुँह से ख़ून–सने शब्द निकले।

"स्कूल के बच्चे मारने जा रहा था!" अफ़सर दहाड़ा। उसको झन्नाटेदार थप्पड़ मारा। अब उस आदमी के फटे होंठों से ख़ून की बूँदें एक छोटी–सी लकीर में बह रही हैं।

तभी सड़क पर गिरे थैले पर अफ़सर की निगाह पड़ी। थैले के कपड़े से छोटी–छोटी गोलाइयाँ साफ़ दिख रही हैं। अफ़सर का मुँह पीला पड़ गया। उछलकर थैले से दूर हुआ और एक सिपाही को आज्ञा दी–"देख, थैले में क्या है?"

सिपाही ने थैला खोला नहीं, कपड़ा छूकर कहा, "साहब, अन्दर गोल–गोल चीज़ें हैं।"

"हैंड–ग्रेनेड। पीछे हटो!" पास आ गये लोगों से डरी हुई चीख़ में अफ़सर ने कहा।

फिर उसे ख़याल आया कि प्रधानमन्त्री का क़ाफ़िला आया कि आया। सड़क के किनारे बनी कोठी की तरफ़ उस आदमी को घसीटना शुरू किया। सिपाही को आज्ञा दी–"तुझे साँप सूँघ गया है? थैला उठाकर कोठी की चारदीवारी के अन्दर फेंक!"

सिपाही नीचे झुका, थैला उठाया और पूरे ज़ोर–से कोठी की चारदीवारी के ऊपर से अन्दर के ख़ाली हिस्से में फेंका।

लोग छोटे क़द की चारदीवारी के साथ लगकर खड़े हो गये। कोठी के अन्दर देख रहे हैं। आदमी ज़मीन पर गिरा हुआ है और अफ़सर उसकी तरफ़ रिवाल्वर ताने थोड़ी दूर खड़ा है।

गिरते हुए थैले का मुँह खुल गया। छोटी–छोटी, गोल–गोल चीज़ें मैदान में बिखर गयीं।

"हथगोले हैं!" एक डरी हुई आवाज़।

"बाबू, अन्धे तो नहीं हो? हथगोले नहीं, आलू हैं। बेचारा गाँव के स्कूल का मास्टर है। वहाँ से आते हुए सस्ते में सब्ज़ियाँ ले आता है। मेरी दुकान से रोज़ बीड़ी ख़रीदता है।" बाबा ने तेज़ आवाज़ में बताया।

चारदीवारी के पास खड़े अफ़सर के पैरों के पास लुढ़ककर एक आलू पहुँचा। उसने अपने बूट की नोक से इसे छुआ, फिर पूरे ज़ोर–से दबाया। आलू फिस्स हो गया। अफ़सर ने अपने आप से कहा, "ओ! शिट!" उसके दिल में पुलिस मैडल और राष्ट्रपति पदक प्राप्त करने के जो सपने उग आये थे, वे उस आलू की तरह कुचल गये। वह चारदीवारी से सड़क की ओर बढ़ा। साथ खड़े सिपाही को आज्ञा दी–"जब प्रधानमन्त्री की कार गुज़र जाये, तो इस आदमी को छोड़ देना।"

वह ज़ख़्मी आदमी अध–उठ बैठा। उसकी एक आँख सूजकर बन्द है, बूट की ठोकर लगी होगी। वह ज़मीन पर इधर–उधर दोनों हाथ फेर रहा है, कुछ तलाशते हुए हाथ। उसका एक हाथ पत्थर पर पड़ा। उँगलियाँ पत्थर पर कस गयीं। दूसरे हाथ से घुटनों पर ज़ोर दिया, पूरा खड़ा होने के लिए। उसका ज़ख़्मी जिस्म झूल रहा है। अफ़सर की पीठ उसकी तरफ़ है।

उसका पत्थर पकड़ा हाथ हवा में उठना शुरू हुआ। सिपाही लपका, उसके उठते हाथ को पकड़ा, पत्थर छीनकर नीचे फेंका और दबी और लगभग रो रही आवाज़ में घुड़का–"पागल हो गये हो!" अफ़सर की तरफ़ इशारा करके बात पूरी की, "वह कुत्ते का बीज तुम्हें गोली मार देगा।"

वह आदमी फिर ज़मीन पर बैठ गया, लेकिन वह न कराह रहा है, न रो रहा है। उसने अपने ख़ाली हाथ को देखा, फिर बाँह सीधी की, साँस रोकी, क्योंकि उसकी कल्पना में एक बन्दूक़ उग आयी है, जो अब उसके हाथ में है।

रात को दूरदर्शन पर मुख्य समाचार जवान दिखने की कोशिश में अधेड़ उम्रवाली औरत ने पढ़ा। लिपा–पुता चेहरा, बालों में सफ़ेद फूलों का गजरा, ग्राहक को अपनी तरफ़ खींचने की कोशिश करती मंडी की औरत वाली मशीनी मुसकान–"आज देश में किसी अप्रिय घटना का समाचार नहीं।"

कोर्ट मार्शल

"दस जून की रात नौ बजे जवान रामचन्दर ने अपनी यूनिट के दो अफ़सरों पर सरकारी राइफ़ल से गोली चलायी। एक अफ़सर कैप्टन मोहन वर्मा घटनास्थल पर ही मर गया। दूसरा अफ़सर कैप्टन कपूर गम्भीर रूप से घायल हो गया। गोली उसके कन्धे पर लगी। अगर सैनिक अस्पताल में उसका एकदम ऑपरेशन न किया जाता, तो शायद वह भी मर जाता। डॉक्टरों की रिपोर्ट के मुताबिक़, अगर गोली दो इंच नीचे लगती, तो कैप्टन बी.डी. कपूर की भी मौत हो जाती। भारतीय सेना के क़ानून की धारा 69 तथा भारतीय क़ानून की धारा 302 के अनुसार जवान रामचन्दर पर इस जनरल कोर्ट मार्शल में हत्या का मुक़दमा चलाया जाता है।" सरकारी वकील मेजर पुरी ने घोषणा की।

कोर्ट मार्शल के सभापति कर्नल सूरत सिंह ने कमरे में बैठे जवानों और अफ़सरों पर निगाहें दौड़ायीं, सबके चेहरे पथराये हुए, न कहीं उत्सुकता, न आशंका। कोर्ट मार्शल के फ़ैसले का सबको पहले से पता जो है–मृत्युदण्ड! ख़ुद जवान रामचन्दर ने क़बूल कर लिया है कि उसने गोली चलायी थी, दोनों अफ़सरों पर। कर्नल की निगाह कैप्टन बी.डी. कपूर के चेहरे पर क्षण भर के लिए टिकी। उसकी आँखों में उन्होंने एक हिंसक ख़ुशी देखी। कैप्टन उनकी तरफ़ देखकर हल्का मुसकराया। कर्नल के होंठों पर कसाव आया। उन्होंने कोर्ट मार्शल के सलाहकार न्यायाधीश, जज एडवोकेट, से कुछ कहा। दोनों ने सरकारी वकील मेजर पुरी की तरफ़ देखा।

इससे पहले कि वह उठे, बचाव वकील कैप्टन बिकाश राय ने एतराज़ किया–"सर, मेजर पुरी ने दो बार 'जवान रामचन्दर' कहा है। उन्हें 'सवार रामचन्दर' कहना चाहिए।"

कर्नल सूरत सिंह अब कैप्टन बिकाश राय को लगातार घूर रहे हैं। सबको पता चल गया कि कैप्टन की ख़ैर नहीं। कर्नल साहब अब तक

दस कोर्ट मार्शल के सभापति रह चुके हैं और उनका दिया निर्णय कभी नहीं बदला। पंजाब के इस जाट सिख अफ़सर ने 1971 के युद्ध में गले में ग्रेनेडों की माला पहने हुए, जाँघ और बाँह में गोली लगने के बावजूद शत्रु चौकी पर केवल दो जवानों के साथ धावा बोल दिया था। उन्हें 'महावीर चक्र' मिला और गले में ग्रेनेडों वाली माला का चित्र अख़बारों में छपा। उनके नीचे काम कर चुके, कर रहे अफ़सरों और जवानों ने उन्हें कभी भी ऊँचा बोलते नहीं सुना। कर्नल सूरत सिंह का किसी को घूरकर देखना ही बहुत है।

कमरे में चल रहे दृष्टि–युद्ध का तनाव अब सरककर सबको छू गया। यह दुबला–पतला, छोटे क़द का बंगाली अफ़सर कैप्टन बिकाश राय आँखें क्यों नहीं झुकाता? कुछ ने सोचा, बेवक़ूफ़ है। इसे पता जो नहीं कि कर्नल साहब अनुशासन के मामले में सारी भारतीय सेना में कठोरतम अफ़सर हैं; और बाक़ी कुछ ने सोचा कि हो सकता है, कर्नल बचाव पक्ष के वकील को बदलने की आज्ञा दें और कोर्ट मार्शल कुछ दिनों के लिए रोकना पड़े।

"कैप्टन बिकाश राय, आप और बाक़ी सब लोग भी कान खोलकर सुन लें, यह कोर्ट मार्शल है, कोई हिन्दी फ़िल्म नहीं। फ़िज़ूल के एतराज़ों और देरी करने के दाँव–पेंचों से किसी को भी कोर्ट का वक़्त ज़ाया करने की इजाज़त नहीं है, इज़ दैट क्लीयर टु एवरी वन ऑफ़ यू! रामचन्दर जवान है कि नहीं? 'सवार' कहने से क्या फ़र्क़ पड़ जायेगा?"

सबका ख़याल था, बंगाली कैप्टन बैठ जायेगा, लेकिन ऐसा कुछ नहीं हुआ। उसने कर्नल की ओर अब भी देखना जारी रखा–"सर! फ़र्क़ है भी और नहीं भी! आप इंफैंटरी के कर्नल हैं। अगर मैं आपको 'डॉक्टर कर्नल' बुलाऊँ तो? रामचन्दर बख़्तरबन्द यूनिट में है और बख़्तरबन्द दस्तेवालों को 'सवार' कहा जाता है, 'जवान' नहीं।"

सलाहकार जज ने काग़ज़ पर कुछ लिखा और कर्नल को दिया–"कैप्टन राय, ठीक है। 'सवार रामचन्दर' कहना चाहिए। शायद कैप्टन किसी तकनीकी ग़लती से कोर्ट मार्शल का फ़ैसला रद्द करवाने के चक्कर में है।"

"मेजर पुरी, आप सवार रामचन्दर बुलायें। पहला गवाह पेश किया जाये।"

सूबेदार बलवान सिंह इस हत्या का पहला चश्मदीद गवाह था।

"सूबेदार साहब, आप दस जून की रात को नौ बजे यूनिट की पहरा चौकी के पास क्या कर रहे थे? क्या आप किसी ड्यूटी पर थे?" मेजर पुरी ने सवाल पूछा।

"ड्यूटी पर नहीं था, साहब! बिजली चली गयी थी। मेरा क्वार्टर यूनिट के पास ही है। बहुत गर्मी थी, इसलिए यूनिट के मैदान में हवलदार राजसिंह के साथ टहल रहा था।"

"उस दिन गार्ड ड्यूटी पर कौन था?"

"सवार रामचन्दर।"

"रात को नौ बजे आपने क्या देखा?"

"साहब, बताया न, बिजली चली गयी थी, इसलिए साफ़–साफ़ कुछ दिखायी नहीं दिया। यूनिट के अन्दर एक मोटरसाइकिल आ रही थी..."

मेजर पुरी ने बात बीच में काटी, "सूबेदार साहब, आपकी नज़र कमज़ोर है क्या? नज़र का चश्मा लगाते हैं?"

सूबेदार ने पदकों से भरी अपनी छाती चौड़ी की और थोड़ी सख़्त आवाज़ में बताया कि उसे चश्मा नहीं लगा, नज़र सौ फ़ीसदी ठीक है।

"लेकिन आपने अभी ख़ुद कहा कि रात को नौ बजे आपने ठीक से कुछ नहीं देखा।"

"साहब, बताया न, बिजली चली गयी थी।"

"सूबेदार साहब, बिजली चली गयी थी, तो क्या हुआ। दस जून को पूरे चाँद की रात थी। आप गार्ड हाउस से सौ मीटर के फ़ासले पर टहल रहे थे और पूरे चाँद की रात को अगर नज़र बिल्कुल ठीक हो, तो पाँच सौ मीटर तक साफ़ देखा जा सकता है। ख़ैर छोड़िए, मोटरसाइकिल पर बैठे दो आदमियों ने हैल्मेट पहन रखा था कि नहीं?"

"नहीं, साहब।"

"फिर तो आपने दोनों को पहचान लिया होगा?"

"जी साहब। कैप्टन वर्मा मोटरसाइकिल चला रहे थे और कैप्टन कपूर पीछे बैठे थे।"

"ठीक। अगर दूर से चलती मोटरसाइकिल पर बैठे दोनों अफ़सरों को आपने पहचान लिया, तो गार्ड चौकी पर तैनात सवार रामचन्दर ने भी ज़रूर पहचान लिया होगा! फिर आपने क्या देखा?"

"जी, सर! सवार रामचन्दर ने गोली चला दी। पहली गोली कैप्टन वर्मा को लगी। मोटरसाइकिल सड़क के नीचे उतर गयी। अगला पहिया

गार्ड हाउस से थोड़ी दूर पर पेड़ से टकराया। रामचन्दर ने जब दूसरी गोली चलायी, तो मोटरसाइकिल ज़मीन पर गिर रही थी। शायद इसीलिए गोली कैप्टन कपूर के कन्धे पर लगी, नहीं तो सिर में लगती। दूसरी गोली चलाने के बाद रामचन्दर उन अफ़सरों की तरफ़ भागा, लेकिन तब तक मैंने और हवलदार राजसिंह ने दौड़कर सवार रामचन्दर को पकड़ लिया था।"

जब बचाव वकील कैप्टन बिकाश राय प्रश्न पूछने के लिए उठा, तो कोर्ट कमरे में बैठे सैनिकों और अफ़सरों को पहले से ही पता था कि सूबेदार साहब को सवालों में वह उलझा नहीं पायेगा, न ही उनकी गवाही बदल सकेगा। गोली की आवाज़ सुनकर बैरकों से बहुत सारे जवान बाहिर दौड़े थे। सबने अपनी आँखों से देखा कि सूबेदार साहब ने रामचन्दर को पकड़ रखा था और सबके सामने सवार रामचन्दर ने बिल्कुल ठण्डी और भावहीन आवाज़ में क़बूला था कि गोली उसने चलायी।

"सूबेदार साहब, उस रात जब यह घटना हुई, तो गुप्त संकेत–शब्द क्या था?" बिकाश राय ने सूबेदार की आँखों में हैरानी देखी और अनुवाद किया, "मेरा मतलब, उस रात पासवर्ड क्या था?"

"सर मुझे याद नहीं। इजाज़त हो तो यूनिट के क्लर्क से पूछकर बताऊँ?"

"कोई बात नहीं साहब, अगर आपको याद नहीं। रोज़ रात के लिए नया गुप्त संकेत–शब्द होता है। इतने महीने पहले का शब्द भूलना कोई बड़ी बात नहीं। आप यूनिट के क्लर्क से पूछ लें। वैसे उस रात का पासवर्ड 'काला चाँद' था।"

यूनिट क्लर्क ने रजिस्टर देखकर बताया कि यही शब्द था। सूबेदार को अपने ऊपर थोड़ी शर्म आयी। दिल्ली से आये इस बंगाली बचाव वकील को पासवर्ड का पता है और ख़ुद उसे याद नहीं!

"सूबेदार साहब! यह बात तो साफ़ हो गयी कि अगर आपने इतनी दूर से अफ़सरों को पहचान लिया, तो सवार रामचन्दर ने भी पहचान लिया होगा।"

"जी सर, यही बात तो मैं कह रहा हूँ।" बिकाश राय हौले–से मुस्काया, सूबेदार को हौसला देती मुस्कान–"यही बात सच है और हम सबने सच बोलने की शपथ ली है। क्या आपने जवानों को हिदायत दे रखी है कि रात के वक़्त अगर कोई यूनिट क्षेत्र में प्रवेश करे, तो पहचान लेने पर पासवर्ड न पूछा जाये?"

"नहीं सर, मैं कौन होता हूँ यह हिदायत देने वाला? रूल इज़ रूल! गार्ड हर हालत में रोककर पासवर्ड पूछेगा। मेरी तीस साल की सर्विस है, बेदाग़ सर्विस। क्या मुझे इतनी–सी बात पता नहीं?" सूबेदार की आवाज़ तीखी हो गयी।

"सूबेदार साहब, मुझे पता है, आप ऐसी ग़लत हिदायतें नहीं दे सकते। क्या सवार रामचन्दर ने उस रात मोटरसाइकिल पर यूनिट के अन्दर घुसते अफ़सरों को 'थम! कौन है!' कहकर ललकारा था?"

"नहीं सर! मैं सब कुछ बिल्कुल साफ़ देख रहा था। अगर ललकारा..."

बिकाश राय ने बात बीच में काटी–"साहब, मैं देखने की नहीं, सुनने की बात पूछ रहा हूँ। क्या सवार रामचन्दर ने 'थम! कौन है!' ललकारा था?"

"साहब, मैंने नहीं सुना। कैसे कहूँ कि ललकारा?"

"साहब, जो बात आपने न सुनी हो, ज़रूरी तो नहीं कि वह कही भी न गयी हो। प्रधानमन्त्री ने 15 अगस्त को लालक़िले से कहा कि भारत दुश्मनों को लोहे के चने चबा देगा! आप तो दिल्ली उस दिन थे नहीं। इसका मतलब यह हुआ कि प्रधानमन्त्री ने यह कहा ही नहीं, क्योंकि आपने सुना ही नहीं!"

"सर, मैं सबकुछ साफ़ देख रहा...."

"सूबेदार साहब, आवाज़ सुनी जाती है, देखी नहीं। आप लगभग पाँच सौ मीटर दूर टहल रहे थे। मोटरसाइकिल तेज़ चल रही थी। इतनी दूरी से बुलेट मोबाइक की तेज़ आवाज़ के कारण आपको सवार रामचन्दर की आवाज़ सुनायी दे ही नहीं सकती।"

मेजर पुरी ने उठकर एतराज़ किया–"कैप्टन बिकाश राय गवाह को जान–बूझकर कन्फ़्यूज़ कर रहे हैं। यह बात वह ख़ुद भी मान चुका है कि अफ़सरों को रामचन्दर ने भी पहचान लिया होगा। 'थम! कौन है!' की बात को बढ़ा–चढ़ाकर पेश किया जा रहा है।"

कर्नल सूरत सिंह ने बचाव वकील से कुछ कहा नहीं, सिर्फ़ क्षण–भर गहरी आँखों से देखा। सलाहकार जज ने काग़ज़ के पुर्ज़े पर लिखा कि कैप्टन को यह बात पूरी कर लेने दी जाये। कर्नल ने सिर हिलाया।

"अच्छा साहब, अगर 'थम' कहने पर कोई न रुके, तो...?"

मेजर पुरी ने फिर बात काटी–"बचाव वकील जान–बूझकर सवालों को ग़लत मोड़ दे रहे हैं। फिर वह कहाँ साबित हो गया कि सवार रामचन्दर ने 'थम' कहा। गवाह कैसे बता सकता है कि..."

"मेरी कोर्ट से प्रार्थना है कि घटना की जगह पर चला जाये। उतनी दूरी पर कोर्ट के सदस्य खड़े हों, जितनी दूरी पर सूबेदार खड़े थे। मोटरसाइकिल चलायी जाये। कोई चौकी पर खड़ा होकर ललकारे 'थम!' पता चल जायेगा कि आवाज़ सुनायी दी कि नहीं?"

"अगर पता चल भी गया, तो इससे क्या साबित हो जायेगा कि सवार रामचन्दर ने गोली नहीं चलायी।" कर्नल की आवाज़ कड़ी हो गयी।

"सर, मैं कौन होता हूँ सिद्ध करने वाला कि रामचन्दर ने गोली नहीं चलायी। यह बात तो वह अपने इक़बालिया बयान में क़बूल कर चुका है, लेकिन मैं कोर्ट को सेना के क़ानून की याद दिलाना ज़रूरी समझता हूँ। अगर गार्ड के ललकारने पर 'थम' कहने पर कोई न रुके, अपना पहचान–पत्र न दिखाए तो गार्ड गोली चला सकता है।"

"डोंट ट्राई टु टीच दिस कोर्ट द आर्मी ऐक्ट ऐंड लॉ।" कर्नल साहब पहली बार ऊँची आवाज़ में बोले। सलाहकार जज ने पुर्ज़े पर लिखा–'अगर यह साबित हो गया कि रामचन्दर के ललकारने पर अफ़सर नहीं रुके, तब उसने गोली चलायी, तो वह बरी हो जायेगा।' कर्नल ने काग़ज़ का पुर्ज़ा कोर्ट के बाक़ी चार सदस्यों को पढ़वाया। कोर्ट–कमरे में एकदम सकता छा गया। धागे से बँधी–लटकती तलवार का अर्थ कर्नल तथा दूसरे सदस्यों को पहली बार समझ आया। कर्नल की नाक फूलनी–सिकुड़नी शुरू हो गयी–शत्रुगन्ध, शत्रुगन्ध, बिल्कुल वही शत्रुगन्ध, जंग के उस दिनवाली, जब उनके गले में ग्रेनेडों की माला लटक रही थी।

उन्होंने कैप्टन कपूर और सवार रामचन्दर की तरफ़ देखा। नहीं, ख़तरे की बू वहाँ नहीं। अब उनकी आँखें बचाव वकील कैप्टन बिकाश राय की आँखों से जुड़ गयीं। उन्हें यह देखकर हैरानी हुई कि बचाव वकील की आँखों में न तो कहीं विजय की चमक है, न ख़ुशी का नामोनिशान, है तो एक गहरी उदासी। तब एकदम कर्नल की नाक ने कैप्टन के आसपास से आती शत्रुगन्ध को ग्रहण कर लिया और जीवन में पहली बार पराजय के एहसास ने उन्हें डराया। अगर गले में ग्रेनेडों की माला भी हो, तो इसको हराया नहीं जा सकता क्योंकि यह शत्रु नहीं, बचाव वकील है। उन्हें आत्मग्लानि हुई यह सच स्वीकारने पर कि वह तो पहले से ही अपने मन में फ़ैसला कर चुके हैं कि सवार रामचन्दर क़ातिल है। यही कारण है कि बचाव वकील के साथ उनका व्यवहार कड़ा–कठोर है। उन्होंने दिल

ही दिल में ख़ुद को गाली दी—बास्टर्ड, तुम भगवान कब से बन गये? यह गाली देते ही उनकी आत्मा से क्रोध और पूर्वग्रह बाहिर सरका। उन्होंने चेहरे पर हाथ फेरा। दिल और दिमाग़ एकदम धुल गये—और यह धुलापन अन्दर से सरककर उनके चेहरे पर आ गया। उनकी नाक फूलना बन्द हो गयी, क्योंकि अब बचाव वकील से ख़तरे की बू नहीं आ रही। यह धुलापन कैप्टन बिकाश राय ने देखा और उसकी आँखों की उदासी और गहरा गयी।

सलाहकार जज ने दूसरा पुर्ज़ा बढ़ाया—'हमें घटनास्थल पर नहीं जाना चाहिए। बचाव वकील को इस विषय पर और जिरह करने की इजाज़त नहीं देनी चाहिए।' कर्नल ने सलाह पढ़ी, काग़ज़ के टुकड़े–टुकड़े किये और निर्णय दिया, "कैप्टन बिकाश राय, कोर्ट हादसे की जगह चलेगी। पता चल जायेगा कि सवार रामचन्दर ने ललकारा था कि नहीं?" वह उठ खड़े हुए, कमरे में बैठे बाक़ी लोग भी खड़े हो गये। कर्नल ने कैप्टन कपूर का चेहरा देखा। सफ़ेद क्यों पड़ गया? अहंकार से अकड़ी गर्दन झुक क्यों गयी? क्या सचमुच सवार रामचन्दर ने ललकारा था और ये लोग नहीं रुके।

बिकाश राय सवार रामचन्दर के पास गया। दोनों ने ख़ामोश निगाहों से बातचीत की। कर्नल ने देखा कि कैप्टन ने 'हाँ' में सिर हिलाया। उन्हें फिर से ख़तरे की बू आनी शुरू हो गयी।

"मैं नहीं चाहता कि घटनास्थल पर जाकर कोर्ट का समय नष्ट किया जाये। सवार रामचन्दर कुछ कहना चाहता है।"

"नहीं! गवाही सूबेदार साहब की चल रही है, रामचन्दर इस वक़्त कुछ नहीं कह सकता।" सरकारी वकील ने एतराज़ किया। बिकाश राय ने सिर हिलाया। रामचन्दर ऊँची और भावहीन आवाज़ में बोला, "मैंने 'थम! कौन जाता है' की ललकार नहीं लगायी थी।"

"रामचन्दर का यह बयान नोट कर लिया जाये कि उसने बिना ललकारे गोली चलायी।" कैप्टन बिकाश राय ने कोर्ट से कहा। कर्नल ने, कोर्ट में बैठे सब लोगों ने अपनी कल्पना में स्पष्ट देखा कि फाँसी का फन्दा, जो थोड़ी देर पहले हट चुका था, ख़ुद सवार रामचन्दर ने अपने गले में डाल लिया और यह फन्दा कसने में बचाव वकील ने उसकी मदद की।

कर्नल ने कोर्ट उठने का आदेश दिया, साथ ही बचाव वकील को रुकने का इशारा किया। कमरा ख़ाली हो गया। उन्होंने पूछा—"कैप्टन, तुमने

सवार रामचन्दर को यह इक़बाल करने का इशारा क्यों किया कि उसने 'थम' नहीं कहा? तुमने उसके फाँसी के फन्दे में मज़बूत गाँठ लगा दी।"

"सर, मैं किसी तकनीकी आधार पर सवार रामचन्दर का बचाव नहीं करना चाहता। यह बात तो सबको पता है कि उसने गोली चलायी। सवाल यह है कि उसने गोली क्यों चलायी?"

कर्नल ने फिर बिल्कुल साफ़ महसूस किया कि बिकाश राय से ख़तरे की बू आनी शुरू हो गयी और वह उनका शत्रु नहीं...तो फिर इस कैप्टन ने कोई व्यूह रच लिया है! लेकिन ऐसा कैसे हो सकता है? 'थम' की ललकार का व्यूह तो इसने ख़ुद बनाया था और फिर ख़ुद ही तोड़ भी दिया। यह शत्रु नहीं। फिर भी सारी इन्द्रियाँ चौकस होकर क्यों चीख़ रही हैं—ख़तरा, ख़तरा!

और उन्हें इस सत्य का पता चल गया कि बिकाश राय शत्रु न होने पर भी शत्रु है, लेकिन किसका?

दोपहर के भोजन के बाद यूनिट के डॉक्टर कैप्टन गुप्ता की गवाही शुरू हुई। उसने बताया कि वह घटनास्थल पर पाँच मिनट के बाद पहुँच गया था। कैप्टन वर्मा की मौत हो चुकी थी और कैप्टन कपूर के कन्धे से ख़ून बह रहा था। सवार रामचन्दर ने उसके सामने कहा था कि गोली उसने चलायी।

बचाव वकील ने जिरह शुरू की—"कैप्टन गुप्ता, आज से चार महीने पहले सवार रामचन्दर को किस कारण से सैनिक अस्पताल में आपने भरती करवाया था?"

"उस दिन हमारी यूनिट का एयरफ़ोर्स वालों से हॉकी मैच था। मैच शुरू होने के दस मिनट बाद ही रामचन्दर, जो फुलबैक था, मैदान में बेहोश होकर गिर पड़ा। उसे तेज़ बुख़ार था।"

"कितना बुख़ार था? बीमारी क्या थी?"

"एक सौ चार से ऊपर। मैंने अस्पताल फ़ोन किया। पाँच मिनट के अन्दर एम्बुलेंस आ गयी। मैंने टॉयफ़ाइड कहा था और मिलिटरी हॉस्पिटल में टेस्ट करने के बाद मेरा डायगनोसिस कंफ़र्म कर दिया गया।"

"आपकी बतायी बीमारी ग़लत कैसे निकलती? आपको तो पूना के सैनिक मेडिकल कॉलेज का स्वर्ण पदक मिला है।" यह सुनकर कैप्टन

गुप्ता का सीना थोड़ा–सा फूल गया। उसे अजीब भी लगा कि बचाव वकील उसकी हर बात मान भी रहा है और प्रशंसा भी कर रहा है।

"कैप्टन गुप्ता, आप तो स्वर्ण पदक प्राप्त डॉक्टर हैं। हॉकी मैच चार बजे शुरू हुआ और दस मिनट के बाद ही रामचन्दर बेहोश होकर गिर गया। क्या दस मिनट में बुख़ार चार तक चढ़ सकता है?"

"नहीं, टायफ़ाइड मलेरिया की तरह एकदम नहीं चढ़ता। रामचन्दर को मैच से पहले ही बुख़ार होगा।"

"आपको पता नहीं कि बुख़ार चढ़ चुका था अथवा नहीं?"

"मुझे कैसे पता होगा? मैच शुरू होने से पहले खिलाड़ियों को थर्मामीटर नहीं लगाया जाता।" कमरे में बैठे सब लोग हल्का हँसे–कैप्टन गुप्ता ने सफ़ाई वकील को ख़ूब फाँसा। कर्नल ने निगाहें घुमायीं, हँसी बन्द! उनको इन्द्रीय ज्ञान हो गया कि सफ़ाई वकील एक व्यूह रच रहा है, जिसमें धीरे–धीरे डॉक्टर खिंचा जा रहा है, मकड़ी का नर्म लेकिन घातक जाला।

"कैप्टन गुप्ता, आप बुरा मत मानें, मुझे डॉक्टरी का बिल्कुल भी ज्ञान नहीं। आप मदद करेंगे, तो थोड़ा–बहुत पता चल जायेगा। आपके अनुसार थर्मामीटर लगाये बिना पता चल ही नहीं सकता कि कितना बुख़ार है।"

"नहीं। हाँ, नब्ज़ देखकर अन्दाज़ा लगाया जा सकता है कि बुख़ार है कि नहीं? लेकिन कितना है, इसके लिए तो थर्मामीटर लगाना पड़ेगा।"

बचाव वकील अपनी जगह से हिला। वह कैप्टन बी.डी. कपूर की कुर्सी के पास गया, क्षण भर उसे भरपूर निगाहों से देखा। कपूर के चेहरे से ख़ून खिंचना शुरू हो गया। डॉक्टर गुप्ता ने कपूर का चेहरा देखा और उसका अपना चेहरा पीला पड़ गया। उसे अचानक इस सत्य का पता चल गया कि बिकाश राय ने उसके चारों तरफ़ मज़बूत क़िलेबन्दी कर दी है। वह इस शत्रु क़िले के दरवाज़े के अन्दर पहुँच गया और दरवाज़ा बन्द हुआ कि हुआ। बिकाश राय अब बिल्कुल हौले, दबे पाँव उसकी ओर आया, कन्धे थोड़े झुके हुए और अंग–प्रत्यंग सिकुड़कर छोटे। घातक छलाँग लगाने से क्षण–पूर्व बाघ!

"आपके पास उस दिन बीमारी की रिपोर्ट करने रामचन्दर को कितने बजे लाया गया?"

"सिक रिपोर्ट का समय तीन बजे है।"

"मैंने यह नहीं पूछा कि बीमारी की रिपोर्ट का समय क्या है? रामचन्दर को यूनिट का हवलदार और दो जवान थामकर आपके पास लाये थे।

घड़ियाँ उन लोगों ने भी पहन रखी थीं। मैं उन्हें गवाही के लिए बुला सकता हूँ। याद करके बतायें कि कितने बजे रामचन्दर को यूनिट अस्पताल उसके साथी लायें?"

डाक्टर गुप्ता चुप! कर्नल सूरत सिंह ने घुड़की मारी–"कैप्टन, जवाब दो!" गुप्ता को अब इस सत्य का पता चला कि बचाव वकील की क़िलेबन्दी में कोर्ट मार्शल के प्रिसाइडिंग अफ़सर भी साथ हैं।

"सर, मैंने घड़ी नहीं देखी थी।"

"चलिए, समय की बात छोड़ते हैं। यह ज़रूरी तो नहीं कि जब भी कोई मरीज़ कमरे में आये, आप घड़ी देखें।" बचाव वकील ने फिर कैप्टन बी.डी. कपूर की कुर्सी की तरफ़ क़दम बढ़ाये। डॉक्टर ने मुक्ति की साँस ली। वहीं से खड़े–खड़े बचाव वकील ने पूछा–"जब हवलदार सवार रामचन्दर को अन्दर लाया, तो आपके पास कौन बैठा था?"

"कैप्टन बी.डी. कपूर।"

"आपने थर्मामीटर लगाया था? नब्ज़ देखी थी?"

गुप्ता का सिर इतना झुक गया कि ठोड़ी छाती को छूने लगी। वह चुप।

"कैप्टन, जवाब दो!" कर्नल गरजे।

"सर, जानीज तो सिक रिपोर्ट का आमतौर पर बहाना करते हैं, इसलिए..." बीच बचाव वकील ने बात में ही काटी, "कैप्टन गुप्ता, यह जानीज क्या होता है?"

"सर, जानीज सिपाहियों को कहते हैं।"

"कैप्टन गुप्ता, आज मुझे 'सर' मत कहें, मेरा रैंक भी कैप्टन है। आपको शायद मालूम होगा कि ग़ुलामी के दिनों में अंग्रेज़ अफ़सर हिन्दुस्तानी सिपाहियों को 'जानीज' कहते थे, जो एक गाली है। ख़ैर छोड़िए, अगर आप 'जवान' की जगह 'जानीज़' शब्द बोलते हैं, तो मैं कौन होता हूँ रोकने वाला! लेकिन आपको बिना नब्ज़ देखे, बिना थर्मामीटर लगाये पता चल गया कि सवार रामचन्दर बीमारी का बहाना कर रहा था। आप डॉक्टर नहीं, सचमुच भगवान है।"

"मैंने थर्मामीटर इसलिए नहीं लगाया कि कैप्टन कपूर ने मुझे बताया था कि रामचन्दर को कुछ नहीं हुआ।" गुप्ता ने लगभग चीख़कर जवाब दिया, डरी हुई चीख़, अपने बचाव में।

"डॉक्टर आप हैं कि कैप्टन कपूर? कैप्टन कपूर ने आपको अंग्रेज़ी में रोका था, गाली देकर। गाली यूनिट हवलदार ने भी सुनी थी। उसे अंग्रेज़ी आती है। बताइए, क्या कहा था?" बाघ ने घातक छलाँग लगायी।

"दिस बास्टर्ड इज़ जस्ट बंकिंग। नथिंग इज़ रांग विद हिम।"

"मतलब कि हरामी रामचन्दर बीमारी का बहाना कर रहा है। इसे कुछ नहीं हुआ। धन्यवाद डॉक्टर गुप्ता! मुझे और कुछ नहीं पूछना। आपको पूना मेडिकल कॉलेज से स्वर्ण पदक मिला, सर्वश्रेष्ठ विद्यार्थी डॉक्टर होने का। मैं कौन होता हूँ यह कहने वाला कि आप, जो डॉक्टर नहीं हैं, उनकी बातों पर विश्वास कर लें कि जवान, मेरा मतलब, जानीज झूठ बोल रहा है।"

कैप्टन डॉक्टर गुप्ता मरे हुए क़दमों से अपनी जगह लौटा। उसकी कुर्सी यूनिट के अफ़सर कमांडिंग लेफ़्टीनेंट कर्नल राव के पास है। राव ने उसे दबी जबान में गाली दी, "यू सन ऑफ़ ए बिच! मेजर बनने के सपने देखना बन्द कर दो। तुम्हारी कांफ़ीडेंशल रिपोर्ट मुझे ही लिखनी है।"

बचाव वकील अब भी कैप्टन कपूर की कुर्सी के पास खड़ा उसे एकटक देखे जा रहा है। कोर्ट के सभापति, सलाहकार, जज, चार अन्य सदस्य अफ़सरों तथा सरकारी वकील को यह अद्भुत एहसास होना शुरू हो गया कि कैप्टन कपूर मुजरिम के कठघरे में बैठा है सवार रामचन्दर के स्थान पर, जिसने गोली चलायी थी, हत्या की थी। बिकाश राय अब भी कपूर की कुर्सी के पास खड़ा उसे लगातार देखे जा रहा है। कपूर ने उसके फिर से सिकुड़ते कन्धे देखे! उसकी कल्पना में छलाँग लगाने के लिए तैयार बाघ उगा। वह खड़ा हुआ, आतंकित आवाज़ में उसने प्रिसाइडिंग अफ़सर से प्रार्थना की–"सर, कैप्टन बिकाश राय को रोका जाये कि मुझे घूरकर न देखें।"

बचाव वकील के सिकुड़े कन्धे फैल गये। बाघ ने छलाँग नहीं लगायी। कर्नल सूरत सिंह ने कड़ककर कहा–"कैप्टन कपूर, अपनी जगह बैठ जाओ। वक़्त आने पर कोर्ट तुम्हें बोलने का पूरा मौक़ा देगा।" कपूर तय नहीं कर पाया कि कर्नल ने सलाह दी या धमकी?

कोर्ट दूसरे दिन के लिए उठ गया। कैप्टन बी.डी. कपूर ने बाहिर जाने के बाद कैप्टन बिकाश राय को रोका। आज उसने पहली बार बचाव वकील से बात की, हालाँकि बिकाश पिछले दस दिन से यूनिट में आया हुआ है।

जवानों और अफ़सरों से मिलकर पता नहीं कौन सी बातें पूछता रहा है। बीच में एक दिन के लिए कहीं गुम हो गया था। कोर्ट मार्शल का फ़ैसला तो कैप्टन कपूर अपने दिल में पहले ही कर चुका था–रामचन्दर को फाँसी। फिर वह क्यों मिले इस बंगाली कैप्टन से! फिर उसे इस अलिखित नियम का भी तो पता है कि एक अफ़सर दूसरे अफ़सर का हमेशा साथ देगा, पक्ष लेगा। लेकिन जब बिकाश राय उसके पास खड़ा हुआ, तो ऐसा क्यों लगा कि आक्रमण के लिए तत्पर बाघ है कहीं आसपास, अन्तिम घातक छलाँग लगाने के लिए जिस्म तोलता। उसने ख़ुद को हौसला दिया–यह बचाव वकील उसका क्या बिगाड़ लेगा! कोर्ट मार्शल तो रामचन्दर का हो रहा है, लेकिन फिर उसने कमरे से बाहिर आते हुए सब लोगों की आँखों में घृणा का बिन्दु क्यों देखा! और उसे निश्चय हो गया कि यह घृणा–बिन्दु एक घेरे में फैल जायेगा। उसे कुछ करना चाहिए। क्यों न बिकाश राय को आज शाम घर बुलाये? सफ़ाई वकील उसकी तरफ़ देख रहा है।

"विकास, शाम को मेरे घर आओ।"

"मेरा नाम विकास नहीं, बिकाश है! आपके घर किसलिए आऊँ?"

"बैठेंगे, वी विल हैव ड्रिंक्स।"

"मैं पीता नहीं।"

"तो क्या हुआ, कुछ और फ़न सही।"

"यह फ़न क्या, कैप्टन कपूर? किसी औरत का प्रबन्ध किया है क्या? आपकी पत्नी तो पिछले चार महीनों से आपके साथ नहीं रह रही, और मैं वैसे भी अपराधियों के साथ न बोलता हूँ, न बैठता हूँ।"

कैप्टन कपूर को फिर उससे डर लगना शुरू हो गया। गुस्से के कवच से उसने डर को दबाया, तेज़ आवाज़ में बोला–"बिकाश, तुम सोचते हो, मेरा कुछ बिगाड़ लोगे। फ़ारगेट इट। ख़ूनी मैं हूँ कि रामचन्दर? एक अफ़सर होकर तुम दूसरे अफ़सर से कैसे पेश आ रहे हो?"

बिकाश उसके बिल्कुल क़रीब आया। एक–एक शब्द चबाकर बोला, "सुनो, कैप्टन कपूर! हरामी भाईचारे की अपने दिल से ग़लतफ़हमी निकाल दो। तुम जानते हो, ख़ूनी कौन है! फिर डर क्यों गये हो? कुछ प्रश्न अपने आप से पूछे जाते हैं, दूसरों से नहीं। और सुनो! आज के बाद कोर्ट रूम के बाहिर मुझसे कभी बात मत करना।" बिकाश लम्बे क़दम उठा वहाँ से चल पड़ा। कपूर के पाँव जैसे वहीं के वहीं जम गये। गुस्से का झूठा

कवच हटते ही भय का पौधा फिर उगना, फैलना शुरू हो गया। उस जगह से, जहाँ बिकाश खड़ा था, अब भी भय की बू आ रही है। कपूर ने उस जगह पर अपना फ़ौजी जूता रगड़ा, बू और तेज़ हो गयी। और इस सत्य का पता लगते ही कि भय की बू उसके अन्दर से आ रही है, बाहिर से नहीं, वह काँप गया। यूनिट के अफ़सर और ज़वान वहाँ से गुज़र रहे हैं। उसके पास रुकना तो दूर, कोई देख भी नहीं रहा उसे। सब–के–सब उसके दुश्मन क्यों हो गये?

आज सवार रामचन्दर के कमांडिंग अफ़सर लेफ़्टीनेंट कर्नल ब्रजेन्द्र राव की गवाही शुरू हुई। सरकारी वकील को उन्होंने बताया कि सवार रामचन्द्र ने कभी भी उसके पास कैप्टन कपूर की शिकायत नहीं की। वह क्योंकर बता सकते हैं कि रामचन्दर को इन अफ़सरों से क्या दुश्मनी थी, उसने गोली क्यों चलायी?

बिकाश राय ने पहला सवाल पूछा–"सर, आपने ख़ुद बताया कि सवार रामचन्दर को इन अफ़सरों से कोई दुश्मनी नहीं थी। जिस दिन उसने गोली चलायी, क्या वह पागल हो..."

सरकारी वकील ने बात पूरी नहीं होने दी–"कैप्टन राय इंसैनिटी की प्ली नहीं ले सकते। उसे यह सवाल पूछने से रोका जाये।"

"मैंने कब बात की अस्थायी पागलपन की? इंसैनिटी की प्ली तो आप लेंगे, मैं नहीं।"

"मैं लूँगा? इंसैनिटी प्ली! क्यों कैप्टन? आर यू गॉन मैड!" मेजर पुरी ने बिल्कुल हैरान आवाज़ में पूछा।

"मेजर पुरी, माइंड योर लैंग्वेज! तुम जानते हो, सवार रामचन्दर का मेडिकल हो चुका है। कैप्टन राय को बीच में मत रोको।"

बिकाश ने अगला सवाल पूछा–"अच्छा सर, क्या आपसे कभी कैप्टन कपूर ने रामचन्दर की कोई शिकायत की?"

"नहीं, रामचन्दर यूनिट के सबसे चुस्त और मुस्तैद जवानों में एक है। आज तक किसी ने उसकी शिकायत नहीं की।"

"मार्च की दस तारीख़ को आप जब परेड ग्राउंड गये, तो क्या हुआ था?"

"होना क्या था, जवान परेड कर रहे थे।" कोर्ट–कमरे में बैठे सब लोग मुसकराये। यह बचाव–वकील कभी–कभी कैसे बेवकूफ़ सवाल पूछता है,

लेकिन कर्नल सूरत सिंह नहीं मुसकराये, क्योंकि उन्हें अब तक पता चल चुका है कि बिकाश राय सीधा हमला नहीं करता, इसके साधारण शब्द व्यूह की पहली कड़ी होते हैं।

"सॉरी सर! मैंने सवाल ही ग़लत पूछा। आपको शायद याद नहीं कि उस दिन कैप्टन कपूर ने सवार रामचन्दर को सौ बार सैल्यूट करने को कहा था। क्यों?"

"मैं गोल्फ़ ग्राउंड की तरफ़ जा रहा था। देखा कि परेड ग्राउंड में सारे जवान सावधान की पोज़ीशन में खड़े हैं। मैं हैरान हो गया। ये लोग परेड क्यों नहीं कर रहे? ग्राउंड में गया। सूबेदार साहब ने बताया कि कैप्टन कपूर ने रामचन्दर को सौ बार सैल्यूट करने की सज़ा दी है, क्योंकि उसने ठीक से सैल्यूट नहीं किया था।"

"तो आपने क्या किया? आपने कोई पूछताछ की है?"

"मैं अपनी यूनिट के अफ़सरों पर शक नहीं करता। अगर कैप्टन कपूर ने देखा कि रामचन्दर ने ठीक से सैल्यूट नहीं किया, तो ठीक देखा। अफ़सर को किसी भी जवान को छोटी–मोटी सज़ा देने का हक़ है।"

"तो फिर आपने कैप्टन कपूर को ऑर्डर क्यों दिया कि वह रामचन्दर के हर सैल्यूट के जवाब में सैल्यूट करे, पूरे सौ बार!"

"कैप्टन, तुम्हें इस रूल का पता है कि नहीं कि जब अफ़सर ने वर्दी पहन रखी हो, तो उसे जवान के सैल्यूट के जवाब में सैल्यूट करना पड़ता है।"

कोर्ट के सारे सदस्यों को पता चल गया कि उस दिन सी.ओ. ने दरअसल, कैप्टन कपूर को सज़ा दी थी, सारे जवानों के सामने सौ बार सैल्यूट करने की सज़ा!

"अच्छा सर! आपने सवार रामचन्दर के लिए प्रतिदिन दो किलो दूध और बादाम की ख़ुराक क्यों लगायी?"

"रेज़िमेंट का रेज़िंग–डे था। सवार रामचन्दर पाँच हज़ार मीटर की दौड़ में फ़र्स्ट आया। टाइमिंग देखकर मैं हैरान हो गया। सेना के रेकॉर्ड से सिर्फ़ आधा मिनट पीछे। मुझे यक़ीन हो गया कि रामचन्दर यह रेकॉर्ड तोड़ सकता है। इसलिए दूध और बादाम की ख़ुराक लगायी।"

"सर, बधाई! आपके जैसी पहचानने वाली नज़र कितने अफ़सरों के पास है! तो क्या रामचन्दर आपकी उम्मीदों पर पूरा उतरा?"

"बिल्कुल! उत्तरी कमान के खेलों के मुक़ाबले में पाँच हज़ार मीटर की दौड़ उसने जीती। सेना के रिकॉर्ड से सिर्फ़ दस सेकंड पीछे।"

"क्या उसने सारी सेना का रेकॉर्ड तोड़ा?"

"सेना का क्या, रामचन्दर एशिया की दौड़ का रेकॉर्ड तोड़ सकता था, लेकिन इंटर–कमांड मुक़ाबलों से पहले ही यह हादसा हो गया।" उन्होंने उदास आवाज़ में कहा, क्योंकि रामचन्दर ने उस दृश्य को पोंछ दिया था–उनकी यूनिट का जवान और एशिया का सबसे तेज़ धावक!

"अच्छा सर, रामचन्दर के यूनिट में आने से पहले पाँच हज़ार मीटर दौड़ की चैम्पियन कौन था?"

"कैप्टन कपूर!" सी.ओ. व्यूह के अन्दर प्रवेश कर गया और आख़िरी सवाल पूछते हुए बिकाश राय ने व्यूह का दरवाज़ा बन्द कर दिया। कोर्ट के सदस्यों को, सभापति को, कमरे में बैठे अफ़सरों और जवानों को इस सामरिक चाल का पता तो चला, लेकिन तब, जब बिकाश राय की व्यूह–रचना सफल हो चुकी थी।

"सर, कैप्टन कपूर की पत्नी आजकल कहाँ है?"

"यह सवाल तुम कपूर से पूछो। मुझे किसी के घरेलू मामलों से क्या मतलब?"

"सर, सी.ओ. एक पिता के समान होता है। यूनिट की कोई भी बात घरेलू बात नहीं होती। कैप्टन कपूर की पत्नी आपसे मिली थी, फ़रवरी की पाँच तारीख़ को।"

"तुम्हें कैसे पता? भगवान हो क्या?" कर्नल की आवाज़ में ग़ुस्सा था।

"सर, कैप्टन कपूर की पत्नी आजकल दिल्ली के एक स्कूल में पढ़ा रही है। मैं उससे मिल आया हूँ। उसने मुझे उस प्रार्थना–पत्र की प्रति भी दी है, जो उसने आपको पेश किया था।"

"कैप्टन बिकाश राय को घरेलू बातें पूछने से रोका जाये। यह कोर्ट मार्शल कैप्टन कपूर की वाइफ़ की वजह से नहीं हो रहा, सवार रामचन्दर के ख़ून करने की वजह से हो रहा है।" सरकारी वकील ने एतराज़ किया। कर्नल सूरत सिंह ने जज एडवोकेट की तरफ़ देखा। सलाहकार का सिर झुका हुआ–न बोलकर सलाह दी, न लिखकर। उन्होंने छोटे–छोटे क़दमों से चलते बिकाश राय को देखा, जो अब कैप्टन कपूर की कुर्सी के पास पहुँच गया। यूनिट के सी.ओ. के चेहरे पर कुछ बोलने और न बोलने के

बीच की स्थिति का घमासान युद्ध! कैप्टन कपूर की सहायता के लिए लगातार घूमती आँखें, भयभीत, अकेली और निहत्थी हो गयी आँखें।

कर्नल ने पूछा, "कैप्टन राय, जो सवाल पूछ रहे हो, क्या इस कोर्ट मार्शल से इन सवालों का कोई कनेक्शन है? अगर है, तो सवाल जारी रखो।"

कैप्टन बिकाश राय तेज़ी–से कपूर की कुर्सी के चारों तरफ़ घूम गया। अब उसने वहीं से खड़े–खड़े बोलना शुरू किया। शब्द इतने हौले–से उसके मुँह से निकलने शुरू हुए कि कमरे में बैठे सब लोगों को अपनी सारी इन्द्रियाँ कानों में समेटनी पड़ गयीं।

"सर, अब मैं कर्नल साहब से सवाल नहीं पूछूँगा। उस रात की घटना मैं बताता हूँ, जब कैप्टन कपूर ने अपनी पत्नी को इतना मारा कि उसका कान फट गया। सवार रामचन्दर उन दिनों कैप्टन कपूर का सेतादार था। नशे में धुत्त कैप्टन को पता ही न चला कि कान के पास लगी चोट से उसकी पत्नी मर सकती थी। रामचन्दर ने कैप्टन की पत्नी को सैनिक अस्पताल पहुँचाया। वह पूरी रात जीवन–मृत्यु के बीच झूलती रही। अस्पताल के सी.ओ. ने आज्ञा दी कि केस सिविल पुलिस में दर्ज कराया जाये क़ातिलाना हमले का। यूनिट के सी.ओ. राव तथा बाक़ी अफ़सरों ने बीच–बचाव किया। अगर केस सिविल पुलिस को दिया गया, तो कितनी बदनामी होगी। कैप्टन कपूर की पत्नी ने तलाक़ माँगा है और दिल्ली में यह केस अगले महीने शुरू होगा। कोर्ट चाहे तो मैं अस्पताल के सी.ओ. तथा बीच में पड़ने वाले अफ़सरों को गवाह के रूप में पेश कर सकता हूँ। यूनिट के सी.ओ. राव बता सकते हैं कि जो कुछ मैंने बताया, ठीक है कि नहीं?"

इससे पहले कि राव जवाब दें, कपूर ने चीख़–चीख़कर बोलना शुरू कर दिया "बिकाश राय, तुम नक्सलाइट हो! तुम्हारा बड़ा भाई नक्सलाइट था। पुलिस के हाथों मारा गया। तुम्हारे ख़ून में बग़ावत है। तुम..."

कर्नल सूरत सिंह ने दरवाज़े पर खड़े गार्ड को आज्ञा दी, "कैप्टन को अपनी कुर्सी पर बिठाओ।" गार्ड ने कपूर का कन्धा पकड़ने के लिए हाथ आगे किया, कपूर ने उसका हाथ झटक दिया। गार्ड ने स्टेनगन कन्धे पर जमायी–"गोली मार दूँगा।" कैप्टन कपूर ने गार्ड की आँखों में हत्यारी झलक देखी, जिसकी शक्ल रामचन्दर की शक्ल से बिल्कुल मिलती हुई थी, और वह कुर्सी पर बैठ गया। शरीर काँपता हुआ, थर–थर थर–थर! गार्ड

दरवाज़े पर लौट गया, स्टेनगन उसके कन्धे से अब भी लगी हुई। सूरत सिंह ने आज्ञा दी, 'विश्राम', और गार्ड ने स्टेनगन अपने कन्धे से हटा ली।

बिकाश राय ने सफ़ाई वकील से पूछा–"क्या मेजर पुरी कैप्टन कपूर के लिए अस्थायी पागलपन का प्रार्थना–पत्र देना चाहेंगे! अगर हाँ तो कोर्ट मार्शल स्थगित करना पड़ेगा।"

सरकारी वकील ने कोई जवाब नहीं दिया।

"मेरी प्रार्थना है कि माननीय कोर्ट इस बात पर ज़रूर सोचे कि एक सीधा–सादा, देहाती और अनुशासनप्रिय सैनिक अपने अफ़सरों का ख़ून क्योंकर कर सकता है? इंसान तो एक जैसे होते हैं, लेकिन एक इंसान जब जंगली जानवर बन जाये, प्रत्येक क्षण हमला करने को तैयार हिंसक जानवर, तो दूसरा इंसान अपने बचाव के लिए उस जानवर का ख़ून करेगा कि नहीं? कहीं ऐसा तो नहीं कि सवार रामचन्दर के अन्दर यह डर घर करके बैठ गया हो कि कैप्टन कपूर और कैप्टन वर्मा कभी भी उस पर हमला कर सकते हैं, इसलिए..." वह रुका। कर्नल सूरत सिंह की आँखें उसके शरीर को छेद रही हैं, लेकिन वह तो डराया नहीं जा सकता। कोर्ट–कमरे में एक विस्फोटक शान्ति छा गयी। बेआवाज़ फटते ग्रेनेड। बिकाश राय ने बात पूरी की–"कैप्टन कपूर ने कहा है कि मेरा बड़ा भाई नक्सलाइट था, पुलिस के साथ मुठभेड़ में मारा गया। यह सच है, मेरा बड़ा भाई जो लड़ाई बन्दूक़ से लड़ रहा था, वही लड़ाई मैं क़ानून की ताक़त से लड़ रहा हूँ। हमारे वंश में यह लड़ाई तो सैंकड़ों सालों से लड़ी जा रही है। मेरे दादा जज थे, त्याग–पत्र देकर भगत सिंह, सुखदेव और राजगुरु की वकालत करने कलकत्ता से लाहौर आये थे। शायद कैप्टन कपूर को पता नहीं कि अगर मेरा बड़ा भाई नक्सलाइट था, तो मेरे पिता आजकल कलकत्ता हाईकोर्ट में जज हैं। कैप्टन कपूर अगर अपनी पत्नी पर जानलेवा हमला कर सकता है, तो पता नहीं, उसके सवार रामचन्दर के साथ क्या किया होगा कि उसे ख़ूनी और हत्यारा बनना पड़ा।" बिकाश राय अपनी कुर्सी पर बैठ गया। वह चीते जैसा आदमी अब बेजान लग रहा है, लेकिन उसका चेहरा बिल्कुल धुला हुआ, एक धुली हुई आत्मा का धुला हुआ चेहरा।

"क्या कैप्टन राय यह साबित कर सकते हैं कि कैप्टन कपूर ने रामचन्दर पर इतना जुल्म किया कि वह ख़ून करने पर मजबूर हो गया? यह कोर्ट मार्शल है, ठोस और सच्ची घटनाओं पर किया जा रहा कोर्ट

मार्शल। आदमी जानवर बनता है या नहीं, इस मनोवैज्ञानिक बहस की जगह कोर्ट मार्शल का यह कमरा नहीं।" सरकारी वकील ने कमरे की विस्फोटक शान्ति तोड़ी। कमरे ने फिर से साँस लेना शुरू किया।

"मेजर पुरी ठीक कहते हैं। मुझे ऐसी बातें नहीं करनी चाहिए। कोर्ट से मेरी प्रार्थना है कि सूबेदार साहब को फिर से गवाही के लिए बुलाया जाये। मुझे कुछ और बातें पूछनी हैं।" बिकाश राय के पीछे हटने पर, ग़लती मानने पर सरकारी वकील ने उसकी प्रार्थना पर कोई एतराज़ नहीं किया, लेकिन कर्नल सूरत सिंह को तो पता है कि यह पीछे हटना एक सामरिक चाल है। उनके हाथ दो बार गले के पास गये, लेकिन आज तो गले में ग्रेनेडों की माला नहीं। होती भी तो किसे मारते? आत्मा के जाग्रत हिस्से को तो शत्रु का पता नहीं, लेकिन सुप्त हिस्सा तो कैप्टन कपूर के पास खड़ा है, घात लगाकर, घातक आक्रमण के लिए। उन्होंने उठते हुए आज्ञा दी, "कल सूबेदार साहब गवाही के लिए पेश होंगे।"

लोग बाहिर निकले। कपूर ने बिकाश राय का रास्ता रोककर कहा—"तुम चाहे मेरी जितनी बदनामी कर लो, लेकिन रामचन्दर को फाँसी से नहीं बचा सकते।"

"कैप्टन कपूर, मैंने आपको कल भी बताया था कि मैं मुजरिमों से बात नहीं करता। सवाल यह नहीं कि सवार रामचन्दर फाँसी से बचेगा कि नहीं, कुत्ते, सवाल यह है कि पहले कौन मरेगा, तुम कि सवार रामचन्दर! और सुनो! मेरा भाई नक्सलाइट था, मुझमें भी वही लहू है। फिर रास्ता रोका तो ख़ून कर दूँगा। रास्ता छोड़ो।" बिकाश राय ने कपूर को धक्का देकर परे किया। मुड़कर देखा, कर्नल सूरत सिंह पीछे खड़े थे, सब कुछ सुनते हुए। वह आगे आये, उसके कन्धे पर हाथ रखकर कहा—"कैप्टन राय, आज रात का खाना तुम मेरे साथ खाओगे।" कपूर की तरफ़ आग्नेय आँखों से देखा और तेज़ कदमों से अपनी जीप की तरफ़ बढ़ गये।

सूबेदार साहब गवाही के लिए पेश हुए। घबराए हुए देखकर बिकाश राय ने हौसला दिया—"साहब, आप यह बिल्कुल मत सोचें कि परेशान करने के लिए आपको दोबारा बुलाया है। आप तो जानते हैं, सूबेदार जवानों और सी.ओ. के बीच एक पुल होता है। जवानों के दुःख–दर्द इसी पुल से होकर सी.ओ. तक पहुँचते हैं और सी.ओ. भी इसी पुल से गुज़रकर जान

सकता है, जवानों के बारे में। क्यों, ठीक कहा न मैंने?" सूबेदार साहब ने 'हाँ' में सिर हिलाया। लेकिन बिकाश राय की बात से न उसका हौसला बढ़ा न वह ख़ुश हुआ। इतनी लम्बी नौकरी है, अब तक इस कैप्टन की रणनीतियाँ समझ आ चुकी हैं। पहले हाथ पकड़कर सहारा देगा, फिर वही हाथ खींचकर खाई में धकेलेगा। लेकिन पुलवाली बात तो ठीक कही। तो क्या वह ख़ुद कहीं कमज़ोर पुल था कि रामचन्दर ने...

"साहब, सी.ओ. साहब ने जब सवार रामचन्दर की अतिरिक्त ख़ुराक़ लगायी, तो उससे पहले रामचन्दर कैप्टन कपूर का सेवादार था न?"

"नहीं सर, रेज़िंग डे पर जब रामचन्दर ने पाँच हज़ार मीटर की दौड़ जीती, तब सी.ओ. साहब ने उसके लिए दूध और बादाम लगाये। इसके बाद ही रामचन्दर को कैप्टन साहब के अर्दली की ड्यूटी दी गयी।"

"सी.ओ. ने ख़ुराक इसलिए लगायी कि रामचन्दर दौड़ की तैयारी करे, अभ्यास करे। आपने उसे सेवादार लगा दिया! क्यों?"

"सर, कैप्टन कपूर साहब ने मुझे ऑर्डर दिया कि रामचन्दर को उनका अर्दली लगाऊँ। वह सुबह–शाम उसके साथ दौड़ेंगे। रामचन्दर की प्रैक्टिस होगी। मुझे उनकी बात ठीक लगी, इसलिए..."

"उनका सेवादार बनने के बाद क्या रामचन्दर सवेरे–शाम मैदान में अभ्यास के लिए आता था?"

"नहीं सर, महीने में दो–तीन बार आया।"

"सी.ओ. ने विशेष ख़ुराक लगायी और रामचन्दर ने अभ्यास बन्द कर दिया, क्यों? आपसे पूछा?"

"पूछा था, सर! रामचन्दर ने बताया कि कैप्टन साहब प्रैक्टिस के वक़्त उसे कोई न कोई काम बता देते थे, इसलिए..."

"साहब, सेवादार को क्या काम करने के लिए अफ़सर के घर भेजा जाता है?"

"सर, रूल के मुताबिक़ तो वर्दी तैयार करना, हथियार साफ़ रखना। लेकिन आप तो जानते..."

"हाँ, मैं जानता हूँ। नियम और क़ानून कौन मानता है! सेवादार तो अफ़सर का निजी नौकर बन जाता है। बाज़ार से सामान लाओ, बच्चों को घुमाओ। मेमसाहब के कपड़े प्रेस करो। खाना बनाओ। लेकिन इसमें आपका क्या क़सूर! ख़ैर, सवार रामचन्दर को आपने कैप्टन कपूर के सेवादार के काम में बदला, क्यों बदला?"

"सर, रामचन्दर ने ही बदलने के लिए कहा था। वह इतवार को सी. ओ. साहब के दरबार में शिकायत करना चाहता था। मैंने कैप्टन साहब को बताया। बात आगे न बढ़े, इसलिए..."

"रामचन्दर को क्या शिकायत थी?"

"सर, आप तो जानते हैं, वह छोटी जाति का है। उसने शिकायत की कि कैप्टन साहब उसे 'हरिजन' बुलाते हैं।"

"और आपने रामचन्दर की यह ग़लत शिकायत मान ली! 'हरिजन' शब्द तो महात्मा गाँधी का दिया हुआ है। अगर कैप्टन ने उसे 'हरिजन' बुलाया, तो गाली कहाँ से हो गयी?"

"सर, वह रामचन्दर को 'चूहड़ा' और 'भंगी' कहकर पुकारते थे, सबके सामने। उनके दोस्त कैप्टन वर्मा भी 'चूहड़ा' कहते थे।"

"रामचन्दर ने कौन–सा काम करने से इनकार किया?"

"साहब की छोटी बच्ची की शिट उठाने से।"

"यह शिट क्या होता है? मुझे अंग्रेज़ी कम आती है, हिन्दी में बताओ।"

"टट्टी। साहब ने छोटी बच्ची की टट्टी उठाने के लिए कहा था। रामचन्दर ने इनकार कर दिया। साहब ने कहा–"जात के चूहड़े हो। तुम्हारे पुरखे पुश्तों से हम लोगों की टट्टी की टोकरी सिर पर उठाते रहे हैं।"

"इसलिए आपने रामचन्दर की शिकायत मान ली।"

"जी, सर!"

"सी.ओ. साहब को रिपोर्ट की?"

"नहीं सर, सोचा, झगड़ा निपटा दूँ। बात न फैले।"

"आपने ठीक सोचा। सरकार ही बेवक़ूफ़ है, जो एक कर्नल को सी.ओ. बनाती है। उसे तो आगे से सूबेदार को सी.ओ. बनाना चाहिए। क्यों, ठीक है?"

"नहीं सर, मुझसे ग़लती हो गयी। सी.ओ. साहब को सब कुछ बता देता, तो शायद यह क़त्ल न होता।" सूबेदार अपनी जगह पर आया, इस हत्या के जुर्म का भागीदार वह भी है, इस पाप के बोझ से दबा हुआ।

हत्या के चश्मदीद गवाह कैप्टन कपूर से सरकारी वकील ने बहुत थोड़े प्रश्न किये क्योंकि उसे पता चल चुका था कि कैप्टन से पूछने के लिए कुछ बचा ही नहीं। कैप्टन कपूर ने बताया कि उस रात सवार रामचन्दर

ने चाहे 'थम! कौन जाता है!' की ललकार नहीं लगायी, फिर भी उसने कैप्टन वर्मा को मोटरसाइकिल रोकने के लिए कहा था, वह सेना के प्रत्येक क़ानून पर अमल करने वाला अफ़सर है।

अब बचाव वकील की बारी थी। इस बार कैप्टन बिकाश राय तेज़ चाल से कैप्टन कपूर के पास पहुँचा। उसकी छाती पर लगे मैडल को देखा, पूछा–"यह मैडल आपको किसलिए मिला?"

"आइ गॉट इट..."

"आप हिन्दी में जवाब दें।"

कैप्टन कपूर ने कोर्ट मार्शल के सभापति कर्नल सूरत सिंह की तरफ़ देखकर कहा–"सर, मुझे हिन्दी ठीक से बोलनी नहीं आती। अंग्रेज़ी में जवाब देने की इजाज़त दी जाये।" कर्नल ने बिकाश राय की तरफ़ देखा, बोले कुछ नहीं।

"आपका जन्म कहाँ हुआ? पढ़ाई कहाँ की?"

"अमृतसर में। बी.ए. तक वहीं पढ़ा।"

"आपने दसवीं और बी.ए. में हिन्दी भी पास की, फिर भी आपको ठीक से हिन्दी नहीं आती। मैं तो कलकत्ता में जन्मा, वहीं पढ़ा। मुझे तो हिन्दी आती है। ख़ैर, आप जवानों से बात अंग्रेज़ी में करते हैं, क्यों?"

"टूटी–फूटी हिन्दी बोल लेता हूँ। अफ़सर तो अंग्रेज़ी में बात करते हैं। अंग्रेज़ों के टाइम से यह चल रहा..."

कर्नल सूरत सिंह ने टोका–"कैप्टन कपूर, अंग्रेज़ों का टाइम तो चालीस साल पहले ख़त्म हो गया। तुम हिन्दी में जवाब दोगे। समझे!" कपूर ने 'हाँ' में सिर हिलाया।

"सवार रामचन्दर ने सूबेदार साहब से आपकी शिकायत क्यों की?"

"अब ख़ानदानी लोग फ़ौज में भर्ती नहीं होते। छोटी जाति के लोगों को भरती किया जायेगा, तो यही होगा। इसलिए इंडियन आर्मी का डिसिप्लिन..."

"आप भारतीय सेना के अनुशासन की चिन्ता छोड़ें। यह 'ख़ानदानी लोग' क्या होता है?"

"खाते–पीते घरों के लोग। भूखे–नंगों को जब फ़ौज में रोज़ भरपेट रोटी मिलती है, तो उनका दिमाग़ फिरेगा कि नहीं?"

"ज़रूर फिरेगा। आप तो ख़ानदानी हैं, खाते–पीते घर से।"

"जी! मेरे पिता रेलवे से रिटायर हुए। अमृतसर में अपनी कोठी, गाँव में ज़मीन..."

"आपके पिता रेलवे में क्या काम करते थे?"

कपूर ने सिर झुका लिया। सूरत सिंह गरजे, "जवाब दो!"

"सर, गुड्ज क्लर्क थे।"

"बड़ी समझदारी से ख़र्चा करते होंगे। तभी सामान बुक करने वाला क्लर्क होने पर भी उन्होंने कोठी बना ली, ज़मीन ख़रीद ली। उन्हें नौकरी से कितनी बार निलम्बित किया गया?"

"निलम्बित क्या होता है?"

"सस्पैंड! मुअत्तिल! रिश्वत लेने के जुर्म में आपके पिता को तीन बार मुअत्तिल किया गया। तीनों बार बच गये, दे दिलाकर!"

"सर, कैप्टन राय को कोई हक़ नहीं किसी के माँ–बाप पर कीचड़ उछालें। उन्हें ऐसे सवाल पूछने से रोका जाये।"

"नहीं पूछूँगा। यह सवाल तो मैं 'ख़ानदानी' शब्द का अर्थ समझने के लिए पूछ रहा था। कैप्टन कपूर के पिता को मुझे बीच में नहीं लाना चाहिए था।" बिकाश राय ने अपनी ग़लती मानी। कपूर से अगला सवाल पूछा–"आपका परिवार चार महीने से दिल्ली में है। आप खाना तो मेस में खाते होंगे?"

"नहीं, घर ही खाता हूँ। रोटी पकाने के लिए नौकर है।"

"आजकल तो अफ़सरों को मुफ़्त राशन मिलता है। आप पिछले चार महीने से कैप्टन वर्मा के घर खाना खाते रहे हैं।"

"क्या मैं अपने दोस्त के घर खाना नहीं खा सकता?"

"खा सकते हैं, लेकिन बचे हुए राशन का क्या किया?"

"जो राशन बचता है, नौकर को दे देता हूँ।"

"आप बचा हुआ राशन नौकर को नहीं देते। पिछले कई महीनों से आपका सेवादार यह राशन सदर बाज़ार में बनवारीलाल ऐंड संस की दुकान पर बेच आता है। आप चाहें तो बनवारीलाल को, आपके सेवादार को गवाही के लिए पेश करूँ, कि आप सरकारी राशन बेचते हैं?"

"बाक़ी अफ़सर भी..."

कर्नल सूरत सिंह दहाड़े–"बाक़ियों की बात छोड़ो। तुम्हारा सेवादार राशन बेचता था कि नहीं?"

कपूर ने सिर झुका लिया।

"आप अपने सेवादार रामचन्दर को 'चूहड़ा' और 'भंगी' पुकारते थे?"

"नहीं, वह झूठ बोलता है। और अगर भंगी को 'भंगी' बुलाया जाये, तो इसमें क्या क्राइम हो गया?"

"कोई क्राइम नहीं कैप्टन भिखारी दास कपूर।" बिकाश राय ने स्वीकारा।

"आप मेरा नाम ठीक से लें, बी.डी. कपूर।" कैप्टन चीख़ा।

"आपके मैट्रिक के प्रमाण–पत्र में भिखारी दास कपूर लिखा है। जानते हैं, ऐसा नाम आपकी माँ ने क्यों रखा? आपका जन्म बहुत सारे पीर–फ़क़ीर मनाने के बाद हुआ। आपके इलाक़े में यह अन्धविश्वास है कि लड़के का जन्म अगर मुश्किल से हो, तो नाम घटिया रखा जाये।"

"आइ एम बी.डी. कपूर। यू कैन नॉट कॉल मी बाइ एनी अदर नेम।"

"आप अगर भंगी को 'भंगी' और 'चूहड़ा' पुकार सकते हैं, तो मैं भी आपको असली नाम से पुकार सकता हूँ, कैप्टन भिखारी दास कपूर!"

"स्टॉप इट! अदरवाइज़..."

"अदरवाइज़ क्या? मुझे थप्पड़ मारोगे? जैसे रामचन्दर को मारा था, जब उसने 'चूहड़ा' पुकारने पर एतराज़ किया था।"

"हाँ, मारूँगा। आइ एम बी.डी. कपूर। यू सन ऑफ़"...कैप्टन कपूर बिकाश राय की तरफ़ झपटा। उसके उठे हुए हाथ को बिकाश राय ने अपनी मुट्ठी में कस लिया। कमरे में बैठे लोग खड़े हो गये। राय उसे कुर्सी तक ले गया। कर्नल ने दरवाज़े के पास खड़े गार्ड को आज्ञा दी–"कैप्टन कपूर की कुर्सी के पास खड़े हो जाओ। इसे अपनी जगह से हिलने नहीं देना। समझे?" गार्ड ने स्टेनगन कन्धे पर रखी और हत्यारे क़दमों से चलता हुआ कपूर की कुर्सी के पास खड़ा हो गया।

"मेरी प्रार्थना है कि बचाव वकील से कहा जाये कि कैप्टन कपूर से आज और सवाल न पूछें। कैप्टन कपूर डिस्टर्ब हैं।" सरकारी वकील ने मरियल दलील दी।

"मेजर साहब, मुझे कप्तान कपूर से और कुछ नहीं पूछना। हाँ, 'डिस्टर्ब' शब्द का क्या मतलब? कहीं आप यह तो नहीं कह रहे कि कैप्टन कपूर अपना मानसिक सन्तुलन खो बैठते हैं।" सरकारी वकील ने कोई जवाब नहीं दिया। कुर्सी पर बैठे कैप्टन कपूर को पता नहीं बिकाश राय का यह वाक्य क्यों याद आ गया कि सवाल यह नहीं कि रामचन्दर को फाँसी होगी कि नहीं, सवाल यह है कि पहले कौन मरेगा–रामचन्दर अथवा कपूर।

सवार रामचन्दर की गवाही शुरू हुई। सरकारी वकील ने सिर्फ़ एक प्रश्न पूछा–"आपको कैप्टन कपूर और कैप्टन वर्मा गालियाँ देते थे। क्या आपने सी.ओ. साहब से रिपोर्ट की?"

"सर, मुझे कुछ नहीं कहना। मैंने ख़ून किया है। मुझे सज़ा मिलनी चाहिए। मैं किसी सवाल का जवाब नहीं दूँगा।" सफ़ाई वकील अपनी जगह बैठ गये। सलाहकार जज ने काग़ज़ पर लिखकर कर्नल को सलाह दी, 'इक़बालिया बयान के बाद रामचन्दर को बयान देने के लिए मजबूर तो नहीं किया जा सकता, लेकिन इससे कोर्ट मार्शल एकतरफ़ा हो जायेगा और यह ठीक नहीं होगा।'

कर्नल ने बिकाश राय की ओर सहायता माँगती आँखों से देखा। कैप्टन बिल्कुल हौले–से रामचन्दर के पास पहुँचा।

"आपका नाम क्या है?"

"सर, मैं किसी सवाल का जवाब नहीं दूँगा।"

"मैंने सवाल तो पूछा ही नहीं। आपका नाम रामचन्दर है, भगवान रामचन्दर के नाम पर। वह न्याय के लिए लड़े थे। शायद यही सोचकर आपके माँ–बाप ने आपका नाम 'रामचन्दर' रखा हो।"

"साहब, यह तो मुझे मालूम नहीं कि माँ–बाप ने मेरा नाम रामचन्दर क्यों रखा, लेकिन कैप्टन कपूर और कैप्टन वर्मा कहते थे कि आजकल हर चूहड़े–चमार का नाम रामचन्दर है या कृशन लाल। अब मैं आपके किसी सवाल का जवाब नहीं दूँगा। मैं इक़बाल कर चुका हूँ कि ख़ून मैंने किया है।"

"ख़ून किया है, तो क्या तुम्हें 'परमवीर चक्र' दिया जाये? फाँसी होगी, फाँसी। तुम लोगों को क़ानून और संविधान चाहे बराबर के अधिकार दे, तुम रहोगे वही, डरपोक और कायर! शपथ लेने के बाद भी सच नहीं बोलोगे। मैं कहता हूँ, तुम्हें कैप्टन कपूर और वर्मा ठीक ही पुकारते थे–रामचन्दर चूहड़ा।"

"साहब, गाली मत दो। नहीं तो मैं आपका ख़ून कर दूँगा। मेरे गोरे रंग को देखकर कैप्टन कपूर हमेशा कहते थे–'चिट्टा चूहड़ा'...ज़रूर किसी कपूर या वर्मा की सट्ट है।"

"यह सट्ट क्या होता है? मुझे पंजाबी नहीं आती।" बिकाश राय रामचन्दर को ताव में ला चुका है, उसे साँस लेने, सोचने का मौक़ा नहीं दे रहा।

"सट्ट होता है औलाद, जो किसी और आदमी की हो, यानी कि मैं अपने बाप की नहीं, किसी कपूर या वर्मा की औलाद हूँ।"

"उस रात तुमने इन्हें ललकारा नहीं था? फिर इन अफ़सरों ने मोटरसाइकिल गार्ड हाउस के पास रोकी क्यों? तुमने ज़रूर कोई धमकी दी होगी, गाली दी होगी।"

"नहीं, जब भी मैं गार्ड ड्यूटी पर होता था, मैस से वापिस लौटते हुए दोनों गार्ड हाउस के पास रुकते थे, मुझे गाली देने के लिए।"

"उस रात क्या गाली दी?" बिकाश राय ने गरजकर पूछा।

"चिट्टे चूहड़े! तू ज़रूर कपूर या वर्मा की सट्ट है।"

"सच बोलो! कौन–सी गाली?" बिकाश राय दहाड़ा।

"चिट्टे चूहड़े! तेरी माँ ज़रूर किसी कपूर या वर्मा के साथ सोयी होगी।" और रामचन्दर ने मुँह पर हाथ रखकर फूट–फूटकर रोना शुरू कर दिया। कर्नल सूरत सिंह ने गार्ड के हाथ देखे, स्टेनगन पर कसते हुए।

"गार्ड! विश्राम! दरवाज़े पर खड़े हो जाओ।"

गार्ड की स्टेनगन कैप्टन कपूर की तरफ़ एक बार उठी, कमरे ने साँस लेनी बन्द कर दी। वह दरवाज़े की तरफ़ चल पड़ा। रामचन्दर अब भी रो रहा है। सी.ओ. खुद उठे। उसे थामकर कठघरे से बाहिर लाये। गार्ड को इशारा किया। वह पानी का गिलास लाया। अपने हाथ से रामचन्दर को पानी पिलाते दबी और ज़हरीली आवाज़ में कहा–"इस हरामी कपूर पर गोली चलाते हुए तेरा निशाना क्यों चूक गया?" रामचन्दर के आँसू बन्द हुए। उसने अपने सी.ओ. की तरफ़ देखा। उसकी आत्मा से तेज का चमकता टुकड़ा सरककर उसके चेहरे पर फैल गया।

सरकारी वकील ने बात समेटी–"चाहे कैप्टन बिकाश राय ने साबित कर दिया कि सवार रामचन्दर के साथ जुल्म हुआ, लेकिन रामचन्दर इसकी शिकायत सी.ओ. से कर सकता था, आर्मी चीफ़ और राष्ट्रपति तक पहुँच सकता था। उसने क़ानून अपने हाथ में लिया, ख़ून किया, इसलिए आर्मी ऐक्ट की धारा 69 और इंडियन पीनल कोड की धारा 302 के मुताबिक़ उसे फाँसी की सज़ा मिलनी चाहिए।"

बिकाश राय खड़ा हुआ। कैप्टन कपूर को देखा, रामचन्दर को देखा और फिर कर्नल सूरत सिंह की आँखों में आँखें डालकर बिल्कुल दबी आवाज़ में बोला, गुफा से आती आवाज़ में–"सरकारी वकील ठीक कहते हैं।

सवार रामचन्दर को फाँसी की सज़ा मिलनी चाहिए। अपने देश की रक्षा की शपथ लेने के बावजूद उसने एक अफ़सर के बच्चे की ट्टटी उठाने से इनकार कर दिया। वफ़ादारी की शपथ लेने के बावजूद उसने 'हराम का सट्ट' गाली सुनकर अफ़सर का ख़ून कर दिया। उसे सेना के क़ानून की धारा 69 तथा भारतीय दण्ड संहिता की धारा 302 के अन्तर्गत हर हालत में मृत्युदण्ड मिलना चाहिए।" कोर्ट के सदस्य स्तब्ध। यह कैसा बचाव वकील है, जो बचाव की अपील के बदले सज़ा–ए–मौत देने के लिए कह रहा है!

बिकाश राय सफ़ाई वकील के पास गया। उसे कोई सलाह दी। सफ़ाई वकील ने 'हाँ' में सिर हिलाया और कोर्ट मार्शल के सभापति से कहा–"मेरी प्रार्थना है कि कैप्टन कपूर का जीवन ख़तरे में है। उसे रिवॉल्वर दिया जाये, चौबीसों घण्टे अपने पास रखने के लिए, सुरक्षा के लिए।"

कर्नल सूरत सिंह ने कैप्टन बिकाश राय की तरफ़ देखा। रणनीति के घात–प्रतिघात दोनों की आत्मा से निकले और आपस में जुड़ गये। उन्होंने कैप्टन कपूर को रिवाल्वर देने का निर्देश दे दिया।

कमरे से उठकर सब बाहिर चले गये। उन्होंने रामचन्दर को अपने पास बुलाया–"जवान! तुम्हें मौत से डर लगता है?"

रामचन्दर ने सीना तान लिया। कर्नल सूरत सिंह ने उसकी आँखों में देखकर कहा–"शहीद मौत से नहीं डरते। अपने भगवान का नाम लो। बिल्कुल डर नहीं लगेगा।" रामचन्दर ने उन्हें खटाक्–से सैल्यूट किया।

"मैं तुम्हें मृत्युदण्ड दे रहा हूँ। लेकिन तुम्हारा दुश्मन, वह हरामी कैप्टन अब फ़ौज में नहीं रह सकता। उसे डिसमिस करने के लिए लिखूँगा।"

कोर्ट के सदस्यों ने अपनी सलाह लिखकर दी। दो ने लिखा– मृत्युदण्ड और दो ने लिखा–बरी! कर्नल सूरत सिंह ने सलाहकार जज की तरफ़ देखा। उसने कहा–"सर, मैं आपको कोई सलाह नहीं दे सकता।"

"मुझे तुम्हारी सलाह की ज़रूरत भी नहीं।" कर्नल ने क़लम उठायी और मज़बूत हाथ से लिखा–मृत्युदण्ड!

उसी शाम कर्नल सूरत सिंह के ब्रिगेडियर बनने की सूचना सेना मुख्यालय से आयी। मैस में बड़ी पार्टी का आयोजन हुआ। कोर्ट मार्शल के सारे सदस्य और कैप्टन बिकाश राय तथा रामचन्दर की यूनिट के अफ़सर भी पार्टी में शामिल हुए।

कैप्टन कपूर ने मैस के दरवाज़े के पास कार खड़ी की। सेना पुलिस के गार्ड ने उसे कहा कि कार पार्किंग की जगह पर खड़ी करे। कैप्टन कपूर ने उसकी तरफ़ चाबी बढ़ाकर कहा, "तुम वहीं पार्क कर दो।"

"मैं तुम्हारे बाप का नौकर नहीं। अपने आप खड़ी करो।"

"तमीज़ से बोलो। मैं तुम्हारी रिपोर्ट कर दूँगा।"

"कैप्टन कपूर, मुझे रामचन्दर समझने की भूल मत करना। मेरा निशाना कभी नहीं चूकता। भेंण दे यार, मैं सरकार का नौकर हूँ, तेरे बाप का नहीं।" गार्ड का हाथ स्टेनगन की तरफ़ बढ़ा। कैप्टन कपूर ने अपना रिवाल्वर छुआ और कार पार्किंग प्लेस की तरफ़ ले गया। उसने दिल ही दिल में बचाव वकील कैप्टन राय का शुक्रिया किया कि उसे रिवाल्वर ईशू करने की सिफ़ारिश की। इस अचानक सत्य का पता चलते ही कि कोई भी जवान उसकी हत्या कर सकता है, वह काँप–काँप गया।

वह मेस के अन्दर आया। कर्नल सूरत सिंह को सैल्यूट किया, "सर कांग्रेट्स ऑन बिकमिंग ब्रिगेडियर मे आइ ज्वायन यू इन द सेलिब्रेशंज।"

"नो! यू मे नॉट ज्वायन मी। और ज़िन्दगी में जब कभी मुझसे आमना–सामना हो, अंग्रेज़ी में मत बोलना। नाउ गेट लॉस्ट! डोंट शो मी यूअर डर्टी फ़ेस।"

कैप्टन बी.डी. कपूर मरे हुए क़दमों से बाहिर निकला। उसका हाथ रिवाल्वर की मुट्ठी पर था। अगले ही क्षण गोली की कर्कश आवाज़ आयी, जो कमरे में गोल–गोल घूमना शुरू हो गयी। बाहिर खड़ा गार्ड भागता हुआ अन्दर आया, "सर, कैप्टन ने ख़ुदकशी कर ली।"

कैप्टन बिकाश राय ने ब्रिगेडियर सूरत सिंह की तरफ़ गिलास बढ़ाया, "चीयर्स सर!"

"चीयर्स, कैप्टन बिकाश राय!" उन्होंने अपना गिलास बिकाश राय की तरफ़ बढ़ाया। गिलासों की खनकती आवाज़ में गोली चलने की गूँज दबकर मर चुकी थी।

हथौड़ा

जिस दिन मेरी हथघड़ी गिरकर गुम हुई, उस दिन जगपाल सिंह से पहली मुलाक़ात हुई थी।

मैं अपने लड़के को स्कूटर पर उसके स्कूल छोड़ने गया और मोड़ काटते ही स्कूटर कच्चे पर उतारना पड़ा, क्योंकि सड़क सेना के भारी–भरकम ट्रकों की वजह से रुकी पड़ी थी। इन ट्रकों में भी स्कूल के बच्चे अलग–अलग स्थानों से लाये जाते हैं।

मैंने कलाई पर घड़ी के स्ट्रैप की फिसलन साफ़ महसूस की, रोकते–रोकते भी स्कूटर कुछ आगे निकल गया। लड़के को प्रवेश–द्वार तक छोड़कर मैंने घड़ी तलाशनी शुरू की।

स्कूल बारिशों के बाद खुला है, इसलिए कच्चे पर हरी घास की चादर बिछ गयी है। जिस रास्ते से स्कूटर लाया था, उस पर नीचे झुककर धीरे–धीरे चलना शुरू किया। मैं आश्वस्त था कि घड़ी मिल जायेगी। स्कूल के बाहिर बच्चे छोड़ने आये सौ–पचास लोग ज़रूर रहे होंगे, लेकिन किसी ने मेरे पास आने अथवा पूछने की भी ज़रूरत महसूस नहीं की। 'हमें क्या लेना' के रोग के तो हम सदियों पुराने रोगी हैं। पहले चक्कर में घड़ी नहीं मिली। अब थोड़ा और चौकस होकर उसी रास्ते पर लौटा। सिर झुका होने के कारण मैंने उसे क़रीब आते नहीं देखा।

"क्या खो गया, साहब?" मैंने सिर ऊपर उठाया। लम्बे क़द, छरहरे बदन और तेल चुपड़े बालोंवाला आदमी मेरे सामने था। उसके क़मीज़–पायजामे से अन्दाज़ा लग गया कि सेना का आदमी नहीं, मेरी तरह सिविलियन है।

"घड़ी यहीं कहीं घास में गिरी है।"

"क़ीमती थी क्या? फीता किस रंग का था?"

मैंने उसे बताया कि विशेष क़ीमती तो नहीं था; हाँ, थी बाहिर की। मेरा एक विद्यार्थी सिंगापुर गया था, शायद वहीं से ख़रीदी और मुझे भेंट की।

उसे बताया कि स्ट्रैप हरे रंग का था और घड़ी से ज़्यादा मुझे स्ट्रैप अच्छा लगता था।

"क़ीमत की बात नहीं, साहब! खोई हुई चीज़ की खीझ बहुत कष्ट देती है। चलिए, खोजते हैं।" उसने भी झुककर हौले–हौले उस रास्ते पर चलना शुरू कर दिया।

"आपको पक्का विश्वास है कि घर से घड़ी बाँधकर चले थे?"

"हाँ। मैंने स्ट्रैप का खिसकना साफ़ महसूस किया था।"

"साहब, आपने बताया कि फीता हरे रंग का है और घास भी हरी है। जैसे एक जैसे लोगों का गठजोड़ हो जाता है, वैसे ही हरे फीते और हरी घास ने हमारे विरुद्ध गठजोड़ कर लिया है। चलिए, कोशिश तो करें।"

वह इतनी सही हिन्दी बोल रहा है कि मुझे थोड़ी–सी हैरानी हुई। उससे पूछा कि कहाँ का रहने वाला है। उसने बताया कि असली घर तो उत्तर प्रदेश में है। यहाँ छावनी में पिछले दस साल से रह रहा है। एम.ई.एस. में बढ़ई है। सेना के इस विभाग में मुरम्मत वग़ैरह के काम के लिए असैनिक कारीगर होते हैं। मैंने पूछा कि नाम के साथ 'सिंह' क्यों लगाया है, जब कि बाल कटे हुए हैं। उसने समझाया कि उसके प्रदेश में जिन लोगों की अपनी थोड़ी–बहुत ज़मीन है, जो खेती करते हैं, प्रायः अपने नाम के साथ 'सिंह' लगाते हैं।

घड़ी न मिलनी थी, न मिली। हम दोनों ने हार मान ली। मेरा कॉलेज जाने का समय हो चला था। उसका धन्यवाद किया और स्कूटर की ओर बढ़ा। मेरा उतरा चेहरा देखकर उसने कहा–"खोई हुई चीज़ों और मरे हुए लोगों का बहुत दुःख नहीं करना चाहिए। दोनों वापस नहीं मिलते।"

यह मेरी जगपाल सिंह से पहली मुलाक़ात थी, जो नौकरी तो सेना में करता है, लेकिन है असैनिक।

अब वह गाहे–बगाहे मेरे घर आना शुरू हो गया, बकौल उसके, बतियाने के लिए। उसके अनुसार, लोग बड़े रूखे–सूखे हो गये हैं, जाने क्यों अब बातों में रस ही नहीं लेते। उसकी पुरानी साइकिल के हैंडल पर हमेशा एक मटमैला थैला टँगा होता–बढ़ईगीरी के औज़ारों वाला।

जब जगपाल पहली बार घर आया तो मेरा लड़का काठ का घोड़ा चला रहा था, जिसका हत्था बिल्कुल ढीला हो चुका था। हत्था लड़के की मुट्ठियों से फिसल–फिसल जाता था। घोड़े की गति की लय टूट

जाती तो लड़का गुस्से से घोड़े को नयी–नयी सीखी गालियाँ देता और तेज़ दौड़ाने की कोशिश करता, हत्था फिसलता और लड़के की आँखों में आँसू आ जाते।

जगपाल ने साइकिल से थैला उतारा। लड़के से कठघोड़े से उतरने के लिए कहा। आँगन में उसने निगाहें दौड़ायीं और एक मोटी लेकिन छोटी लकड़ी तलाश कर ली। उसने अपने थैले से औज़ार निकाले, लड़का हैरान आँखों से उसके पास बैठ गया।

"जगपाल, इसी में कोई लकड़ी का टुकड़ा फँसा दो, नया हत्था कहाँ बनाते फिरोगे।"

"न, साहब! टुकड़े की फाँस कभी छोटे बच्चे के हाथ में लग गयी तो! कारीगर आजकल तो बस मुरम्मत की मुसीबत काटते हैं। हमारे गुरु जी ने जब काम सिखाना शुरू किया तो पहले दिन समझाया था–जगपाल सिंह, औज़ार कारीगर के बच्चे होते हैं। इन्हें बेटों की तरह रखना चाहिए। जैसे बेटे बड़े होकर बाप का सहारा बनते हैं, उसका नाम रौशन करते हैं, वैसे ही समय गुज़रने के साथ औज़ारों से कारीगर की पहचान बनती है। वैसे साहब, इसमें कारीगरों का भी क्या क़सूर! आजकल लोगों को हर बात की जल्दी पड़ी है। आपने किसी को आराम से चलते देखा है? कारीगर टिककर काम करे तो लोग समझते हैं, टैम ज़्यादा लगाकर ज़्यादा पैसा बनाना चाहता है।" बातें करते हुए वह रन्दे से लकड़ी के टुकड़े को छीलकर गोल कर रहा था। उसने हत्था सूराख़ में फँसाया, थोड़ा और पतला किया, 'अब ठीक है' कहकर हथौड़ी से इसे सूराख़ में फ़िट कर दिया। लड़का घोड़ा चलाने के लिए उतावला हुआ। उसने रोक दिया, रेगमार निकाला, हत्थे पर रगड़ा–"हाँ, अब बिल्कुल मुलायम है, देखो तो चलाकर!"

लड़का काठ–घोड़े पर बैठा। हत्था अब हिल नहीं रहा। उसने किलकारी मारी, घोड़े की गति बढ़ायी–ठकठका–ठक, ठक–ठका–ठक की लयमुक्त आवाज़ें आँगन में उछलीं। लड़के ने घोड़ा रोका, उसकी तरफ़ देखा और उसका नामकरण कर दिया–'जादूगर अंकल।' घोड़े को ऐड़ लगाने का अभिनय किया और 'चल मेरे घोड़े ठक–ठक–ठक' गाते हुए फिर गति बढ़ा दी।

पत्नी ने दो प्याले चाय मेज़ पर रखी। उसने बीड़ी जलायी, लम्बा कश खींचा। तेज़ चलते घोड़े को देखकर उसकी आँखों में चमक आ गयी है।

"साहब, पहले लोग किसी चीज़ की मुरम्मत करने में गौरव महसूस करते थे। जूता ठीक करवाना है तो शहर के फलाँ मोची के पास जायेंगे। कपड़े तो भाई उस दर्ज़ी से सिलवायेगे। क्या बटन लगाता है! कपड़े फट जायें लेकिन बटन नहीं टूटेंगे। शादी–ब्याह की मिठाई तो साहब उस हलवाई से बनवायेंगे, बाराती उँगलियाँ चाटते रह जायें! लेकिन साहब, लोगों का भी क्या क़सूर? अब कोई भी हाथ में खुरपा पकड़कर अपने को माली समझने लगता है।"

मुझे पक्ष और विपक्ष में दलीलें देने की उसकी आदत का पता चल गया। एकतरफ़ा बात करने की छूत की बीमारी उसे नहीं लगी। उसे अचानक लगा कि वह बहुत बोल रहा है।

"साहब, मेरे बोलने का बुरा मत मानना। बातें करने से जी हल्का होता है। बड़े कठिन दिन आ गये हैं। दो मीठे बोलों पर तो जैसे मिट्टी बैठ गयी है। साहब, पहले लोग काम करते हुए बतियाते क्यों रहते थे? इसलिए कि काम करते हाथों और बातों में सुर–ताल बैठ जाती थी। थकावट कहाँ से होगी?"

वह उठा। औज़ार एक मैले कपड़े से पोंछे और थैले में रखे। मुझे नमस्ते की–"अच्छा साहब, फिर कभी चक्कर लगाऊँगा।" मैंने उसे 'साहब' कहने पर टोका। कहा कि यह 'साहब' मुझे अच्छा नहीं लगता।

"हम तो 'साहब' ही कहेंगे, साहब! आप विद्वान हैं। आपका नाम क्योंकर ले सकते हैं? आप तो साहब सबसे बड़ा दान देते हैं–विद्यादान। तभी तो हमारी पुस्तकों में लिखा है कि गुरु भगवान से भी बड़ा होता है। बलिहारी गुरु आपने जिन गोबिन्द दिया मिलाय।"

इस बात का पता मुझे अगली मुलाक़ातों में चला कि वह दसवीं पास है और हिन्दी की किताबें पढ़ने का उसे नशा है। अब मैं उसके लिए कोई न कोई किताब तलाश छोड़ता।

इस बार जगपाल सिंह मिला तो उसका मुँह उतरा हुआ था। आँखों में बेचैनी और उदासी। मैंने उससे पूछा नहीं कि वह उदास क्यों है? आजकल तो अगर कोई ख़ुश दिखे तो सवाल पूछना पड़ता है कि ख़ुश क्यों हो? उसने बीड़ी का लम्बा कश खींचा, चुटकी से मसलकर उसे बुझाया। मैंने छेड़ा कि बातें करके क्या आज जी हल्का नहीं करना?

"साहब, आप तो विद्वान हैं। ऐसा क्या कारण है कि लोग हम कारीगरों को या तो कामचोर समझते हैं या शराबख़ोर।"

"देखा जगपाल, हम एक हरामी समय और संस्कृति के दौर से गुज़र रहे हैं। हर आदमी दूसरे पर सन्देह करता है। रिक्शावाला कहीं ले जाने के लिए तीन रुपये माँगे तो पहला शक होता है कि लूट रहा है। हम उसे दो रुपये देने की ज़िद करते हैं। दफ़्तर अगर बीमारी की छुट्टी भेजो तो शक करते हैं कि झूठी बीमारी बनायी है। किसी के भी सच्चे होने, अच्छे होने से हमारा विश्वास उठ गया है।"

"ठीक है, साहब! लेकिन आदमी जियेगा कैसे बिना विश्वास के? आपको पता है कि हम लोग मुरम्मत वग़ैरह का काम करने सैनिक यूनिटों और उनके घरों में भी जाते हैं। हमारे मेजर साहब ने अपने दोस्त एक कैप्टन के घर भेजा–'बस जगपाल, थोड़ा–सा काम है।' दो छुट्टियाँ थीं। उनके घर गया। कैप्टन साहब ने अपने टी.वी. का कैबिनेट बनवाना था। लकड़ी उन्होंने एम.ई.एस. से मार ली थी। हमने लकड़ी देखी, टी.वी. देखा। कैप्टन साहब ने पूछा कि कितनी देर में बनेगा? हमने बताया–दो दिन। उन्होंने हमें सन्देह–भरी आँखों से देखा और फिर कहा, 'दो दिन! अरे, चार लकड़ियाँ ही तो जोड़नी हैं। तुम एम.ई.एस. वालों को काम लटकाने के सिवा और आता क्या है?'

"साहब, कैबिनेट बनाना है। कोई पैक करने का बक्सा तो बनेगा नहीं कि चार कील ठोंकें और काम ख़त्म। आप हमें बना तो लेने दो, फिर बताइएगा कि इतना समय लगता है कि नहीं?"

"उनकी मेम साहब ने अंग्रेज़ी में उनसे कहा, 'डार्लिंग, दीज़ पीपल आर थीव्ज़।"

"अब साहब, 'थीफ़' का मतलब तो हमें आता ही है। पहले सोचा उसे बतायें कि चोर कौन है? फिर सोचा कि एक चुप सौ सुख। बस साहब, जुट गये काम में। पूरे दो दिन लगे। आगे–पीछे होने वाला सामने का छोटा दरवाज़ा भी बना दिया। उनकी मेम साहब, उनके बच्चों और पड़ोसियों को भी कैबिनेट बहुत पसन्द आया। बहुत सारों ने कहा कि भाई, हमारा भी बना दो। बच्चे टी.वी. छेड़ते रहते हैं, ख़राब हो जाता है।"

उसने बीड़ी का टोटा सुलगाया। लोगों की तारीफ़ करने वाली बातें सुनाते समय उसकी आँखों में जो चमक आयी थी, वह माचिस जलाने के साथ बुझ गयी। उसने लम्बा कश खींचकर बात आगे बढ़ायी, "आपको पता है साहब, टी.वी. का कैबिनेट बाज़ार में कितने का मिलता है? पन्द्रह सौ

से दो हज़ार तक। कैप्टन साहब ने मेम साहब से सलाह माँगी कि मुझे कितने पैसे देने चाहिए। जानते हैं साहब, मेमसाहब ने क्या कहा? 'एक बोतल रम दे दो। ये छोटे लोग इसी में खुश हो जाते हैं।' अब उसके चेहरे पर एक तपिश आ गयी है। उसने बीड़ी नीचे फ़र्श पर मसलकर कहा–"कैप्टन साहब रम की बोतल निकाल लाये। मुझे अंग्रेज़ी में कहा–'हैव ए गुड टाइम।' हमने उनसे कहा कि न हम पीते हैं और न ही गुड टाइम हमारे लिए बना हैं।"

"तो क्या लोगे?" वह खीझ गये।

"साहब, दो छुट्टियाँ काम पर लगायी हैं। एक कारीगर की दिहाड़ी पचास रुपये है। दो दिन के सौ रुपये। साहब, आप बाज़ार से लेते तो दो हज़ार लगते।"

'आइ टोल्ड यू दीज़ पीपल और थीव्ज़। डोंट गिव हिम एनीथिंग। रिपोर्ट हिम। मेम साहब ने बाल झटककर ग़ुस्से से कैप्टन साहब को बताया।'

'साहब, जब आप लोगों को पहले ही पता था कि हम लोग चोर होते हैं तो काम पर लगाना ही न था। आप पैसे न दें, लेकिन गाली भी न दें।' मैंने कमरे से बाहिर क़दम रखे। कैप्टन साहब ने धमकी दी, 'तुम्हारा नाम क्या है? हम तुम्हारी रिपोर्ट करेंगे।'

'साहब, नाम जगपाल सिंह है और आप हमारी रिपोर्ट ज़रूर करें। रिपोर्ट तो हम भी आपकी कर सकते हैं। आपके सी.ओ. साहब के घर भी काम करने जाते हैं। लेकिन साहब, करेंगे नहीं। छोटे आदमी को बड़े आदमी की शिकायत करना शोभा नहीं देता।' यह कहकर हम उनके घर से निकले। सी.ओ. का नाम सुनकर उनकी सिट्टी–पिट्टी गुम हो गयी। दरवाज़े पर भागते आये। सौ रुपये मुझे पकड़ाये और साथ समझाया कि रम की बोतल तो वह इनाम दे रहे थे। मेरी मज़दूरी तो देनी ही थी।"

छोटा लड़का अपने जादूगर अंकल के लिए पानी लाया और साथ ही ख़बर दी कि घोड़ा अब बहुत तेज़ भागता है, थकता भी नहीं।

"सेना में तो अच्छा वेतन मिलता है। फिर उस कैप्टन ने ऐसा क्यों किया? सौ रुपये होते क्या हैं?"

उसने पानी पिया, एक और बीड़ी जलायी–"अच्छे वेतन की आपने ख़ूब बात की, साहब! मकान मुफ़्त, राशन मुफ़्त, घर का फ़र्नीचर भी मुफ़्त। लेकिन साहब, इन लोगों का भी क्या क़सूर? आदमी तो जन्म से

लालची होता है और मुफ़्त का पैसा उसे और लालची बना देता है। अब देखिए न साहब, बच्चा नौ महीने माँ के पेट में रहता है। जन्म लेने के बाद दस–पन्द्रह वर्ष पढ़ता है, फिर जाकर कोई कामकाज मिलता है। सेना का अफ़सर केवल नौ महीने अकादमी में शिक्षा लेता है और मुफ़्त चीज़ों की बरसात शुरू हो जाती है। आपको क्या वेतन मिलता है, साहब?"

"कट–कटाकर तीन हज़ार।"

"साहब, आप तो दस–बीस साल के बाद इतना वेतन लेते हैं। अकादमी से जब नया लफ़्टैन निकलता है, केवल नौ महीने की शिक्षा के बाद, तो जानते हैं उसे सब मिलाकर कितना वेतन मिलता है? इकतीस सौ! तीन हज़ार एक सौ। लेकिन साहब, एक बात समझाओ। आप तो विद्वान हैं। ये बड़े लोग छोटे लोगों को कामचोर क्यों समझते हैं?"

"देखो जगपाल! पढ़े–लिखे आदमी में संस्कार–जन्म नपुंसकता, सन्देह–भावना और कमीनगी होती है। पढ़–लिखकर आदमी नौकरी करता है न, और 'नौकरी' शब्द नौकर से बना है। हमेशा मालिक के आगे दुम हिलाता और दूसरों पर गुर्राता। आज़ादी की कितनी लम्बी लड़ाई चली? कभी सोचकर देखो कि कितने पढ़े–लिखे लोगों ने इस लड़ाई में हिस्सा लिया?"

"साहब, बात तो आपकी ठीक है, लेकिन दूसरे देशों के पढ़े–लिखे तो ऐसे नहीं। आपको तो पता होगा यहाँ के वायुसेना–अड्डे पर रूस के जहाज़ हैं। इन्हें ठीक करने के लिए वहाँ से तकनीकी लोग आते हैं। टूटी–फूटी हिन्दी भी बोलते हैं। साहब, वहाँ के एक तकनीकी अफ़सर की घरवाली ने किसी हिन्दी फ़िल्म में पेड़वाला झूला देख लिया। पति से वैसा झूला बनवाने को कहा। साहब, हमें मेज़र साहब ने उनके घर भेजा। उस रूसी अफ़सर ने सबसे पहले हमें काले रंग का लम्बा सिगरेट पिलाया। फिर हमारे नाम के साथ लगे 'सिंह' शब्द का अर्थ पूछा। हमने बताया शेर, लॉयन। उसने थोड़ी देर सोचा और फिर हँसकर हमें हमारे नाम का मतलब बताया–तुम लोग दुनिया का शेर है। आपको पता है साहब, जब हमने काम ख़त्म कर लिया तो उसने क्या कहा?

'दुनिया का शेर, हमको दो रुपया दो!' हम तो डर गये, साहब! सोचा, पागल है। हमीं काम करें और हमीं से दो रुपये माँग रहा है? क्या करते, साहब? दो रुपये दिये। उसने एक जेब में डाले। दूसरी जेब से पचास

रुपये का नोट निकालकर हमें दिया। हम बिल्कुल हैरान। उससे कहा–'यह क्या, साहब?' जानते हैं उसने क्या कहा, 'दुनिया का शेर, जब हम भारत आता तो रोटी का एक दिन का सरकार हम को दो कम पचास रुपया देता। तो तुमको भी हमने दो कम पचास दिया। ठीक है?'

'हमने उनको हाथ जोड़कर कहा, 'नहीं, बहुत है। नहीं लेने।' उनको थोड़ा सा ग़ुस्सा आया, तेज़–तेज़ बोले–"दुनिया का शेर! हाथ मत जोड़ा करो। समझा? वीरता और विवेक से जीना सीखो। नहीं तो तुम झूठा शेर हो जायेगा।"

वह उठा। अब उसके चेहरे पर उदासी नहीं। वीरता और विवेक वाली बात याद आने से शायद उसका हौसला कुछ इंच बढ़ गया–ज़िन्दा रहने की लड़ाई जारी रखने वाला हौसला।

बेचारा कांग्रेस का नेता तो नानी याद कराने की धमकियाँ देता रह गया और हरियाणा विधानसभा के चुनावों के बाद वह मुहावरेवाली बेचारी नानी मर ही गयी। लोकदल के विजय–रथ पर सवार भारतीय जनता पार्टी के कुछ विधायक भी मैदान मार ले गये। विधानसभा चुनाव हुए तो पन्द्रह साल बाद हरियाणा में नगरपालिका चुनावों की घोषणा की गयी।

जगपाल सिंह के क्षेत्र से बीजेपी और कांग्रेस के दो उम्मीदवारों की सीधी टक्कर हो गयी। उसने मुझसे सलाह माँगी कि वोट किसे दें? उसके क्षेत्र में एम.ई.एस. के दस–पन्द्रह कारीगर रहते हैं। सब उसके कहे में हैं। लगभग सौ वोट तो होंगे।

"साहब, चुनाव से पहले तो काम करवाने के वायदे सब करते हैं। आप तो विद्वान हैं और विद्वान वही होता है जो आने वाले कल के बारे में भी सोच ले। कांग्रेस और जनसंघ में टक्कर है।"

"देखो, जगपाल, जनसंघ नहीं। अब पार्टी का नाम भारतीय जनता पार्टी है और इसी पार्टी ने विधानसभा का चुनाव भी इस इलाक़े से जीता है। मेरा ख़याल है, इस लहर पर सवार होकर यह नगरपालिका का चुनाव भी जीत जायेगी।"

बीजेपी ही सही, साहब! सिर मुँडवाने से कोई संन्यासी तो नहीं बन जाता! और साहब, इस पार्टी ने आज तक इतनी सीटें कब–कब जीतीं? लोकदल के साथ मिलकर ही तो जीते। लकड़ी के साथ लोहा भी तैर

गया। साहब, आप तो जानते हैं पीने के पानी की हमारे शहर में हमेशा से दिक़्क़त रही है और ऊपर से बारिशें नहीं पड़ीं। सुबह तीन बजे लाइन लगाकर खड़ा होना पड़ता है। एक बाल्टी पानी के लिए लोग एक–दूसरे की जान लेने पर उतर आते हैं।"

"तुम सब लोग यहाँ के विधायक से मिलो कि तुम्हारे इलाक़े में कुछ नलके लगवा दें।"

"मिले थे, साहब! चुनाव जीतने के बाद तो मंगल गुप्ता परों पर पानी नहीं पड़ने देते। बड़े प्यार से हमें अपनी कोठी के आँगन में बैठाया। हाथ बाँधकर समझाया कि सरकार तो लोकदल की है, हमारी नहीं। और अफ़सरों को लोकदल के मंत्रियों ने आज्ञा दे दी है कि बी.जे.पी. के विधायक वाले इलाक़े में कोई काम न होने दिया जाये। साहब, हमारा तो शर्म से सिर झुक गया। मिलीजुली सरकार बने अभी दो महीने नहीं हुए और पीठ में घोंपने के लिए चाकू भाँजने शुरू? अब विधायक होकर अपनी ही सरकार के विरुद्ध बोलते हैं।"

"इसमें हैरानी कैसी? छोटे लाभ के पीछे छोटे लोग ही दौड़ते हैं। आदमी की पहचान उसके नज़रिए, उसके दृष्टिकोण से की जाती है। जिन लोगों का दृष्टि–दायरा ही छोटा हो, उनसे कुछ उम्मीद करना, कुछ आशा रखना तो किसी भूखे से रोटी माँगने वाली बात हुई न?"

"लेकिन साहब, कांग्रेसवालों ने तो इस बार कमाल ही कर दिया। हमारे क्षेत्र से शर्मा जी को टिकट दिया है। उनका ढाबा है। कोई भी ग़रीब आदमी आ जाये तो शुरू से ही मुफ़्त रोटी खिला देते हैं। साहब, उन्होंने हम लोगों से साफ़ कह दिया कि न ही वह शराब पीते हैं और न ही बोतलें बाँटेंगे। मर्ज़ी हो तो वोट दो। हमने उन्हें पानी की दिक़्क़त के बारे में बताया। साहब, उन्होंने हमारे इलाक़े में चार हथनलके लगवा दिये। पता नहीं अच्छा आदमी खड़ा करने की बुद्धि कांग्रेस को किसने दी?"

"कोई प्रतिबन्ध तो लगा नहीं कि कांग्रेस वाले बुद्धिमानी का काम नहीं कर सकते।" मैं हँसा, जगपाल हँसा।

"आपने ठीक कहा, साहब! आज के ज़माने में चाहे भले आदमी को मूर्ख ही कहा जाये, लेकिन हमारे लोगों ने निर्णय कर लिया है कि वोट शर्मा जी को ही देंगे। वैसे साहब, लोग भी चालाक हो गये हैं। बोतलें तो जनसंघवालों की पी रहे हैं और वोट? लेकिन साहब, लोगों को भी किसने

चालाक और बेईमान बनाया? पुस्तकों में ठीक लिखा है–यथा राजा तथा प्रजा।" जाते हुए उसने कहा कि चुनावों के बाद मिलने आयेगा, लेकिन अगली मुलाक़ात उससे पुलिस चौकी में हुई।

चुनाव के दिन से एक शाम पहले इन चार हथपम्पों की वजह से बी.जे.पी. की हार जगपाल सिंह के इलाक़े से पत्थर की लकीर की तरह पक्की हो गयी। नलके क्योंकि एडमिनिस्ट्रेटर की आज्ञा के बिना लगे थे, इसलिए इन्हें उखड़वाने की आज्ञा विधायक के आदमी ले आये। तीन नलके उखड़वा दिये। लोगों को समझाया कि सरकारी ज़मीन पर बिना आज्ञा कोई भी नलके नहीं लगवा सकता। उनकी पार्टी का आदमी कल चुनाव जीतेगा और परसों नलके लगवा देगा।

जगपाल के साथ काम करने वाले, उसके पड़ोसी शाम को मेरे घर आये। बताया कि जगपाल को पुलिस चौकी ले गये हैं। उसकी पत्नी भी इन लोगों के साथ मेरे घर आयी। लम्बा घूँघट होने की वजह से मैं उसका चेहरा तो नहीं देख सका, लेकिन लगातार रोने की आवाज़ साफ़ सुनायी दी।

"आख़िर हुआ क्या? जगपाल को किसलिए चौकी ले गये हैं?"

एक बूढ़े ने अपनी मैली पगड़ी पर हाथ फेरा, क़मीज़ की बाँह से मुँह पर आया पसीना पोंछा–"होना क्या था, हजूर! वही जो हमेशा हम ग़रीबों के साथ होता है। हमारी गली में लगा हैंडपम्प उखड़वाने जब जनसंघ के वर्कर आये तो जगपाल सिंह अड़ गया। नलका नहीं उखाड़ने देगा। एम.एल.ए. पीछे गली के मोड़ पर खड़ा था। वर्करों ने जगपाल को धक्का देकर नलके के आगे से हटाने की कोशिश की। उसने नलके के पास रखा बड़ा–सा हथौड़ा उठा लिया और हो गया खड़ा तनकर।"

"फिर? किसी को मारा क्या उसने?"

"न, हजूर! पीछे खड़े पार्टी के वर्कर ने लाठी मारी और जगपाल का हाथ टूट गया। तब वह एम.एल.ए. दौड़कर वहाँ आया और लोगों को ख़ुश करने के लिए अपने वर्कर को बहुत डाँटा, बहुत गालियाँ दीं। जगपाल को कहा कि उनके साथ उनकी नयी कार में बैठे। पट्टी वह अपने ख़र्च से करवा देंगे। लेकिन हजूर, जगपाल तो आपको पता है, बहुत किताबें पढ़ता है। उसने साथ जाने से इनकार कर दिया। उस एम.एल.ए. को

कहा, 'पिटवाएँगे भी आप और पट्टी भी आप करवाएँगे?' कोई बात नहीं, साहब! दो पैसे की हँड़िया गयी लेकिन कुत्ते की जात तो पहचानी गयी।"

मैं उनके साथ चलने के लिए उठा। उस बुजुर्ग से पूछा कि चौकी का अफ़सर कौन है? उसने बताया–"हजूर, हरियाणा के जाट हैं सज्जन सिंह। बहुत सख़्त आदमी हैं।"

हम लोग पुलिस चौकी पहुँचे। बाहिर भीड़ थी। बूढ़े ने बताया कि एम.एल.ए. की पार्टी के वर्कर हैं। जिसने लाठी मारी, पुलिस उसे भी चौकी ले आयी है। मैंने उन लोगों को बाहिर रुकने के लिए कहा।

सब–इंस्पेक्टर सज्जन सिंह को 'नमस्ते' की, अपना परिचय दिया। उसने उठकर मेरी नमस्ते का जवाब दिया। कुर्सी पर बैठने के लिए कहा। वहाँ बैठे एक तोंदल आदमी की तरफ़ इशारा किया–"इस इलाक़े से नगरपालिका का चुनाव यही लड़ रहे हैं। इनके आदमियों से ही जगपाल की हाथापाई हुई थी।"

"चौधरी साहब, आप किस इलाक़े में हैं?"

"गुरु जी, महेन्द्रगढ़ का हूँ, लेकिन अब तो रेगिस्तान का कहो। एक बूँद नहीं बरसी। दस किल्ले ज़मीन है लेकिन घास का तिनका भी नहीं उगा कि पशु तो कुछ खा लें। और आप शहर में रहने वालों को देखो। इतना नहीं समझते, पानी भगवान का दूसरा रूप है। नलके लगवाते हैं, उखड़वाते हैं।" उसकी आँखों में शायद उसकी सूखी ज़मीन का दृश्य दौड़ गया। उसका चेहरा एकदम सख़्त हो गया।

"चौधरी साहब, जगपाल सिंह बड़ा भला और स्याना आदमी है। मैं कई सालों से जानता हूँ।" मेरी बात सुनकर उसके होंठों पर एक शरारती मुस्कान कूद गयी।

"गुरु जी, भले और स्याने आदमी का इस देश में क्या काम? आप एक काम करो। उसे किसी और देश में भिजवा दो।" माहौल कुछ हल्का हो गया।

"चौधरी साहब, क़सूर जगपाल का है। उसने सरकारी काम में अड़चन डाली, इसलिए झगड़ा हुआ।" तोंदल ने दलील दी।

"क्यों भाई, अब आप मुझे सिखाओगे कि सरकार कैसे चलती है? आप जज कब से बन गये?" उसने तोंदल को घूरा। फिर हवलदार से कहा कि जगपाल और जिसने उसका हाथ तोड़ा, दोनों को वहाँ ले आये।

जगपाल के हाथ पर चौड़ी पट्टी बँधी है। मुझे 'नमस्ते' की, लेकिन बोला कुछ नहीं। दूसरे आदमी के चेहरे पर कोई डर नहीं। उसे पता है कि एम.एल.ए. की ताक़त उसके साथ है। सज्जन सिंह ने उससे पूछा–"तूने इस आदमी का हाथ तोड़ा?"

"साहब, पहले इसने हथौड़ा उठाया था।"

"तुझे इसने हथौड़ा मारा?"

उस आदमी ने कोई जवाब नहीं दिया।

"जवाब दे। साँप क्यों सूँघ गया? हथौड़ा मारा?"

उस आदमी ने 'न' में सिर हिलाया। सज्जन सिंह झटके–से खड़ा हो गया, उसकी गर्दन में पंजा गड़ा दिया, "सुसरे, मुँह से बोल। यह इशारा क्या कर रहा है? यह थाना है, थाना। कोई फ़िल्म नहीं चल रही। बोल, तुझे हथौड़ा लगा?"

अब वह आदमी घबरा गया। सज्जन सिंह ने पंजा और ज़ोर–से कसा। पास खड़े हवलदार ने उस आदमी के बाल पकड़ लिये। वह गिड़गिड़ाया, "नहीं साहब, मुझे हथौड़ा नहीं लगा।"

"तूने लाठी से इसका हाथ तोड़ा?" हवलदार ने उसके बाल खींचकर यह सवाल पूछा।

"हाँ साहब, मैंने लाठी मारी थी।"

"तो फिर बता, केस किस पर बनेगा? मेरा नाम सज्जन सिंह है। लेकिन घरवाले मुझे 'दुर्जन सिंह' बुलाते हैं। मेरे इलाक़े में गुण्डागर्दी करोगे? लोग प्यासे मर रहे हैं और तुम नलका उखड़वाओगे?" उसकी आँखों से आग बरस रही है। पानी और उसके सूखे खेत उसकी आँखों में फिर उग आये।

"चौधरी साहब, एम.एल.ए. साहब..."

उसने तोंदल की बात बीच में काट दी, "क्यों भाई लाला, तेरा एम. एल.ए. शेर है क्या? खा जायेगा। मेरी बदली करवा देगा न? लेकिन इससे पहले मैं इस आदमी और तुम पर इरादा क़त्ल का केस न बनवा दूँ तो अपनी माँ का दूध नहीं पिया।" उसने हवलदार को आज्ञा दी, "तो भाई करण सिंह, केस दर्ज कर। कल दोनों को ज़मानत के लिए पेश करेंगे। अब चौबीस घण्टे तेरे मेहमान हैं। टिक के ख़ातिर करियो।"

तोंदल ने हाथ बाँधकर प्रार्थना की, "चौधरी साहब, सुलहनामा करवा दो। ग़लती हमसे हो गयी।"

"क्यों करण सिंह, सुलहनामा करवा दें?"

"करा दो, जी! लेकिन इस ग़रीब का तो हाथ टूट गया। दस–पन्द्रह दिन में ठीक होगा। ग़रीब के हाथ तो असल में उसका पेट होते हैं।"

"इलाज का ख़र्चा मैं दूँगा।" तोंदल ने पेशकश की।

"ले जा भाई इन्हें दूसरे कमरे में और लिखा–पढ़ी करवा ले।" हवलदार तोंदल और उस आदमी को अन्दर ले गया।

मैंने सज्जन सिंह का धन्यवाद किया। उसने फिर छेड़ा–

"गुरु जी, मेरी बात भूलना मत। अपने इस भले और स्याने आदमी को किसी और देश भिजवा दो।" यह कहते हुए उसकी आवाज़ कड़वी हो गयी।

मैं और जगपाल चौकी से बाहिर आये।

"साहब, आपको बड़ी तकलीफ़ दी।"

"मेरी तकलीफ़ को गोली मारो। तुम्हारा तो हाथ टूट गया।"

"कोई बात नहीं, साहब! सौ दिन सुनार की, एक दिन लुहार की। हाथ ही टूटा है, हथौड़ा तो नहीं टूटा?" कहते हुए उसकी आवाज़ बिल्कुल नहीं काँपी। उसमें झगड़े को लेकर कहीं भी पछतावा नहीं था। उसने अपना टूटा हाथ हिलाकर 'ठीक है' कहा और सिर ऊपर उठाये मेरे साथ चलना शुरू कर दिया।

रफ़्जी

नानी बिल्कुल अनपढ़। अस्सी के ऊपर आयु होगी, लेकिन अंग्रेज़ी के कुछ शब्द उसे आते हैं–जैसे कि रिफ़्यूज़ी, जिसे वह 'रिफूजी' बोलती है।

कुछ शब्द इतिहास की उपज होते हैं, जो प्रतिदिन की ज़िन्दगी का हिस्सा बन जाते हैं। ये शब्द राजा अथवा रानी की देन होते हैं। अंग्रेज़ जाते–जाते बँटवारा करा गये और विरासत में एक शब्द दे गये–रिफ़्यूज़ी। जैसा कुछ वर्ष पहले हमारी महारानी मरी और विरासत में एक शब्द दे गयी–उग्रवादी।

सारा क़स्बा उन्हें 'नानी' कहकर बुलाता है। शायद परिवार के सदस्यों के अलावा किसी को भी असली नाम मालूम या याद नहीं। जिस्म के सारे हिस्से जिस्म का साथ छोड़ चुके हैं सिवा आवाज़ के। फटे ढोल की तरह की आवाज़–एकदम कानफाड़ और ऊँची।

बेटे तो बँटवारे की भेंट चढ़ गये। एक लड़की बची थी, इसलिए कि विभाजन से पहले वह जालन्धर में ब्याही गयी, अब वह भी नहीं। उसके बेटे, अपने दोहते के साथ नानी रहती है, इस क़स्बे में। क्लेमों में थोड़ी ज़मीन मिल गयी, मकान भी बनवा लिया। दोहता कॉलेज में पढ़ाता है, लेकिन नानी उसे प्रोफ़ेसर नहीं, 'मास्टर' कहकर बुलाती है। उसकी समझ में सब पढ़ाने वाले मास्टर ही होते हैं। वह जालन्धर के कॉलेज में, जो यहाँ से दस किलोमीटर दूर है, रोज़ पढ़ाने जाता है, स्कूटर पर।

नानी आँगन में नीम के पेड़ के नीचे लेटी हुई। बच्चे स्कूल जा चुके हैं, अपनी माँ के साथ, जो उसी स्कूल में पढ़ाती हैं।

आँगन में क़दमों की आवाज़ें। नानी कमर पर हाथ रख चारपाई पर अध–उठ गयी। अध–अन्धी है। नज़र बाँधकर क़दमों को, आवाज़ों को जिस्मों के साथ जोडने की कोशिश की, लेकिन कोशिश, नाकाम।

"कोण? किस नूँ मिलना है? घर कोई नहीं। शाम नूँ आँणा।" नानी की आवाज़ सुनकर नीम पर बैठे कव्वे ने गर्दन घुमायी। कहीं कोई ख़तरा नहीं। फिर भी एक टहनी से दूसरी टहनी पर फलाँग गया।

"नानी, तेरी तो आँखें भी गयीं। चल, फिकर न कर, आँखों के बैंक से किसी जवान कुड़ी की आँखें तुझे डलवा देंगे। मरने से पहले जहान तो देख लेगी।"

"जीते, तू मोया साठ का हो गया, लेकिन ज़बान अब भी कैंची की कैंची। मैं मरने वाली नहीं। तेरा संस्कार करके ही जाऊँगी। ख़ातिरजमा रख।"

"नानी, बैंक से आँखें ला दूँ? एकदम जवान हो जायेगी।"

"कौन! मल्कियत! नानी को जवान बनायेगा? मोया, फिर सात फेरे भी लेगा न? तेरी घरवाली तो कब की मर गयी, मुझे घर ले चलना। इस उमर में लुत्तर-लुत्तर तो बन्द होगी।"

सरपंच सुरजीत सिंह ने नीम के नीचे दूसरी चारपाई बिछायी, तहमद टख़नों तक खींचा और पसर गया। नानी को फिर छेड़ा-"नानी बैंक से आँखें..."

"चुप ओये, मोया। जीभ में कीड़े पड़ेंगे, कीड़े। मुझे बेवक़ूफ़ बनाता है? बंक में तेरे बाप रुपये देते हैं कि आँखें...? तू तो अपनी माँ को भी ऐसे ही छेड़ता था।"

नानी को अचानक याद आया कि मल्कियत सिंह बिल्कुल चुप है। ज़रूर कोई बात होगी, वरना यह तो कैंची है, कैंची-लगातार चकट-चकट करती हुई।

"मलकीते, तैनूँ साँप क्यों सुँघ गया है? बोलता क्यों नहीं? रात बोतल नहीं मिली क्या? ठहर, मैं लस्सी लाती हूँ।" नानी ने उठने की कोशिश की।

"तू बैठी रह, नानी! अब की उठी शाम तक अन्दर से वापस आयेगी। तेरे लारे और ब्याहे भी क्वारे।"

"मरजांणा, बस महवारे डालना तो कोई तुझसे सीखे! अच्छा, यह सवेरे-सवेरे वहाँ चढ़ाई किसलिए कर दी?"

सुरजीत और मल्कियत ने एक-दूसरे की तरफ़ पूछती निगाहों से देखा था-नानी से बात कौन करे? नानी ने उसकी चुप्पी को सूँघ लिया। उसे पता है, इस इलाक़े के लोगों का एकदम चुप होना किसी बुरी बात के ख़तरे की निशानी होती है। वह थोड़ा-सा डर गयी, इसलिए और ऊँची आवाज़ में बोली-

"ओये मोये, जीभ तालू से क्यों चिपक गयी? कुछ बकते क्यों नहीं? मेरे मास्टर की कहीं टक्कर तो नहीं लग गयी?"

इस बार आवाज़ का धमाका इतना ऊँचा था कि कव्वे बिल्कुल डर गये। उडारी भरकर छत पर जा बैठे।

"नानी की बच्ची, मास्टर नहीं, 'प्रोफ़ेसर' कह। तुझे कितनी बार बताया है कि जो कॉलेज में पढ़ाये, उसे 'प्रोफ़ेसर' कहते हैं।"

"चुप्प ओये, बड़ा आया मुझे सीख देने वाला। पढ़ाता ही है न, चाहे कालज–फालज में पढ़ाये, चाहे स्कूल में, मास्टर तो मास्टर होगा, थानेदार तो नहीं? अच्छा बताओ, की गल है?"

मल्कियत ने सुरजीत को कुहनी मारी कि तू ही बोल–"सुन नानी, प्रोफ़ेसर को समझा दे कि फ़ालतू न बोला करे। आजकल ऐसी बातें करना ठीक नहीं।"

"क्या फ़ालतू बोलता है, ज़रा मैं भी तो सुनूँ! सारा दिन तो कताबें चाटता रहता है। अभी से ऐनक चढ़ गयी, बुड्ढा हो गया।"

नानी के लिए नज़र की ऐनक बुढ़ापे की शुरुआत है। "नानी, उगरवादियों के ख़िलाफ़ सरेआम बोलता है, अपनी क्लासों में भी। गाँव के लड़के, जो उसके कॉलेज में पढ़ते हैं, उन्होंने हमें बताया।"

"ख़िलाफ़ बोलता है तो क्या बुरा करता है? अब सच बोलने पर करफ्यू लग गया है क्या?"

"नानी, लगता है, तेरा दिमाग़ भी चल गया।" सुरजीत सिंह की आवाज़ सख़्त हो गयी–"तुझे पता नहीं कि अब मुल्क में सच बोलने की मनाही है। बस, दो टैम की रोटी खाओ, और जो दिन ख़ैर–खरीयत से गुज़र जाये, सच्चे पातशाह की किरपा समझो। लोगों के सिर पर ख़ून सवार है, लेकिन तेरा पढ़ा–लिखा प्रोफ़ेसर तो झल्ला हो गया है, बोलने से बाज़ नहीं आता। क्या सरकार ने उसे सच का नम्बरदार बना दिया है?"

नानी के अतीत से अपने पेड़ जैसे तीन लड़कों का अपनी आँखों के सामने क़त्ल होने का दृश्य कूदा और उसकी अध–अन्धी आँखों में ठहर गया। उसने पूरा ज़ोर लगाया और चारपाई पर गठरी बन बैठ गयी। आजकल जो कुछ हो रहा है, उसे वैसे भी समझ नहीं आता, लेकिन आतंक की बू को तो जानवरों तक की इन्द्रियाँ ग्रहण कर लेती हैं। नानी को बहुत–सी

बातें सुनायी तो देती ही हैं, कारण चाहे समझ न आये। उसने याचना–भरी आवाज़ में सलाह दी–

"मलकीयते, तू ही समझा मास्टर को। तुमसे तो दबता है। मैं कुछ कहूँ तो जवाब तक नहीं देता। उसकी घरवाली भी कोशिश करती है, लेकिन पता नहीं उसे अंग्रेज़ी में क्या कहता है कि वह भी चुप हो जाती है। मेरी तो आख़िरी निशानी है, मेरा इन्दर। उसे कुछ हो गया तो ख़ानदान का बीज तक नाश हो जायेगा।" अब नानी बेआवाज़ रो रही है। चेहरे की गहरी झुर्रियों में आँसू गिरकर अटक गये।

"ओये नानी, उसे क्या होगा? हमारे गाँव में किसी हिन्दू को आज तक किसी ने छुआ है क्या? मलकीयते की दोनाली बन्दूक़ को सारा दुआबा जानता है, समझी! दो क़त्ल कर चुका है, दो।" उसने इतना ऊँचा बोला कि छत की मुँडेर पर बैठे कव्वों ने इस बार लम्बी उडारी भरी और मकान की हद से बाहिर निकल गये।

"लेकिन नानी, बड़ा ख़राब वक़्त चल रहा है। किसी पर भरोसा नहीं किया जा सकता। भाई को भाई शक्क की नज़र से देखने लग पड़ा है। इस इन्दर को हम भी समझाएँगे, लेकिन तू बात ज़रूर करना। चौरासी में जब दिल्ली में दंगे हुए थे, तो इन्दर हिन्दुओं के ख़िलाफ़ सरेआम बोलता था न! तब भी हमने समझाया लेकिन नहीं माना न! हिन्दुओं ने ही ईंट मारकर उसका सिर फोड़ दिया था। कितना ख़ून चढ़ा तब जाकर बचा। उसे बता कि आजकल झूठ का बोलबाला और सच का मुँह काला।" सुरजीत चारपाई से उठा, तहमद नीचे की। मल्कियत ने साफ़ देखा कि नानी के चेहरे पर से दहशत अब भी नहीं हटी।

"नानी, तू ख़ातरजमा रख, हमारे होते चिड़ी भी गाँव में नहीं फड़क सकती। ऐसा सूरमा अभी किसी माँ ने पैदा नहीं किया, जो हमारे गाँव में आकर उस पर हमला कर सके, लेकिन शहर में तो स्कूटर पर अकेला आता है न, कहीं रास्ते में..." मल्कियत ने अपनी बात पूरी करने की ज़रूरत नहीं समझी।

"अच्छा पुत्तरो, तुस्सी चलो, साईं रखे।"

दोनों ने आज पहली बार नानी को वहाँ से जाने से पहले छेड़ा नहीं।

कव्वे फिर नीम के पेड़ पर लौट आये। काँव–काँव 'रोटी दे–रोटी दे' की रट लगा दी। नानी ने उन्हें गाली दी–"मोये, मरे जाते हैं। थोड़ा–सा

भी सबर नहीं।" चारपाई से उतरी। कमर पे हाथ रखे, लचीले बाँस का–सा दोहरा होकर मुड़ गया शरीर अब अन्दर की तरफ़ घिसटना शुरू हुआ। साथ–साथ यादें भी।

हाँ, दिल्ली के दंगों के बाद इन्दर का सिर हिन्दुओं ने फोड़ दिया था। वह सरेआम उन्हें गालियाँ जो देता था। यह बात तो नानी को कल की तरह याद है। अभी अतीत की धूल इन दृश्यों पर जमी जो नहीं।

दिल्ली से सिखों के कुछ परिवार यहाँ के गुरुद्वारे में रफूजी बनकर आये थे। नानी भी गाँव की औरतों के साथ रोटियों की पोटली बनाकर वहाँ गयी, उनसे मिलने। वह कहीं अतीत–वर्तमान के बीच ज़िन्दा है। सहमी बैठी औरतों से पूछा था–

"क्यों, पाकिस्तान से आये हो, जी?"

लुट–पुट कर आयी एक बूढ़ी औरत का चेहरा तमतमाया, शायद कोई कड़ा जवाब देने लगी। गाँव की औरतों ने उसे सैनत की, अपने सिर को हाथों से छूकर इशारे से बताया कि नानी के दिमाग़ के पुर्ज़े ढीले हैं। एक ने समझाया–"नानी, एह लोग दिल्ली से आये नें।"

नानी ने अध–अन्धी आँखें फाड़–फाड़कर सबकी तरफ़ देखा। हथेली की छतरी आँखों के आगे हाथ से बनायी। कुछ बच्चों के सहमे हुए चेहरे दृष्टि–दायरे में आये। उसने फटे ढोल की आवाज़ में अपने गाँव की औरत को डाँटा–"दिल्ली तों आये नें? हाय रब्बा, यह दिल्ली में पाकिस्तान कब बन गया? मुसलमानों ने मारा है।"

"न नानी, हिन्दुओं ने घर फूँक दिये, मरदों को ज़िन्दा जला दिया।" नानी ने एक बच्ची के सिर पर हाथ रखा। बच्ची सुबकना शुरू हो गयी।

"न पुत्तर, रोंदे नहीं। देखना, कल जवाहरलाल आयेगा। तुम सबको मकान देगा, राशन भी देगा। हम पाकस्तान बनने पर कुलछेतर आये थे, हाँ। हर महीने जवाहरलाल कम्प में आता था। एक साल में सबको फिर से बसा दिया। मेरी गल पल्ले बाँध लो। उसे पता चल गया होगा, कल ज़रूर आयेगा।"

कुछ बच्चे हँस पड़े। एक ने दूसरे को इशारे से समझाया कि बुढ़िया बिल्कुल पागल है। उस अधेड़ औरत ने नानी को बताया–"नानी, जवाहरलाल तो कब का मर गया। अब कहाँ से आयेगा?"

"चुप्प नी, जवाहर ज़रूर आयेगा। वड्डी आई नानी नू बेवकूफ़ बनाणवाली।"

अपने गाँव की औरत ने याद दिलाया–"नानी, तेरे दिन पूरे हो गये लगते हैं। तुझे तो कुछ याद नहीं रहता। ट्रक में बैठकर दिल्ली गयी थी कि नहीं, जवाहरलाल के अन्तम दरशन करने!"

नानी हक्की–बक्की। याददाश्त ने छोटी–सी छलाँग लगायी–हाँ, दिल्ली तो गयी थी, किसके मरने पर? महात्मा गाँधी मरे था, तब न। कुड़ी ठीक कहंदी होएगी। जवाहर भी मर गया होयेगा।

नानी ने अपने हाथों से पतीलों से सबको दाल परोसी। चुन्नी के किनारे में बँधी गाँठ खोली, इाथ से छूकर बच्चों को पैसे बाँटे–"जाओ पुत्तर, लाले की दुकान से चीज़ी खा लो। नानी रोज़ आयेगी। अपने छोनों–मोनों को चीज़ों के पैसे देगी। ख़ब्बरदार जे कोई रोया ते। कल जवाहर आयेगा। हाँ, कुलछेतर आता था तो मुट्ठियाँ भर–भर बच्चों को पैसे देता था। तुहानूँ वी देगा।"

"चल नानी, बहुत गलाँ हो गइयाँ। इन लोगों के लिए रात की रोटी भी बनानी है।"

"न भैंणों, रहने दो। यहीं दो ईंटों का चूल्हा बनाकर काम चला लेंगे।" अधेड़ उमर की औरत ने सबकी तरफ़ से हाथ बाँधकर कहा।

नानी को ग़ुस्सा आ गया–"चुप्प नी, बड़ी आई चूल्हा बनाने वाली। रफ़ूजी हो, पाकस्तानों आये हो। रोटी बणायोगे। न जी। हमारी गड्डी अम्बरसर रुकी थी। पन्दरा दिन उत्थे रहे। सरदार भरावाँ ने इक दिन चूल्हा नहीं बालने दिया। असी रोज़ रोटी पुचाँवाँगे। देख लेना, कल जवाहर आयेगा। ज़रूर–पर–ज़रूर। सब ठीक कर देगा..." काँव–काँव, 'रोटी दे, रोटी दे'। अतीत का दृश्य कट गया। "मोये भुखे, ज़रा भी सबर नहीं।" नानी घिसटती हुई बाहिर आयी। कव्वे फुदककर नीम से नीचे। नानी उन्हें रोटी के टुकड़े डालने लगी।

बाहिर के दरवाज़े के पास फ़ौजी बूटों की आवाज़ें। सी.पी.एफ़. वाले आ गये। नानी ने इन दिनों अंग्रेज़ी का एक और शब्द सीख लिया–सी.पी.आर.एफ. दे फ़ौजी।

नायक ने पैर ठोककर नानी को सैल्यूट दिया। उसके साथ के जवान हँस पड़े।

"नानी, तुम इधर से जाने का नहीं," नायक दक्षिण भारत का है। नानी से उलटी–सीधी हिन्दी बोलने में उसे मज़ा आता है।

"न पुत्तर, जांणा कहाँ है।"

बिल्कुल ठीक। इस गाँव के हिन्दू–सिख में बहोत प्यार है, फिर डरने का क्यों? तुम जायेगा तो हमारी बोत इज़्ज़त ख़राब होगा।"

"न पुत्तर, पर जीता ते मल्कीयत सवेरे आये थे। कहते हैं, इन्दर बहुत बकबक करता है। ख़तरा है।"

"हाँ नानी, तुम उनको थोड़ा समझाकर रखो। बोत बात करना अच्छा नहीं। अभी बुरे दिन ख़त्म नहीं हुया। अच्छा, हम जाते।"

"चुप्प ओये हम जाते के पुत्तर, वोह जो लस्सी का घड़ा भरा रखा है, तेरा बाप आकर पीयेगा? हम जाते। बड़ी अंग्रेज़ी मारता है। जा, अन्दर से उठा ला। सबको पिला। हाय, इतनी गर्मी में बेचारे सारा दिन मारे–मारे फिरते हो। लस्सी पीके जांणां।"

"नानी, तुम तो हमारे सी.ओ. साब से जादा ग़ुस्सा करता। बहुत हुकुम मारता है", नायक ने छेड़ा।

"बड़ा देखा तेरी सीओ–फिओ। मेरे सामने ला किस दिन। वोह फटकार दूँ कि आगे से तुम पर ग़ुस्सा नहीं करेगा। हाँ, बड्डा सीओ–फीओ। बच्चों को डाँटता है, हाँ..."

जवानों ने लस्सी पी, सबने पैर ठोककर नानी को सैल्यूट किया और हँसते हुए घर से बाहिर चले गये।

नानी ने सिर उठाकर ऊपर देखा। गर्दनें पेट के साथ लगाये कव्वे ऊँघ रहे हैं। भर गया पेट। मोयों को शान्ति पड़ गयी। अब सो रहे हैं।

वह फिर चारपाई पर लेट गयी। धूप सीधी माथे पर आ बैठी, शिस्त लगाकर। नानी उठी। चारपाई को थोड़ा परे खींचा, धूप को गाली दी–"मोयी, हाथ धोकर पीछे पड़े रहती है।" उसने चुन्नी की गोल गठरी बनायी, सिर के नीचे रखी, आँखें बन्द कर लीं।

हम चाहे सो जायें, लेकिन स्मृतियाँ तो हमेशा जागती रहती हैं, इन्हें कभी नींद नहीं आती। नानी के सोये मन–माथे में उसके तीन जवान लड़के उग आये, लगातार लम्बे होते हुए। बुरछे जैसे जवान। इतने बड़े हो गये, फिर भी उनके कानों के पीछे नानी काला टीका लगाती थी। बड़ा बहुत ग़ुस्सैल था। एक बार माँ को टोका था, 'टीका–फीका मत लगाया कर। यार लोग मखौल उड़ाते हैं।' नानी ने गाली देकर उसे बताया था कि

मरजांणे किसी की नज़र खा जायेगी। बड़े ने माँ को घूरा और सख़्त आवाज़ में जो कहा, वह वाक्य अब भी नानी के दिल पर खुदा हुआ है–

'कोई माँ का जाया नज़र उठाकर देखेगा, तब ही नज़र लगेगी न! है कोई बब्बर शेर जो मेरी तरफ़ देखने का हौसला करे?' उसने अपनी हथेली से कान के पीछे लगा काला टीका पोंछा और दनदनाता हुआ बाहिर निकल गया था।

दूसरा दृश्य अँधेरी कोठरी से बाहिर निकला। पहले बलवइयों ने बड़े के टुकड़े–टुकड़े किये थे, फिर दो छोटे भाइयों के। उसे ज़िन्दा छोड़ दिया था, ताकि ताउम्र कलेजा जलता रहे। लेकिन बड़े की शक्ल क्यों बदल रही थी, उसके कटे सिर की जगह अपने दोहते इन्दर का सिर क्योंकर लग रहा है! नानी की नींद एक झटके–से खुली, बिना कमर पर हाथ रखे चारपाई पर उठ बैठी। हथेलियाँ मुँह पर फेरीं। सारे दृश्य वापिस अपनी गार में भाग गये। उसने ख़ुद से कहा–"हे रब्बा, ख़ैर रख। दिन को सपने आना तो चंगा नहीं होता। मेरा इन्दर क्योंकर सपने में आया? कहीं टक्कर तो नहीं..."

सूरज ठीक सिर पर। इन्दर के लौटने का समय हो गया। आज तो घरवाली भी जल्दी लौटेगी। सनीचर को आधी छुट्‌टी सारी हो जाती है न!

नानी बाहरवाले दरवाज़े पर खड़ी हो गयी। किसी आते–जाते से वक़्त पूछेगी। सबके लिए गरम–गरम फुल्के जो उतारने हैं।

गली वीरान भी और चुप भी। नानी ने गाली दी–"सब मर गये क्या?"

बैलों के गले की घण्टियों की आवाज़।

वे, कौन हैं?"

"नानी, मैं बख़्तावर। जा, अन्दर बैठ। अभी सबके आने में देर है।"

"बख़्ते, वकीलों की तरह बहस न किया कर। टैम बता, टैम। फुल्के उतारने हैं।"

"ओये नानी दी बच्ची, स्कूल दो बजे बन्द होता है। अभी बच्चों के आने में देर है, अन्दर बैठ। धूप में क्यों सड़ रही है?"

"तू रहा खोता का खोता। आज शनीचरवार है। तेरे बाप स्कूलवाले आधी छुट्‌टी पूरी छुट्‌टी करते हैं। क्या टैम हो गया?"

"ओये नानी, टैम नहीं, 'टाइम' कहते हैं।"

"अच्छा–अच्छा अंग्रेज़ दे बीज, टैम बता।"

बख़्तावर दसवीं पास है। जाते–जाते नानी को छेड़ा, "एलेवन फारटी हो गये, फुल्के उतारना शुरू कर दे।"

"ओए कंजरा, ठीक से टैम बोल। यह फारटी तेरी माँ क्या होते हैं?"

बख़्तावर हँसा। 'ग्यारह चालीस' कहकर आगे बढ़ गया।

नानी घिसटती हुई रसोई में आयी। उसे दिखायी नहीं देता लेकिन छूकर सारी चीज़ें तलाश कर लेती है। सरक–सरककर स्टोव के पास आटा, तवा, चकला इकट्ठा किया। पहली माचिस की तीली बत्तियोंवाले स्टोव के बाहिर गिरी। उसे पता नहीं चला। थोड़ी देर बाद स्टोव के मुँह के पास हथेली की, आँच नहीं लगी। दूसरी तीली जलायी, गाली दी–"मोया, कितनी तीलियाँ साड़ता है?"

वह जब भी रसोई में काम शुरू करे, साथ–साथ आरती शुरू–ओम जय जगदीश...

आँगन में स्कूटर रुका। इन्दर दो बच्चों और बीवी को साथ ले आया है। दोनों बच्चे भागते हुए अन्दर आये। एक साथ बोले–नानी, मुँह खोल, टॉफी खा।"

"फिर आ गये जूतों समेत चौके में? निकलो बाहिर। मैं नहीं खांणी टाफ़ी–फाफी।"

बच्चों ने एक–दूसरे की तरफ़ देखा, पति–पत्नी ने एक–दूसरे की तरफ़ देखा। आते ही नानी ने बच्चों को डाँट दिया, ज़रूर कोई बात होगी।

"दम्मो, चटाई यहीं रसोई में बिछा दे। गरम–गरम फुल्के खाओ।"

नानी आज तक सही नाम 'दमयन्ती' नहीं बोल सकी। पहली बार नाम सुना तो गाली दी थी–"मोया कितना मुशकल नाम है? मैं तो 'दम्मो' बुलाऊँगी।"

सबने खाना शुरू किया।

"नानी, क्या बात है, कोई आया था क्या?"

"हाँ, जीता और मल्कीयत आये थे, तेरी शिकायत लेकर।"

"क्या शिकायत?" इन्दर ने ज़रा कड़ी आवाज़ में पूछा।

"और कौन सी नयी बात करेंगे। कहते थे, तूने उगरवादियों के खलाफ बोलना बन्द नहीं किया।"

"जो ग़ल्त बात है, उसके ख़िलाफ़ तो बोलूँगा ही।"

"क्यों, सिर फट चुका है पहले भी, अक्कल नहीं आयी? हिन्दुओं के खलाफ बोलता था न! जब दिल्ली में पाकस्तान बना, फाड़ दिया न सिर अगलों ने?"

"शीज़ राइट।" पत्नी ने समझाया।

"दम्मो, तुझे सौ बार कहा है मेरे सामने गिट–पिट मत मारा करो। अपनी बोली में कह, जो कहना है।"

इन्दर ने पत्नी को डाँटा–"तुम बीच में मत बोलो। पढ़ी–लिखी हो, फिर भी इतनी समझ नहीं कि हमारे चुप रहने से जो ग़लत है, ठीक नहीं हो जाता।"

"इन्दर पुत्तर, पढ़–लिखकर तेरी मत्त मारी गयी है क्या? तू सच का नम्बरदार तो नहीं। पहले तो सिर फूटा था, अब मारा जायेगा, मारा। सच्चा होने से अक्लमन्द होना चंगा है। एक चुप सौ सुख।" वह चुप हो गया। दोनों बच्चों ने ताली बजायी, "पापा को पनिशमेंट, पापा को पनिशमेंट।" नानी का मुँह उँगलियों से खोला, एक–एक टॉफ़ी जीभ पर रखी। नानी ने लम्बी साँस अन्दर खींची। टॉफ़ी का रस जीभ पर बिछला और वह हँस पड़ी।

"इन्दर, रेडियो सुणा। आज तो कोई नहीं मारा गया न?"

"नानी, पाँच मरे।" और वह खाना बीच में ही छोड़कर उठ गया।

न हालात बदले, न ही इन्दर बदला। आदमी–तो–आदमी, अब जानवर भी दिन ढलने से पहले घर लौट आते हैं, बिना मालिक गायें और सड़की कुत्ते दुकानों के गलियारों में दुबके हुए। इन्होंने भी सब जगह व्याप्त ख़तरे को सूँघ लिया, पहचान लिया।

पहले नानी के नाम एक पोस्टकार्ड आया। चेतावनी दी गयी कि अपने इन्दर शर्मा को समझा ले, नहीं तो...गाँववालों ने नानी को समझाया कि किसी शरारती लड़के ने लिख दिया होगा, लेकिन हमेशा गरजकर बोलने वाला मल्कियत सिंह यह ख़त पढ़कर कुछ न बोला, सिर्फ़ लम्बी उसाँस भरकर नानी के आँगन से उठ गया। हाँ, आजकल वह अपनी दोनाली बन्दूक़ हर वक़्त पास रख़ता है। सूरज ढलने के बाद सुरजीत सिंह के साथ प्रत्येक हिन्दू परिवार के घर के सामने से गुज़रता है, उन्हें हौसला बँधाता हुआ। नानी के घर दोनों रात गये तक बैठते हैं।

रात का पहला पहर ढल चुका होगा। मोटरसाइकिल की आवाज़ नानी के घर की तरफ़ बढ़ती हुई। सबसे पहले सुनी भी उसने। डर हमारी इन्द्रियों को सान पर चढ़ाकर चौकस कर देता है। उसने पूरे ज़ोर-से इन्दर को आवाज़ दी–"इन्दर, उठ। अन्दर भाग। आ गये वो लोग।" उसने भी मोटरसाइकिल की आवाज़ सुनी। नानी की फटे ढोल की आवाज़ ने उसे झटके-से जगा दिया।

"सो जा, नानी! यहाँ कौन आयेगा। कोई पिक्चर देखकर शहर से लौटा होगा।"

नानी की आँखों में अपने बड़े बेटे के कटे सिर की जगह इन्दर के सिर लगने का दृश्य फिर कूद आया। चीख़-चीख़कर 'बचाओ, ए लोगो, बचाओ' आसमान सिर पर उठा लिया। नीम पर सोये परिन्दे जागे, इन्दर की बीबी और बच्चे जागे, आँगन में कुहराम मच गया।

मोटरसाइकिल उनके घर के आगे रुकी। नानी और दमयन्ती इन्दर को आँगन से अन्दर की ओर घसीटती हुई। बाहिर का दरवाज़ा किसी ने लात मारकर तोड़ दिया। मुँह पर कपड़ा लपेटे एक आदमी अन्दर आया। कन्धे पर बन्दूक़ रखी।

मोटरसाइकिल की आवाज़ मल्कियत सिंह ने भी सुनी। दौड़कर अपने मकान की छत पर चढ़ा। नानी का घर साफ़ दिखायी दिया। इतनी दूर से निशाना तो क्या लगेगा, लेकिन फ़ायर करके डराया तो जा सकता है। पहली गोली उसने अपने पीम के पेड़ की तरफ़ चलायी। मुँह पर कपड़ा बाँधे आदमी के कन्धे पर रखी बन्दूक़ गोली की आवाज़ से थोड़ा नीचे हो गयी। उसने भी फ़ायर किया। गोली इन्दर की जाँघ में लगी। मोटरसाइकिल पर बैठे आदमी ने कुछ कहा। मल्कियत ने दूसरा फ़ायर किया। वह आदमी आँगन से दौड़कर बाहिर निकला। मोटरसाइकिल के पीछे बैठा। दनदनाती 'बुलेट' गाँव से बाहिर जाती सड़क पर मुड़ गयी।

गोलियों की आवाज़ गाँव के सारे लोगों ने भी सुनी। आँगन में सो रहे लोग घरों के अन्दर भाग गये। दरवाज़े मज़बूती से बन्द कर लिए। सबसे पहले मल्कियत और सुरजीत नानी के घर पहुँचे। पास खड़ी इन्दर की पत्नी को सुरजीत ने डाँटा–"बीबी, अन्दर जा और बच्चों को चुप करा। तू कहाँ की डॉक्टर है?"

मल्कियत ने इन्दर की लुंगी खोली। जाँघ को छुआ, जो ख़ून से लथपथ हो चुकी थी। सुरजीत ने टॉर्च जलायी। मल्कियत ने हाथ से ही

जाँघ का ख़ून पोंछा, घाव देखने के लिए। "नानी, बच गया। गोली पट्ट के माँस पर ही लगी है। बाहिर निकल गयी। हड्डी बच गयी है। चार दिन में चंगा हो जायेगा।"

मल्कियत का बड़ा लड़का गाँव की डिस्पेंसरी के हिन्दू डॉक्टर को साथ लेकर वहाँ पहुँचा। डॉक्टर ने चौखट के सहारे बैठी नानी को ग़ुस्से से देखा और ज़हरीली आवाज़ में कहा—"नानी, यह तेरा इन्दर गाँव के सारे हिन्दुओं को क़त्ल करवाकर ही रहेगा।"

जवाब सुरजीत ने दिया—"भरावा! तू इन्दर की पट्टी कर दे, फिर हिन्दू—सिख का रोना रो लेना।"

"यह तो पुलिस—केस है। पहले रिपोर्ट दर्ज..."

"क्यों भाई डॉक्टर साहब, बन्दूक़ बड़ी कि पुलिस?" मल्कियत सिंह ने अपनी बन्दूक़ कन्धे पर रखकर पूछा।

डॉक्टर सहम गया। अपनी दवाइयों का बैग खोल दिया।

इन्दर को सुबह तक होश आ गया। गाँव के बड़े—बूढ़े ने आपस में सलाह की कि पुलिस में रपट दर्ज कराने से कुछ न होगा, उलटा इन्दर की ज़िन्दगी बिल्कुल ख़तरे में पड़ जायेगी। सुरजीत ने भरी आवाज़ में इन्दर और नानी को सलाह दी कि अब उन्हें यहाँ से चले जाना चाहिए। मल्कियत आँखें नीचे किये धरती को घूरता रहा। वह कह या कर भी क्या सकता है! इन्दर पर रास्ते में भी हमला हो सकता है। तब कौन बचाएगा?

"हाँ, पुत्तरो, अब हम हिन्दुस्तान चले जायेंगे।" नानी की आवाज़ में न दम, न नोक—झोंक। मल्कियत ने समझाया, "नानी, झल्ली तो नहीं हो गयी? कौन से हिन्दुस्तान जायेगी?"

"न, हम हिन्दुस्तान चले जायेंगे।"

इन्दर को करनाली के एक कॉलेज में नौकरी मिल गयी। दीवाली से एक दिन पहले वहाँ जाना तय हो गया। नानी ने गाँव की औरतों को बताया—"हम हिन्दुस्तान जा रहे हैं। कुलछेतर कम्प लगा है।"

"नानी, इन्दर को करनाल नौकरी मिली है, हम कुरुक्षेत्र नहीं जा रहे।" इन्दर की पत्नी ने समझाया।

लेकिन नानी तो पिछले महीने—भर से अतीत में जी रही है— विभाजन के दिनों ने गुफा से निकलकर उसके दिमाग़ के छोटे—से जाग्रत हिस्से

पर क़ब्ज़ा कर लिया है। अतीत हमेशा अपने को दोहराता है, इसलिए हमेशा वर्तमान से जुड़ा हुआ।

"देख दम्मो, मुझे झूठे दिलासे मत दे, हाँ, हम कुलछेतर कम्प में जा रहे हैं। मुझे सब पता है।"

ट्रक का प्रबन्ध सुरजीत ने कर दिया। सुबह मुँह अँधेरे सामान लाद दिया गया। नानी को उठाकर ट्रक में मल्कियत ने लिटाया और हौसला दिया–"नानी, मैं तुझे वापस लेने आऊँगा। यहाँ के मकान की फिकर न करना। रब्ब सब कुछ जल्दी ही ठीक कर देगा।"

"न पुत्तर, मलकीते! हम तो अब कुलछेतर कम्प में ही रहेंगे।" नानी ने आँखें बन्द कर लीं।

सुरजीत और मल्कियत अपनी जीप में इनके साथ जायेंगे, पंजाब की सीमा तक पहुँचाने।

आगे–आगे ट्रक, पीछे–पीछे जीप। हवा में ठण्डका आ गया है। नानी ने मोटा खेस मुँह पर लपेटा और सो गयी। छोटे बच्चे और दम्मो की भी आँख लग गयी। इन्दर आगे ड्राइवर के पास बैठा है।

लगभग तीन घण्टे गें ट्रक हरियाणा की सीमा पर पहुँच गया। धूप में थोड़ी गर्मी। पुलिस चौकीवालों ने चेकिंग के लिए रोका। इन्दर ने उन्हें करनाल में नौकरी मिलने की बात बतायी। सच पुलिसवालों को भी पता है। उन्होंने चुपचाप, उदास चेहरों से ट्रक के अन्दर देखा और आगे जाने की आज्ञा दे दी।

मल्कियत ट्रक में चढ़ा। नानी के पैर छुए, ऊँची और छेड़ती आवाज़ में कहा–

"नानी उठ, तेरा हिन्दुस्तान आ गया।" लेकिन नानी ने कोई जवाब नहीं दिया।

सुरजीत ने नानी के मुँह से खेस हटाया। कान के पास ज़ोर–से बोला, "नानी उठ, अपना हिन्दुस्तान देख ले।"

लेकिन नानी न हिली, न डुली, बस पथराई आँखें खुली–की–खुली। मल्कियत ने हथेली से उसकी मरी हुई आँखें बन्द कीं। नानी हिन्दुस्तान की सीमा के भी पार जा चुकी थी।

मालिक का कुत्ता

रजनीकान्त वर्मा से मेरी पहली मुलाक़ात उन दिनों हुई जब इमरजेंसी नहीं लगी थी और जयप्रकाश नारायण के नेतृत्व में विरोधी पार्टियाँ एकजुट होकर हिन्दुस्तान की मलिका के ख़िलाफ़ मैदाने–जंग में उतर चुकी थीं।

उसकी एक जुझारू क़िस्म की कहानी पढ़ी, तस्वीर साथ छपी थी। पता चला कि अपने मझोले शहर में भी एक लेखक हैं, बधाई देने के लिए मिला।

शायद गर्मियाँ थीं। हाँ, गर्मियाँ ही थीं। उसने फाँटोंवाला कच्छा पहन रखा था, खम्भों जैसी जाँघों में लगभग फँसा हुआ। जब मैंने उस कहानी की बात की तो उसने पहला सवाल पूछा–"आप किसी पार्टी से जुड़े हुए हैं? एक प्रतिबद्ध आदमी ही सही नागरिक होता है। क्यों? होता है न?" उन दिनों लेखकों और कवियों को प्रतिबद्धता का बुख़ार चढ़ा हुआ था।

मैं चुप रहा क्योंकि प्रतिबद्धता का अर्थ सच से जुड़ा है या पार्टी–सच से, उसका पता न मुझे उन दिनों था, न आज है। जो अच्छा है, उसे अच्छा कहने में हिचक नहीं लगती थी। साहित्य के पैंतरों से नावाक़िफ़ जो ठहरा। उसने कन्धे उचकाये, गर्दन थोड़ी नीचे की, टक्कर मारने लगे भैंसे की तरह आगे झुककर पूछा–"अच्छा, आप कैसी किताबें पढ़ते हैं?"

"वर्मा साहब, जो अच्छी लगती हैं, वही पढ़ता हूँ।"

"अच्छी लगती हैं? आपको कैसे पता अच्छी लगती हैं? अरे भाई, आप पढ़े–लिखे लोगों की तो दिक़्क़त ही यही है। जो अच्छा लगता है, उसे अच्छा कहते हैं। क्यों, कहते हैं न?" ख़ुद सवाल पूछकर दूसरे की तरफ़ से ख़ुद जवाब देने की उसकी आदत से मैं पहली बार वाक़िफ़ हुआ।

मुझे चुप देखकर उसके झुके कन्धे उचक गये। अब उसके चेहरे पर मुझे लाजवाब कर देने वाली विजय का झण्डा उग आया था।

"अच्छा, मेरी कहानी के बारे में क्या राय है? ज़रा खुलकर बताइए, झिझक कैसी? हम लेखक अगर सब लिखते हैं तो सच सुनने की ताक़त भी रखते हैं।" अब उसके चौड़े कन्धे और चौड़े हो गये, उस ताक़तवर आदमी की तरह जिसे पहले से ही पता होता है कि वह दूसरे को पीट लेगा।

"जी, उस कहानी के क्लर्क के दुःख–दर्द का वर्णन तो मुझे अच्छा लगा लेकिन..." उसका हाथ उसकी पेंसिल–मूँछों पर जा चुका था, इसलिए मैंने अपनी बात बीच में छोड़ दी।

"लेकिन क्या? बोलो भाई! घबड़ाने की कौन सी बात है?" वह 'र' को 'ड़' बोलता है, इसका पता भी मुझे पहली बार लगा।

"जी, जब वह अपने अफ़सर के मुँह पर फ़ाइल दे मारता है, तो यह बात गले से नीचे उतरती नहीं। कल्पना में तो हर कमज़ोर आदमी अपने से ताक़तवर पर हमला करता है, लेकिन सच्चाई तो हमेशा इसके उलट होती है न।" मैंने डरते–डरते जवाब दिया।

वह एक भैंसे में बदल गया। पहली फुफकार मारी–"कहानी अँधेरे में चीख़ नहीं है। आपको पता है, यह किसने कहा है?"

मेरे मुँह से डर बोला–"जी, मैंने नहीं कहा।" वह ज़ोर–से हँसा, उतने ही ज़ोर–से मेरे कन्धे पर पंजा मारा। उसे पता चल गया कि मैं दब गया हूँ। समझाया–"कहानी अब एक हथियार है, प्रत्येक कमज़ोर आदमी के हाथ की लाठी। अरे भाई, यह जुझारू साहित्य का दौर–दौरा है। रूस के बाल्ज़ाक ने कई दशक पहले ऐसी बातें लिख दी थीं।" पहले सोचा, उसे बताऊँ कि बाल्ज़ाक रूस का नहीं, फ्रांस का है। फिर जाने क्यों हिम्मत नहीं हुई।

"अच्छा। जे.पी. के आन्दोलन के बारे में आपकी क्या राय है?"

"वर्मा साहब! मुझे राजनीति में कोई बहुत दिलचस्पी नहीं। लेकिन पार्टी इन पॉवर को चुनाव से हराना चाहिए। सारे देश को ठप्प करना तो प्रजातंत्र के उसूलों के ख़िलाफ़ है।"

वह अपने तख़्तपोश से उठा, कमरे का चक्कर काटा, दरवाज़े के बाहिर मुँह निकालकर नाक साफ़ की। अपनी बनियान से नाक पोंछकर मुझे ललकारा–"आप जैसे लोग ही इस समाज के शत्रु हैं। लड़ाई में असूल कैसे? नहीं होते न? रज़िया सुलतान को आज तक क्या चुनावों से हराया गया है? आपने नागार्जुन की नुक्कड़ कविताएँ पढ़ी हैं? नहीं पढ़ीं। मेरी

कविताएँ पढ़िए। छोटी पत्रिकाओं में छपती हैं। तब आपको पता लगेगा कि साहित्य अब एक हथियार में तब्दील हो चुका है।"

"लेकिन रज़िया सुल्तान को मरे तो सदियाँ बीत चुकी हैं, जे.पी. उसके ख़िलाफ़ थोड़े लड़ रहे हैं?"

"अरे भाई, अतीत के सन्दर्भ हमेशा वर्तमान से जुड़े रहते हैं। उसे साहित्य में परोक्षतः सांकेतिकता कहते हैं। नहीं पता न?" अब मैं उससे इतना नहीं डर रहा था, जितना उसकी इस धराशायी करती हिन्दी से, क्योंकि 'परोक्षतः' शब्द मैंने पहली बार सुना।

उसने अपनी कहानियों की किताब अलमारी से निकाली, कच्छे से रगड़कर धूल पोंछी और मुझे पढ़ने के लिए दी, इस ताकीद के साथ कि दो दिनों में उसे लौटा दूँ।

"जी, मैं दोस्तों की किताबें रखता नहीं।"

"दोस्त! आप मेरे दोस्त कैसे हो गये? दोस्ती से पहले हमें एक दूसरे को अच्छी तरह समझ लेना चाहिए।"

"जी। मैंने आप से शादी नहीं करनी कि अच्छी तरह समझ लूँ।"

मेरा जवाब सुनकर उसका चेहरा पहले थोड़ा कड़वा हुआ, फिर उसकी आँखों में चमक आ गयी, उस बिल्ली की आँखों जैसी, जिसे पता होता है कि जब चाहे छलाँगेगी और दबोच लेगी।

"आप छोटी पत्रिकाएँ पढ़ा करिए। तब सही साहित्य का पता चलेगा। मेरी बात पत्थर पर लकीर समझो। जनता आ रही है, सिंहासन ख़ाली होकर रहेगा।"

मैं उठा। उसने रोका–

"आपको मैं छुट्टीवाले दिन जे.पी. के आन्दोलन के बारे में समझाऊँगा। क्यों, ठीक है न?" मुझे उठा देखकर रोका–"बैठिए। आपको समोसे खिलाता हूँ। बहुत मज़्ज़ेदार बनाता है, नीचे वाला हल्वाई। मट्टर भरकर।"

"जी, मुझे समोसे अच्छे नहीं लगते।"

"इसका यह मतलब तो नहीं कि समोसे अच्छे नहीं होते। अब आपको जे.पी. का आन्दोलन अच्छा नहीं लगता, इसका यह मतलब तो नहीं कि यह अच्छा नहीं। क्यों? ठीक है न!"

मैं नीचे उतरा। वह मुझे छोड़ने के लिए सीढ़ियों से नीचे नहीं आया क्योंकि उसे एहसास था कि वह मुझसे ऊँचाई पर खड़ा है। इस पहली मुलाक़ात की दो बातें सही–सही याद हैं–जे.पी. और समोसे।

छुट–पुट मुलाक़ातें वर्मा से होती रही, लेकिन टिककर बैठना हुआ एमरजेंसी लगने के बाद। मैं ताव में था। छूटते ही वर्मा से कहा "ऐसा तो कभी अंग्रेज़ों के समय भी नहीं हुआ कि सारे देश के गले पर अँगूठा रख दिया जाये।"

उसने पहले मुझे पानी पिलाया, फिर सिगरेट पेश की। उसकी इस आदत का मुझे उस दिन पता चला कि जब उसे किसी बात का जवाब न देना हो तो नया सवाल पूछ लेगा।

"आपको पता है, द्वन्द्वात्मक भौतिकवाद का क्या अर्थ है?"

मैं हक्का–बक्का। इमरजेंसी लगने और द्वन्द्वात्मक भौतिकवाद की क्या तुक बैठी? उसने मेरी हैरानी समझी।

"आप मार्क्स पढ़िए। राजनैतिक तब्दीली का यह मतलब क़तई नहीं होता कि कोई भी ऐरा–ग़ैरा सत्ता हथिया ले। नहीं समझे न? अरे, कोई आपके पिता को घर से निकाल दे, परिवार का मुखिया बन जाये और आप इस तब्दीली को क्रान्ति समझ लें। क्यों, ठीक है न?" उसको अपना तर्क बहुत पसन्द आया, नौकर को चाट–समोसे लाने के लिए कहा, एकदम गरम, पुदीने की चटनी के साथ।

"लेकिन वर्मा साहब, पिछली बार आपने ही तो कहा था कि जे.पी. का आन्दोलन एक जुझारू–युग और साहित्य का आरम्भ है। अब आप इसके ख़िलाफ़ कैसे हो गये?"

"पिछली बार मैंने कहा था, तो इस बार भी तो मैं ही कह रहा हूँ। अगर तब मेरी बात ठीक लगी थी तो अब क्यों नहीं लग रही? आप पढ़े–लिखों के साथ यही तो दिक़्क़त है कि आप तर्क को नहीं समझते, बस भावुकता की टोकरी सिर पर उठाये फिरते हैं। राजनैतिक तर्क कोई अशोक का स्तम्भ नहीं कि एक जगह गड़ा रहे। यह बदलता रहता है। आप मार्क्स पढ़िए, मार्क्स।"

नौकर समोसे रखकर कमरे से चला गया। उसने अँगूठे से दबाकर एक समोसे को बीच से तोड़ा, ताकि भाप निकले और जल्दी ठण्डा हो, लेकिन मुँह में भर आये थूक से उसके होंठ गीले हो गये। आधा समोसा मुँह में डाला, गरम था। मुँह खोलकर उसमें ठण्डी हवा भरी और समोसा निगल गया। घड़ियाल के गले की तरह उसका गला थोड़ा फूला, फिर हमवार हो गया।

मैंने उसे बताया कि छोटी पत्रिकाओं में नागार्जुन की कविताएँ पढ़ी हैं, लिखा तो सच है।

"अरे कौन? बाबा। उनकी बात छोड़ो। मौज–मस्ती में आयें तो जो भी लिख दें। लिखने के साथ सही सोच का जुड़ा होना भी तो ज़रूरी होता है। होता है न?" उसने दूसरे समोसे को हाथ में लेकर कहा।

"लेकिन सोच हालात से ही पैदा होगी न, न कि किताबों से। अब जुल्म के ख़िलाफ़ बोलने–लिखने में सोच ग़लत कहाँ से हो गयी?" मैं थोड़े ताव में बोला।

"सही सोच का फ़ैसला वर्तमान नहीं, भविष्य करता है। अब गाँधी जी और क्रान्तिकारी, दोनों अंग्रेज़ों के ख़िलाफ़ लड़ रहे थे। लड़ रहे थे न?" उसने समोसा निगलते हुए मुझसे पूछा। मैंने 'हाँ' में सिर हिलाया। उसने बनियान से मुँह पोंछा, जीतने की चमक उसकी आँखों में आ गयी–"तो फिर गाँधी जी उग्रवादियों के ख़िलाफ़ थे। थे न? इसे कहते हैं, सही सोच की लड़ाई।"

मैं एकदम चुप। उसने शब्दों के चक्रव्यूह से मेरी फेराबन्दी कर दी। उसके नथुने फूले, कन्धे उचके, और वह एक विजयी भैंसे में तब्दील हो गया।

वह उन आदमियों में से है जो सिर्फ़ विचारों से मोह रखते हैं, आदमी से नहीं। एक लचकीली टहनी, जिधर हवा का रुख़ उधर झुक जाने वाली टहनी। जी चाहा पूछूँ कि उस जुझारी, लठैत साहित्य का क्या हुआ, जिसकी पिछली बार दुहाई दे रहा था, लेकिन मैंने पूछा नहीं। इन चन्द मुलाक़ातों के बाद ही पता चल गया कि इसे शब्दों से मोह है। इसके मुँह से जब शक्ति–शब्द निकलते हैं तो बाहिर आते–आते लूले–लँगड़े हो जाते हैं।

इससे पहले कि उठूँ, सीढ़ियों पर शोर हुआ और कुछ आदमी ऊपर चढ़ आये, ऊँचा–ऊँचा बोलते हुए। नीचे के दुकानदार हैं। आपस में कोई झगड़ा हो गया। फेरीवाले को दुकानदार ने दुकान के सामने सामान रखने से रोका, वह नहीं माना। दुकानदार ने उसका सामान सड़क पर फेंक दिया। फेरीवाले ने उसे पीट दिया। दोनों थाने में हैं।

"आप लोग चौकी चलिए, मैं आता हूँ। आप लोगों को कितनी बार समझाया है कि छोटे–मोटे झगड़े ख़ुद निपटा लिया करें, लेकिन नहीं। जायेंगे थाने–चौकी और फिर आयेंगे वर्मा जी के पास। अरे, कुछ पढ़ा करो। प्रेमचन्द की 'पंच परमेश्वर' ही पढ़ लो तो तुम्हारी आधी मुश्किलें हल हो जायें। हो जायेंगी न?" उसने मेरी तरफ़ देखा।

अनपढ़ और छोटे दुकानदार प्रेमचन्द का नाम सुनकर बिल्कुल चुप हो गये। वर्मा जी ने यह नाम लिया है तो ज़रूर कोई बात होगी। एक ने डरते–डरते कहा–"वर्मा जी, नये थानेदार का नाम तो राज सिंह है, प्रेमचन्द नहीं। आपको ग़लती लग गयी है।"

उसे उनकी ज़हालत पर ग़ुस्सा तो आया, लेकिन कहा कुछ नहीं। वे लोग नीचे उतरने लगे तो उन्हें सलाह दी–"कुछ रुपये वग़ैरह जेब में डालकर थाने पहुँचिए। मैं पीछे–पीछे आया। दारोगा साहब से मैं ही बात करूँगा। क्यों? ठीक। हाँ, ठीक है।"

उसने खादी का धुला, प्रेस किया कुर्ता डाला। अपने लम्बे खुरदरे बालों पर हाथ फेरा, दीवार पर लगे छोटे शीशे में मुँह देखा।

"ठीक है। चलिए, थाने चलते हैं। ग़रीबों का निपटारा करा दें।"

"मुझे क्या करना है वहाँ जाकर?"

"बस, यही तो कमी है आप पढ़े–लिखों में। अपने आसपास के आम आदमी और उसकी तकलीफ़ों से कटकर रहेंगे और बातें करेंगे क्रांति की। मैं उन लेखकों में से नहीं जो सिर्फ़ क़लम से टसुवे बहाते हैं। जहाँ तक हो, लोगों की सहायता भी करता हूँ। जब तक हम अपने परिवेश से क्रियात्मक रूप से जुड़ेंगे नहीं, तब तक सही साहित्य की रचना कैसे करेंगे!" मैं फिर भी साथ जाने के लिए उठा नहीं। उसने समझाया–"देखिए, सिर्फ़ पढ़ने–पढ़ाने से कुछ नहीं होने वाला। एक लेखक के पास प्रत्येक प्रकार का अनुभव होना चाहिए। लेखक एक कुआँ होता है। चाहे जितना पानी निकालो, फिर भी भरा का भरा। क्यों, ठीक है न? हाँ, ठीक है। आपने कभी पुलिस–स्टेशन देखा है? नहीं देखा। चलिए, आज यह भी देख लीजिए। क्या हर्ज है?" उसकी बात ठीक लगी। जे.पी. की गिरफ़्तारी की वजह से आया ग़ुस्सा उतर गया। वर्मा के प्रति उपजी खीझ की जगह आदर ने ले ली।

हम दोनों थाने पहुँचे। थानेदार ने बड़े आदर–भाव से वर्मा को और मुझे कुर्सी पर बैठने को कहा। उसके चेहरे पर एक सन्तुष्ट शेर की–सी मुस्कान आ गयी। सब–कुछ पता होते हुए भी पूछा–"कहिए कैसे तकलीफ़ की?"

"वह दुकानदार..."

"अच्छा! अरे भाई मामूली–सा झगड़ा है। आपने क्यों तकलीफ़ की। अब आ ही गये हैं तो मुंशी से बात कर लें। उन लोगों ने आपका नाम

लिया, इसलिए अभी तक एफ़.आई.आर. दर्ज नहीं की। मैं ज़रा बाज़ार का राउंड ले आऊँ।" थानेदार वर्मा जी से हाथ मिलाकर बाहिर निकल गया।

मुंशी ने एक को ज़मीन पर बिठा रखा है। मुझे और वर्मा जी को कुर्सियाँ पेश कीं।

"हाँ, क्या हुआ?" वर्मा ने ज़मीन पर बैठे लोगों से पूछा।

"जी, इसने मेरा सामान सड़क पर फेंक दिया। मैं ग़रीब आदमी..."

"बात तो ग़लत है। किसी का सामान कोई फेंकेगा तो क़ानूनन ग़लत है।" जवाब मुंशी ने दिया।

"इसने सामान ठीक मेरी दुकान के आगे लगा लिया था। ग्राहकों के अन्दर आने के लिए रास्ता तक भी नहीं छोड़ा। अब..."

"बात तो ठीक है। दुकान का दरवाज़ा कोई रोककर बैठेगा तो क़ानूनन ग़लत है।" जवाब मुंशी ने दिया।

"इसने मुझे मारा भी।" दुकानदार ने शिकायत की।

"अरे, इसने तुझे मारा तो हमने भी इसे पाँच जूते लगा दिये। हो गया हिसाब बराबर। नहीं हुआ तो पाँच और लगवा देता हूँ, लेकिन तूने जो इसका सामान फेंककर क़ानून अपने हाथ में लिया, उसका क्या होगा? लगवाऊँ तुझे भी दस जूते? उतारूँ थानेदारी का भूत?" जवाब फिर मुंशी ने दिया।

सब लोग ऊँचा–ऊँचा बोलने लगे। वर्मा ने डाँटा–"आप लोग चुप हो जाइए। मुझे किसलिए बुलाया है? आपका क्या ख़याल है कि मेरे पास कोई काम नहीं? मुझे तो यूथ कांग्रेस के प्रेज़िडेंट से मिलने जाना था। ग़रीब समझकर यहाँ आ गया। और आप लोग..."

"आप जाइए, वर्मा साहब! मैं चालान करता हूँ।" मुंशी ने क़लम उठायी।

"न जी, न जी! ग़रीब है, रहने दो," की आवाज़ें।

मुंशी ने दुकानदार से कहा–"सारा क़सूर तेरा है। ग़रीब फेरीवालों का सामान फेंकता है? रोटी तेरे बाप के घर से खाएँगे? तुझे तो मैं छोड़ता नहीं।" दुकानदार का मुँह पीला पड़ गया। उसने वर्मा की तरफ़ देखा। वर्मा ने मुंशी की तरफ़। मुंशी ने हाथ खोला, पंजा बनाया। पाँच उँगलियाँ दिखा दीं। दुकानदार ने सौ–सौ के पाँच नोट वर्मा को पकड़ा दिये।

"अब तू बता," मुंशी ने फेरीवाले से पूछा–"इसकी दुकान का दरवाज़ा रोक लेगा तो तेरा बाप गाहक कैसे अन्दर जायेगा? तेरा चालान तो मैं

काटूँगा ही। सरकार का हुक्म है, सरकार का। सड़कें साफ़ रखने का। समझा?" फेरीवाले ने वर्मा की तरफ़ देखा। वर्मा ने मुंशी की तरफ़। मुंशी ने एक उँगली उठा दी। सौ रुपया!

"मैं नहीं दूँगा। करा दो अन्दर। बाहिर रहकर भी कौन सी रोटी मिलती है?" फेरीवाला बिफर गया। पुलिस की मार–पिटायी का आदी है, इतनी जल्दी डरने वाला नहीं। वर्मा ने बीच–बचाव किया।

"मुंशी जी, ग़रीब है। कुछ तो ख़याल करें।"

"वर्मा साहब, सुसरा कहाँ का ग़रीब है। आप नहीं जानते इन लोगों को। चालान काट दूँ तो कल ज़मानत के लिए पैसे कहाँ से आयेंगे? वकील को पैसा कहाँ से देगा? लेकिन बस, नहीं देने तो हम ग़रीब पुलिसवालों को। इसकी तो छितरोल होगी, छितरोल।"

मुंशी ने पास खड़े कांस्टेबल को इशारा किया। उसने फेरीवाले को बालों से पकड़कर खड़ा किया।

"ले जा इस दारा सिंह को अन्दर और बना दे इसका मोर।"

फेरीवाले ने दुहाई देनी शुरू कर दी कि उनके पास सिर्फ़ दस रुपये हैं। सौ रुपये कहाँ से लाये। वर्मा ने वहाँ बैठे लोगों को समझाया।

"आप लोग कुछ करिए। इस ग़रीब फेरीवाले के पास सौ रुपये कहाँ! फिर केस दर्ज हो गया तो आपको भी वकील तो करना ही पड़ेगा। उसको भी रुपये देंगे कि नहीं देंगे? घर का झगड़ा कोर्ट–कचहरी ले जाने से क्या फ़ायदा? यह तो मुंशी जी की मेहरबानी है कि चालान नहीं काट रहे।" लोगों ने 'हाँ' में सिर हिलाया। सबने थोड़े–थोड़े रुपये डाले, सौ रुपये पूरे किये। मैं पहली बार बोला–

"मुंशी जी, जब इन लोगों में सुलह हो ही गयी है तो ग़रीब फेरीवाले से तो रुपये न लें।"

मुंशी ने ताव से मुझे देखा। वर्मा ने उसे सिर से इशारा किया। वह मुस्कराया, मुझे समझाया–"फ़ैसला तो जब होगा न जब हम करेंगे। हरद्वार गयी हड्डियाँ कभी वापस लौटी हैं क्या?"

दूकानदार और फेरीवाला मुंशी को नमस्ते करने के बाद, वर्मा जी को हाथ जोड़ने के बाद बाहिर निकल गये। मुंशी ने चाय मँगवायी। मेरी तरफ़ शक की निगाहों से देखा। वर्मा ने उससे कहा–"मुंशी जी, अपने आदमी हैं। चिन्ता की कोई बात नहीं।" मुंशी ने सौ का नोट वर्मा को दिया,

पूछा–"ठीक है न, वर्मा साहब?" वर्मा हँसा, उसे छेड़ा– "आप कब ग़लत होते हैं, मुंशी जी! धर्मराज युद्धिष्टर हैं युद्धिष्टर! कैसे ग़रीबों के सैकड़ों रुपये बचवा दिये? कचहरी चढ़ते तो वकील इन्हें नोच खाते।"

हम दोनों बाहिर आ गये। तो वर्मा सुलह कराने के पैसे लेता है। उसने मेरे चेहरे से मन की बात भाँप ली।

"आप हैरान होंगे कि मैंने सौ रुपये क्यों लिये? है न? डॉक्टर घर में आये तो फ़ीस लेता है कि नहीं? लेता है। तो फिर लेखक क्या डॉक्टर से भी गया–गुज़रा है? नहीं न? उनके सैकड़ों रुपये बचवाये कि नहीं? बचवाये। फिर काम करने से पैसे लेने में शर्म कैसी? नहीं न? बस, आप पढ़े–लिखों की यही दिक़्क़त है। हमेशा भावुक हो जायेंगे। झगड़े भावुकता से नहीं तर्क से हल होते हैं। निपटारा करवाया कि नहीं? करवाया न? आम लोगों के दुःख–दर्द में काम आना सौ अच्छी कविताएँ लिखने से अच्छा है। है कि नहीं? है।"

मैं फिर उसके तर्क–व्यूह में फँस गया। इस आदमी के लिए सच सिर्फ़ एक तर्क है, जिसे हमेशा अपने पक्ष में रख देने के दाँव–पेंच इसे आते हैं। मुझे चुप देखकर उसने कहा–

"चलिए, दो–दो समोसे हो जायें। अरे भाई, प्रैक्टिकल बनिये, प्रैक्टिकल। वह मुहावरा सुना है न। पेट न पेइयाँ रोटियाँ और सारी बातें खोटियाँ। क्यों? ठीक है न? हाँ, ठीक है। अब देखिए न। इमरजेंसी लगने पर गाड़ियाँ सही वक़्त पर चलना कैसे शुरू हो गयीं। वही रेलें, वही रेल महकमा। इसे कहते हैं सक्रिय जीवन।"

"लेकिन गाड़ियाँ तो हिटलर और मुसोलोनी के दिनों में भी ठीक वक़्त पर चलती थीं।"

"अरे यार, तुम नहीं समझोगे। विचार और क्रिया साथ–साथ चलने चाहिए। चलो, मारो गोली। समोसे खाते हैं, समोसे।" उसके मुँह का थूक उसके होंठों पर आया, उसने कुर्ते की बाँह से साफ़ किया।

जुदा होते वक़्त दो बातें याद रह गयीं–सही साहित्य और समोसा...

बात उन्हीं काले कठोर दिनों की है। एक शाम सब–इंस्पेक्टर ज़िले सिंह मेरे घर आया। मुझे जानता है क्योंकि उसका नालायक़ लड़का मेरी वजह से ही पिछली दो क्लासों में पास हुआ है। वह आया तो मेरी पत्नी का

चेहरा थोड़ा पीला पड़ गया, क्योंकि उसे मेरी सच बोलने की आदत का पता है और उन दिनों मलिका–ए–हिन्दुस्तान ने सच पर पाबन्दी आयद कर रखी थी।

"देखो प्रोफ़ेसर साब, एक सलाह दूँ। आप ज़रा बोला कम करें।" ज़िले सिंह की आवाज़ अतिरिक्त गम्भीर।

"अरे भाई, बोलने के तो पैसे मिलते हैं। क्यों? तुम्हारी महारानी का कोई नया हुक्म आया है क्या?"

"जनाब, मेरी बात को मख़ौल न समझें। आप जिस आदमी के पास बैठकर सरकार और इमरजेंसी के ख़िलाफ़ बोलते हैं, उसी ने यह ख़बर आपके ख़िलाफ़ दी है।"

"देखो ज़िले सिंह, मैं तो कहीं उठता–बैठता ही नहीं। तुम्हें ग़लती लगी है।"

"जनाब, हम पुलिसवालों को कभी ग़ल्ती नहीं लगती। उस लिखारी वर्मे के पास उठना–बैठना है कि नहीं? आपको पता है, वह पुलिस का टाउट है।"

"टाउट?"

"हाँ, टाउट। मुख़बिर। जिसे हम लोग 'दल्ला' बोलते हैं। ऐसे दल्ले दोनों तरफ़ से कमाते हैं–मुजरिम से भी और पुलिस से भी।"

"लेकिन वर्मा तो मेरा दोस्त है। क्योंकर..."

"जनाब, आप तो बहुत पढ़े–लिखे हैं। मैं सिर्फ़ दसवीं पास हूँ। एक बात कहूँ। बुरा मत मानें। आप हर किसी को बहुत जल्दी अपना दोस्त मान लेते हैं। उस जैसे दल्लों की रग–रग में गन्दा ख़ून होता है। पहले लोगों को दोस्त बनाते हैं, फिर फँसवाते हैं। फिर मदद करते हैं। फिर कमाते हैं।"

पत्नी चाय लेकर अन्दर आयी। मुझे ग़ुस्से से देखा और ज़िले सिंह को ख़बर माँगती आँखों से।

"बहन जी! ज़रा प्रोफ़ेसर साहब से गपशप लगाने आया था। सोचा, आज गुरु जी को हम भी थोड़ी सीख दे डालें। इनके दोस्त वर्मे के कारनामे बता रहा था, लेकिन फिक्करवाली कोई बात नहीं।"

"मैं तो इन्हें कितनी बार कह चुकी हूँ कि उस आदमी से बचकर रहें। इनकी एबसेंस में दो–तीन बार आया और इनके ख़िलाफ़ बोलता रहा।"

"क्या ख़िलाफ़ बोला? पहले क्यों नहीं बताया?"

"अरे! वह कोई तुम्हारी तरह हरिश्चन्द्र है कि सीधी बात करेगा? प्रोफ़ेसर साहब बड़े हैंडसम हैं, मिलनसार हैं। लड़कियाँ तो बस इनकी फ़ैन हैं। जब कोई मर्द किसी दूसरे मर्द की तारीफ़ करे, उसकी बीवी के आगे तो इसके पीछे कोई कमीनी ख़ुशी होती है।" पत्नी बैठक से बाहिर जाते–जाते सूत्र–वाक्य बोल गयी।

"आपको मेरी बात पर यकीन नहीं आ रहा न?"

"ज़िले सिंह ने उठते हुए कहा, "कभी उससे पूछिये। कोई काम नहीं करता। लिखने से कितनी कमाई हो जाती होगी? फिर फ़रीदाबाद और दिल्ली में प्लॉट कहाँ से ले लिये? इतना बड़ा मकान कहाँ से बना लिया? आप सोचते होंगे, हमें कैसे पता। जनाब, इन मुख़बिरों से तो हम पुलिसवाले भी चौकस रहते हैं। आजकल यूथ कांग्रेसवालों से दाँत–कटी है। चाहें तो काले पानी मेरी ट्रांसफ़र करवा दें।"

अब मैं घबरा गया। उसने मुझे हौसला दिया।

"लेकिन कोई बहुत ख़ौफ़ खाने की ज़रूरत नहीं। ऐसे आदमियों की रीढ़ की हड्डी नहीं होती। कभी न कभी हम इन लोगों को गंगा–स्नान करा देते हैं। मिलते–जुलते रहें, लेकिन हर किसी के आगे दिल खोलना ठीक नहीं होता।"

न जाने उसके जाने के बाद मेरी आँखों के आगे रजनीकान्त वर्मा की सूरत की जगह एक सरकारी साँड़ की सूरत क्यों उभर आयी, जिसके चूतड़ पर लगी सरकारी मुहर इस बात का लाइसेंस होता है कि वह जहाँ चाहे मुँह मारे, लेकिन उसे कोई नहीं मार सकता।

इस बार वह मुझे बाज़ार में मिल गया बहुत दिनों बाद रसगुल्ले खाता हुआ। मेरी तरफ़ प्लेट बढ़ायी, बिना इस भय के कि मैं लूँगा, क्योंकि उसे पता है कि मैं मीठा नहीं खाता।

"खा लें। फिर बात करते हैं।" उसने बिल्कुल रसगुल्ला–केन्द्रित आवाज़ में कहा। उँगली से सरकाकर रस एक किनारे लाया, प्लेट को मुँह लगाकर रस पी गया। पेंसिल मूँछों पर लग गये रस को उसने जीभ ऊपर सरकाकर सुड़का, कुर्ते की बाँह से मुँह साफ़ किया।

"हाँ, अब बताओ। इतने दिनों से दिखे नहीं क्या चक्कर है?"

"बस यूँ ही! आपसे मिलने को मन नहीं किया।"

उसका चेहरा कड़वा पड़ गया, हालाँकि उसने अभी–अभी रसगुल्ले खाये हैं। लेकिन बोला वह मीठे बोल ही–"हाँ भाई, हमसे क्योंकर मिलने को मन करने लगा। दिनभर ख़ूबसूरत लड़कियों से घिरे रहते हो। अच्छा यार! क्या राज़ है? तुम्हारी उमर तो मुझसे बड़ी है, लेकिन लगते मुझसे जवान हो।" जब भी कोई उसे विरोध में कुछ बोले, वह उसकी तारीफ़ करके उसे चुप करा देता है। मैंने कहा तो नहीं लेकिन सोचा ज़रूर कि यह कैसा आदमी है, जिसका ख़ून एकदम ठण्डा है–न प्रशंसा सुनकर गर्म होता है न विरोध सुनकर। पुचकार सुनने के लिए आतुर जानवर।

"इमरजेंसी हट गयी है। चुनाव हुए कि हुए। क्या सोचते हो? किसके पक्ष में हो?"

"मैंने अभी कुछ सोचा नहीं..." उसने मेरी बात बीच में काट दी, "हर बात का फ़ैसला सोच से नहीं करते। आत्मा की आवाज़ सुनकर करते हैं।"

'आत्मा' शब्द उसके लिए एक खोटा सिक्का है, जिसे वह हमेशा चलाने की फ़िराक़ में रहता है। जिन लोगों का दिमाग़ बेईमान हो जाये, वे आत्मा का झण्डा खोलकर पकड़ लिया करते हैं।

"मुझे देखो, बड़ी पत्रिकाओं में छपकर पैसे कमा सकता हूँ। लेकिन नहीं। आत्मा ने कहा कि सच सोचो। छोटी पत्रिकाओं के लिए लिखना शुरू कर दिया। मिले चाहे कुछ न, लेकिन लड़ाई में हिस्सेदार बनने का सुख तो है न?"

"हाँ, बिल्कुल ठीक। एक बड़ी पत्रिका में छोटी पत्रिकाओं के ख़िलाफ़ आपका लेख भी पिछले दिनों छपा है।"

"तो क्या हुआ? यह आपको किसने बता दिया कि सबकी ठेकेदार सिर्फ़ छोटी पत्रिकाएँ ही हैं? थोड़े–से लोग इनमें छपते हैं। तुम मेरी पीठ ठोको, मैं तुम्हारी पीठ ठोकूँगावाले लोग। मेरी आत्मा ने कहा। इसके ख़िलाफ़ लिख दिया। आप मुझे अभी तक नहीं समझे। मेरा पक्ष सिर्फ़ सच का पक्ष है, आत्मा का पक्ष।" इस बार आत्मा शब्द बोलते हुए उसके गले में कुछ अटक गया। वह मुँह के अन्दर खँखारा, साँस खींची, मुँह गोल किया और थूक दिया। आत्मा, खोटा सिक्का और थूक।

"अच्छा छोड़ो, कोई काम की बात करें। तुम्हारा घर दिन को ख़ाली रहता है न? भाभी तो बैंक में नौकरी करती है। शाम को लौटती है।" मैंने 'हाँ' में सिर हिलाया।

अब वह मेरे बिल्कुल क़रीब सरक आया। कन्धे पर हाथ रखा। उसके कान मैंने पहली बार ध्यान से देखे, सिर के साथ चिपके हुए, बिल्कुल किसी शिकारी कुत्ते के कानों की तरह। पीछे की तरफ़ खिंचकर हौले–हौले काँपते हुए।

"सुनो, एक लड़की है!" उसकी आँखों में एक बूढ़ी, बदसूरत बीवी की जगह एक जवान लड़की उगना शुरू हो गयी। एक गरमाये कुत्ते की तरह उसकी जीभ बाहिर निकली, लगातार होंठ चाटती। साँस फूल गयी।

"तो?"

"यार, अच्छी है। कहानी लिखना सीखने के चक्कर में है। तुम्हारे घर ले आऊँ?"

"लेकिन मेरे घर आकर क्या करेगी? मैं तो लेखक हूँ नहीं। क्या सिखाऊँगा?"

"देखो, जान–बूझकर बनो मत। मैं उसके साथ तुम्हारे घर बैठना चाहता हूँ। मेरे घर का हाल तो तुम जानते हो। साले बच्चे न हुए, कतूरे हो गये। कमरे के आसपास मँडराते रहते हैं।"

मैं जानता हूँ, वह अपनी कल्पना में लड़की के साथ मेरे घर पहुँच चुका है। कल्पना का सुख जीवन के सुख से अच्छा होता है, क्योंकि उसमें से हम जीवन के दुखदायी हिस्सों को निकाल देते हैं, चाहे एक नामर्द सुख के लिए ही सही। परायी औरत की चूड़ियों की आवाज़ हमेशा मीठी जो लगती है। उसे सलाह देता हूँ–"वर्मा जी, हाथ सिर्फ़ धोती के अन्दर रखने के लिए नहीं, इससे कोई और काम भी ले लेना चाहिए। फिर मेरा घर रंडीघर नहीं, घर है।"

उसको मुझसे ऐसे कड़वे जवाब की उम्मीद बिल्कुल नहीं थी। उसने झट–से अपना हाथ धोती से बाहिर निकाला और पैंतरा बदला, "अरे कहाँ की लड़की और कौन सी लड़की? मैं तो सिर्फ़ यह देखना चाहता था कि आप में जो महसूस करते हैं, उसे कहने का दम–ख़म है कि नहीं? है भाई, है। अब हम पक्के दोस्त बन गये। जो आदमी आत्मा की आवाज़ सुने, बोले, वही मेरा दोस्त हो सकता है। दोस्ती का मतलब यह थोड़ी है कि 'हाँ' में 'हाँ' मिलाओ। विरोध हमें नज़दीक लाता है। अच्छा, फिर मिलेंगे।" उसने आत्मा की झण्डी हिलायी और चल पड़ा। उसका लहीम–शहीम जिस्म देखकर लोगों ने रास्ता छोड़ दिया। एक सरकारी साँड़ को आता देख, परे हटते लोग।

इस बार की मुलाक़ात यादों के टुकड़ों में बँट गयी—रसगुल्ले, आत्मा का खोटा सिक्का, थूक की थिगली। आत्मा की हरी झण्डी, बेईमान दिमाग़ से उगकर हाथ में आ लगातार हिलती हरी झण्डी।

इमरजेंसी के बाद के चुनावों में कांग्रेस चारों खाने चित हो गयी और यह कड़वा सबक़ शायद सीख गयी कि अनपढ़ लोग, ग़रीब लोग बेवक़ूफ़ नहीं होते।

जनता जीती, एकजुट होकर लड़ने का सबक़ विरोधियों ने भी सीखा, लेकिन यह सीख तो उन्हें आने वाला समय ही देगा कि एक झण्डा होने का मतलब यह कभी नहीं होता कि हम एक हैं, ख़ासकर हिन्दुस्तान में।

यहाँ के जनसंघ के अमरनाथ जनता टिकट पर एम.पी. बने, लेकिन अब वह 'लाला' नहीं कहलाते, लिखते। जीत के बाद सब लोग 'चौधरी' हो गये।

रजनीकान्त वर्मा ने चुनाव के दिनों में उनके साथ काम किया, उनके भाषण लिखे, उन्हें शुद्ध और करारी हिन्दी बोलने के तरीक़े भी सिखाये। इसलिए वह आजकल चौधरी साहब का पॉलिटिकल सेक्रेटरी है। इस पद का मतलब होता है वह चोर दरवाज़ा, जिससे गुज़रकर ही कोई अन्दर पहुँच सकता है, चढ़ावे के साथ।

बेईमान कभी भी बेवक़ूफ़ नहीं होता और चालाक कभी भी चूतिया नहीं होता। वर्मा को सही अन्दाज़ा था कि मोरारजी देसाई ही प्रधानमन्त्री बनेंगे। जिस दिन नये प्रधानमन्त्री ने शपथ ली, उस दिन ही वर्मा की किताब का विमोचन हुआ 'मोरारजी देसाई, सबके भाई'। विमोचन चौधरी अमरनाथ, एम.पी. ने किया। उस दिन भाषण देते हुए वर्मा की जीभ पर सरस्वती आ बैठी। वैसे ही वह धराशायी कर देने वाली क़िस्म की हिन्दी बोलता है। उसने घोषणा की—प्रधानमन्त्री के राष्ट्र के लिए नये लक्ष्यों की—पेशाब और शराब। वेदों—पुराणों से उदाहरण देकर उसने बताया कि पेशाब आपके घर में बहती गंगा है, हरिद्वार जाने की क्या ज़रूरत।

थोड़े दिनों के बाद, थोड़ी देर के लिए मुलाक़ात हुई तो उसने तनी हुई गर्दन से मुझे सूचना दी—

"आपको पता है, मेरी किताब को लेकर हिन्दी की प्रत्येक पत्रिका में बहस चल रही है। एक हफ़्ते में पहला एडिशन बिक गया।"

मैंने न चाहते हुए भी बधाई दी।

"यार, एक काम करो। तुम मेरी किताब का अंग्रेज़ी अनुवाद क्यों नहीं कर देते? सारे देश में बिकेगी। मैंने प्रकाशक से बात की है। वह अनुवाद के लिए चार हज़ार देने को तैयार है।"

उसके चेहरे पर सारे हिन्दुस्तान का नक़्शा छप गया। उसे भी पता है कि हमारे यहाँ साहित्य की लालटेन अंग्रेज़ी के हाथ में है।

"मैंने तो कभी अनुवाद का काम किया ही नहीं। और फिर अंग्रेज़ीवालों को शायद पेशाब पचेगा भी नहीं।"

"तुम जैसे लोग ग़ुलामी की जूठन हैं। विदेशी भाषा पढ़ने–पढ़ाने का यह मतलब तो नहीं कि अपने देश की सारी चीज़ों को हेठी से देखो।" वह 'आप' से 'तुम' पर उतर आया, क्योंकि आजकल उसकी आवाज़ में एम.पी. की आवाज़ भी शामिल है। उसकी आँखों में मेरे लिए वही हिकारत है, जो एक ताक़तवर आदमी की आँखों में कमज़ोर आदमी के लिए होती है–कभी पुचकारती हिकारत, कभी धिक्कारती हिकारत।

"वर्मा साहब, आप हर बात में अंग्रेज़ी पर ग़ुस्सा क्यों उतारते हैं? पेशाब तो अंग्रेज़ीवाले भी करते हैं और हिन्दीवाले भी। यह बात अलग है कि आजकल हिन्दीवालों का पेशाब अमृत बन गया है।"

"ठीक है, ठीक है। मैं आपसे बहस नहीं करना चाहता। दोस्त समझकर सलाह दी थी कि कुछ पैसा कमा लो। लेकिन नहीं साहब, मारिए ठोकर लक्ष्मी को और रहिए सारी उम्र किराये के मकान में। "वह फुफकारता हुआ मुझसे अलग हो गया।

चौधरी अमरनाथ से मिलने का द्वार उनका पॉलिटिकल सेक्रेटरी रजनीकान्त वर्मा है और मिलने वालों की भीड़ है कि ख़त्म नहीं होती। इमरजेंसी के दिनों के ज़ुल्म की छोटी–मोटी मार बहुतों पर पड़ चुकी है।

मेरी भतीजी यहाँ के सरकारी अस्पताल में डॉक्टर है। छोटी थी तो पोलियो से उसकी एक टाँग मारी गयी, लेकिन उसको लँगड़ी होने का एहसास बिल्कुल नहीं। बहुत अड़ियल क़िस्म की लड़की, जिसकी आँखों में दया की भीख ने कभी हाथ नहीं पसारे।

सरकारें बदलती हैं तो सबसे पहले सरकारी नौकरों पर गाज गिरती है–तबादलों की, जिसकी वजह आज तक मेरी समझ में नहीं आयी कि एक जगह से उखाड़कर जब किसी को दूसरी जगह फेंक दिया जाये तो उसका काम क्योंकर पहले से बेहतर हो सकता है? भतीजी का तबादला

भी होगा। यहाँ तो सरकारी मकान भी है, नौकरानी भी। किसी दूसरी जगह ट्रॉसफ़र हो गया तो बस पर कैसे आये–जायेगी? दो टाँगोंवालों के लिए बस पर चढ़ना एवरेस्ट पर चढ़ने से मुहाल है, फिर उसकी तो एक टाँग है।

पत्नी ने सलाह दी कि मुझे यहाँ के एम.पी. चौधरी साहब से मिलना चाहिए। ख़ुद ग़रीब घर के हैं, साल–भर जेल काट चुके हैं। मजबूरी समझ जायेंगे, इसलिए सहायता ज़रूर करेंगे।

छुट्टीवाले दिन उनके यहाँ गया। इतनी भीड़ देखकर पहली बार पता चला कि इतने लोगों पर मार पड़ चुकी है। आँगन में रजनीकान्त वर्मा कुर्सी पर बैठा है। बहुत सारे लोगों को वही निपटाकर वापस लौटा रहा है। उसे पता है कि मैं वहाँ खड़ा हूँ, लेकिन उसकी आँखों में न कहीं परिचय का संकेत और न पहचान का।

मैं कुर्सी के पास पहुँचा, उसने मुझे बैठने के लिए भी नहीं कहा। तरकश से पहला तीर निकाला, निशाना साधा और मुझ पर चलाया–

"कहिए, आज अंग्रेज़ीवाले पेशाबवालों के पास कैसे आ गये?" पास खड़े लोगों ने इस बात को मज़ाक़ समझा और वर्मा को ख़ुश करने के लिए हँस पड़े।

"चौधरी साहब से मिलना है। कुछ काम है।"

"आपका क्या ख़याल है, ये बाक़ी लोग निकम्मे हैं जो यहाँ खड़े हैं? वह एम.पी. क्या बन गये कि सारे शहर को उनसे काम निकल आया है।"

मुझे साफ़ लगा कि उसकी नाक की जगह एक सींग उगना शुरू हो गया, लगातार लम्बा होता सींग। हमारे हाथ में जब ताक़त आती है तो सबसे पहले हम सींगों की खेती करते हैं।

"काम तो चौधरी साहब से ही है।"

"तो मैं...यहाँ किसलिए बैठा हूँ?" उसने अपनी माँ के साथ हमबिस्तर होने वाली गाली देकर मुझसे पूछा। बाक़ी लोगों ने उसकी 'हाँ' में 'हाँ' मिलायी।

वह उन आदमियों में से है जो अच्छा और भलेमानस होने का मतलब कमज़ोरी समझते हैं। मुझे अन्धा ग़ुस्सा आया लेकिन उसी क्षण भतीजी की लँगड़ी टाँग ने मेरे ग़ुस्से को हाथ से पकड़ा और पीछे खींच दिया।

"आपको तो बोलने तक की तमीज़ नहीं।" पीछे हटते ग़ुस्से ने छोटी छलाँग लगायी।

वह कुर्सी से उठ खड़ा हुआ। उसके सशक्त कन्धे बिल्कुल झुककर सिकुड़ गये, लगभग उसके गले को छूते हुए। सिर मारने से पहले साँड़ की आक्रमणवाली मुद्रा। उसके नाक की जगह उग आये सींग की नोकीली चुभन मैंने अपनी छाती पर साफ़ महसूस की। उसने होंठों पर फैली झाग को जीभ से चाटा और बरस पड़ा–

"तुम मुझे तमीज़ सिखाने आये हो, तमीज़! अंग्रेज़ी क्या पढ़ाते हो अपने आप को शेक्सपियर की औलाद समझते हो।" उसे शेक्सपियर बोलना नहीं आता–"चौधरी साहब क्या तुम्हारी प्रतीक्षा में बैठे हैं? देश के और भी बहुत सारे काम हैं उन्हें, समझे? जाओ, अगले हफ़्ते आना।"

'देश के काम' वाला वाक्य सुनकर पास खड़े लोग निराश हो गये।

वह बहुत ऊँचा बोला है। आवाज़ अन्दर तक गयी, चौधरी साहब ने सुनी। बाहिर आ गये। मुझे देखा, पास आये। कन्धे पर हाथ रखा।

"गुरु जी, आप! बाहिर क्यों खड़े हैं, अन्दर आ जाते।" इस प्रदेश में आज भी पढ़ाने वालों को 'गुरु जी' कहने का रिवाज़ है, सम्मान देने का एक अलग तरीक़ा। फिर उन्होंने वर्मा से कड़ी आवाज़ में पूछा, "गुरु जी से इतना ऊँचा क्यों बोल रहे थे? अन्दर क्यों नहीं आने दिया?"

"जी, इतने सारे मिलने वाले हैं। मुझे आपके समय का ख़याल भी तो रखना है।"

चौधरी साहब ने कमर पर हाथ रखा; गुस्सा आता है तो शब्द चबा–चबाकर बोलते हैं। दो–टूक बात करने के उनके स्वभाव का सबको पता है–

"मेरे समय का ख़याल? सुसरे, एम.पी. तू है कि मैं? तेरा ख़याल है, तेरी वोट से मैं चुनाव जीत गया? जब तू इमरजेंसी के कीर्तन गा रहा था, और मैं जेल में था, तुझे पता है मेरे घरवालों को आटा–दाल किसने दिया? इन लोगों ने।"

पहले वर्मा का मुँह पिचका। फिर उसके पेट के अन्दर बैठे गुब्बारे से हवा धीरे–धीरे निकलनी शुरू हो गयी। उसके शरीर का अनुपात सिकुड़ा और क़द कुछ इंच छोटा हो गया। उसको शायद चौधरी साहब की डाँट इतनी बुरी नहीं लगी, जितना मेरे सामने अपमानित होना। उसने 'देश' नाम का चिरपरिचित हथियार उठाया, जिसका इस्तेमाल आजकल हर मक्कार आदमी कर रहा है–"मैंने सोचा, आप सारा दिन लोगों को मिलते

रहेंगे तो देश का काम...” चौधरी ने उसे घूरा, तीखी आवाज़ में फिर डाँटा, ”चुप्प! देश कोई आसमान में बैठी चीज़ नहीं जो न दिखे। समझे! यही लोग देश हैं, देश। आया समझ? हर आदमी एक हिन्दुस्तान होता है।”

”लेकिन...”

”लेकिन? लेकिन क्या? अरे इतना ही स्याना है तो तूने ख़ुद चुनाव क्यों नहीं लड़ लिया? मेरे साथ काम करना है तो लोगों से प्यार से बोलना सीख। उनके दुःख–दर्द समझ। ज़रा–सी ताक़त मिलते ही लोग पुराने जूते की तरह चौड़े होने लग पड़ते हैं।”

अब उसके पेट में बैठा गुब्बारा बिल्कुल फट गया। उसका शरीर एक ऐसे चूहे की तरह सिकुड़ गया जो सूरज की धूप में सड़क पर निकल आया हो।

चौधरी साहब मुझे अन्दर ले गये। वह पीछे–पीछे आ गया। उनसे कहा–

”आपने मुझे सबके सामने अपमानित किया है। मैं...” उन्होंने उसकी बात बीच में काट दी, ”क्यों, सच सुनकर बहुत तकलीफ़ हुई? आदमी गाँडू हो तो उसे तेल और चटाई हमेशा अपने साथ रखनी चाहिए।”

इतना सख़्त सच सुनकर मुझे वर्मा पर दया आ गयी। चौधरी साहब से कहा–”यह मेरे दोस्त हैं। मुझे अन्दर आने से रोक नहीं रहे थे। हमें दोनों की एक–दूसरे से बहस करने की पुरानी आदत है।”

अब वर्मा की आँखों में डाँट खाये कुत्ते की यातना है, और यातना है मालिक से पुचकारे जाने की। लगातार ज़मीन को देखती आँखें।

”आपने इनकी नयी किताब पढ़ी–‘मोरारजी देसाई–सबके भाई’। मैंने शिक्षामन्त्री से कह दिया है। इस बार इनकी किताब को पुरस्कार मिलेगा और राज्य–सरकार इन्हें सम्मानित भी करेगी।”

पुचकार पड़ गयी। यातना और याचना की जगह आँखों में अब एक प्रशंसायुक्त चमक।

मुझे साफ़ लगा कि उसके पेट में लटका गुब्बारा फिर फूलना शुरू हो गया, नाक पर सींग उगना फिर शुरू हो गया और वह फिर साँडवाली चिरपरिचित मुद्रा में बदलना शुरू हो गया।

अँधेरे की सुरंग

सुरेन्द्र, मेरे पति, की मृत्यु का समाचार मुझे आठ महीने पहले मिला था। अख़बारों में वही तीन पंक्तियों की सरकारी सूचना आयी थी कि कैप्टन सुरेन्द्र शर्मा की मिज़ो विद्रोहियों द्वारा उस समय हत्या कर दी गयी, जब वह अपनी सैनिक टुकड़ी के साथ नागालैंड में गश्त पर थे। सरकार को इसका दुःख है, आदि...

इसके बाद सुरेन्द्र के कमांडिंग अफ़सर का पत्र मिला, जिसमें मेरे पति की मृत्यु पर हार्दिक शोक प्रकट किया गया था। उसकी वीरता और साहस का थोड़ा–सा वर्णन और उसके अन्तिम दाह–संस्कार को सैनिक सम्मान के साथ करने की ख़बर थी।

आज फिर एक पत्र आया है। सुरेन्द्र की रेजिमेंट का लेफ़्टिनेंट खन्ना यहीं आ रहा है, उसके निजी सामान आदि को वापस करने। उसने लिखा है कि शाम की बस से यहाँ पहुँचेगा और रात को लौट जायेगा। उसे पता नहीं कि इस छोटे–से स्थान पर एक ही बस दिनभर में आती है और दूसरी सुबह, वही वापस लौट जाती है। अभी इस शहर की ओर पर्याप्त संख्या में यात्री और टूरिस्ट आकर्षित नहीं हुए हैं।

अपनी सास को, जिसें 'माँ' बहकर पुकारती हूँ, सुरेन्द्र के मित्र के यहाँ आने की ख़बर देती हूँ। किसी सूचना, किसी बात का उस पर कोई प्रभाव नहीं पड़ता। पिछले आठ महीने से वह मृत पड़ी है। कभी–कभी तो मुझे अचानक महसूस होता है जैसे इतने लम्बे अरसे से वह एक ही मुद्रा में लेटी है, करवट तक नहीं बदली। वह अनपढ़ है जो कुछ उसके मन में घट रहा है, उसे शायद शब्दों के माध्यम से बता पाने में असमर्थ है। जैसे प्रायः बूढ़े लोगों की मनहूस इच्छाएँ होती हैं, वह भी सदा से यही चाहती रही कि उसके प्राण बेटे की गोद में ही निकलें और बेटा समय

से पूर्व ही उसे दगा दे गया। तो क्या अब वह प्राण निकलेंगे ही नहीं! न बेटे की मृत्यु की ख़बर मिलने पर और न ही उसके बाद, वह थोड़ा–सा भी नहीं रोयी थी। जब मैंने ख़बर सुनायी तो उसने एक हाथ से चारपाई का सहारा लिया था और फिर कटे वृक्ष की तरह उस पर गिर गयी थी। उसकी आँखें सदा खुली रहती हैं। कई बार मन में आया, रात को उठकर देखूँ, वह सोते वक़्त भी आँखें बन्द करती हैं या नहीं? फिर मैं डर जाती थी। जैसे किसी यन्त्र के छोटे पुर्ज़े अन्दर से टूट जायें, बाहिर से ठीक दिखने पर भी चलना बन्द कर दें, ठीक वही स्थिति माँ की थी।

और मैं आठ महीने से माँ की मृत्यु की प्रतीक्षा कर रही हूँ।

चार बजने वाले हैं। बस के यहाँ पहुँचने का समय हो रहा है। चलकर बाहिर आ जाती हूँ। वह छोटा–सा शहर सायं चार बजे ही सो जाता है। मकानों की तिकोनी लाल छतें सड़क पर झुकी, लगातार कुछ तलाशने की मुद्रा में गुमसुम। मैं जानती हूँ, यहाँ से बस स्टॉप तक एक मील की दूरी में शायद ही सड़क पर कोई दिखायी दे। यह बच्चों और बूढ़ों का शहर है। जवान लड़के–लड़कियाँ साल में केवल दो महीने के लिए यहाँ पर दिखायी देते हैं। जब मैदानों में कॉलेज बन्द होते हैं तो ये लोग अपने घरों को आते हैं, छुट्टियाँ समाप्त होने पर वापस लौट जाते हैं। शहर को फिर से वीरान कर देते हैं। बच्चों और बूढ़ों का शहर। जब लड़के–लड़कियाँ यहाँ पहुँचते हैं तो यह शहर अँगड़ायी लेकर उठ खड़ा होता है और इसकी नसों में रक्त–संचार हो जाता है। रंग–बिरंगे कपड़ों में सजे हुए फूल सड़कों पर महकते हैं और चारों ओर अपनी सुवास फैलाकर फिर गुम हो जाते हैं। कभी–कभी छोटी–छोटी पहाड़ियों के पीछे से नन्ही 'न' अथवा 'हाँ' की आवाज़ें सुनायी देती हैं, जो पहले सुखद लगती हैं और फिर जाने क्यों मन को बोझिल कर जाती हैं। इनके जाने के बाद इस शहर को फिर से कुम्भकरण की नींद आ दबोचती है और फिर बूढ़े लोग अपने दुःख के दिनों को और लम्बा करने के जतन में बिला नागा सड़क पर सरकते दिखायी देते हैं।

आज भी हस्बमामूल सड़क मातमी लबादा ओढ़े लेटी है। रास्ते में मेरे स्कूल के दो बच्चे मुझे अंग्रेज़ी में शाम की नमस्ते कहते हैं। मैं उनके गालों को छूकर आगे बढ़ जाती हूँ।

बस पहुँचने में अभी कुछ देर है। चायवाला खड़ा होकर मुझे नमस्ते करता है। दोनों कुली अपनी बीड़ी फेंककर और बड़े अदब से मेरे पास

खड़े हो जाते हैं। वही पुरानी शिकायत दुहराते हैं कि आजकल कोई टूरिस्ट बस से नहीं उतरता। किसी–किसी दिन तो कुछ भी कमाई नहीं होती। उन्हें सबसे अधिक शिकायत लड़कियों से है, जो बड़ी लापरवाही से अपने एयर–बैग कन्धों पर उछाल लेती हैं और बड़ी अरुचिकर निगाह से इन कुलियों को देखती हुई आगे बढ़ जाती हैं।

धीमी–धीमी आवाज़ें आनी आरम्भ हो गयी हैं। जानती हूँ, बस अभी अधिक नहीं तो एक मील दूर अवश्य है। इसके इंजन की आवाज़ एक घाटी में गूँजती है और यह घाटी इस प्रतिध्वनि को अगली पहाड़ी पर उछाल देती है। फुटबाल की–सी उछलती–लुढ़कती यह गूँज बड़ी हल्की आवाज़ से बस–स्टॉप पर पहुँच जाती है।

बस पहुँच गयी। आज तो खैर से दस सवारियाँ उतरी हैं। बड़ा शहर पास है, इसलिए कभी–कभी शनिवार के दिन लोग एक रोज़ के लिए छुट्टी मनाने यहीं आ जाते हैं। एक ख़ूबसूरत लड़की अपने पति की बाँहों का सहारा लेकर नीचे उतरी है। मध्यवर्ग के लोगों की तरह उसने कन्धे पर बॉक्स कैमरा लटकाया हुआ है। वह आसपास के पत्र–पुष्पविहीन पेड़ों को देखती है। चाय की छोटी–सी दुकान को देखती है। निर्जन और निश्चल आकाश के फैलाव को देखती है और नये स्थान पर आने की ज्योति उसकी आँखों में बुझ जाती है। फ़िल्में देख–देखकर पहाड़ी स्थानों के सौन्दर्य की जाने कैसी–कैसी कल्पनाएँ उसने मन में सँजोयी होंगी। वह बड़े बुझे दिल से होटल की ओर चल पड़ती है। मैं जानती हूँ, इसके बाद वह इस स्थान पर नहीं आयेगी और मुझे अच्छा लगता है। ये लोग मात्र एक दिन के लिए यहाँ आकर शहर की नींद में ख़लल डालें, इसका इन्हें क्या अधिकार है?

लेफ़्टिनेंट खन्ना बस से नीचे उतरा। बिल्कुल लड़का–सा है। जैसा कि नये–नये सैनिक अफ़सरों का रोब जमाने और प्रभाव डालने का स्वभाव होता है, उसने भी भयानक दिखने के लिए बड़ी–बड़ी मूँछें रखी हुई हैं। लगता है, उसके लड़कों जैसे चेहरे पर ये चिपका दी गयी हैं। वह वर्दी में है। दुबला–पतला, प्रशिक्षण के दिनों में शरीर पर का फ़ालतू मांस ऐसे ही उतर जाया करता है। सुरेन्द्र भी ट्रेनिंग के बाद कैसे इकहरे शरीर का हो गया था। मैं उसके पास जाकर ठहरती हूँ। वह पैर जोड़कर सैनिक ढंग के साथ मुझे सैल्यूट करता है।

उसके हाथ में अटैची है। एक ही नज़र मैं पहचान जाती हूँ, सुरेन्द्र की है। इसमें उसका सामान होगा, जिसे यह वापस करने आया है।

हम घर की ओर चल पड़ते हैं। बातचीत करने में उसे झिझक हो रही है। पहली बार मिलना, ऐसा मनहूस कारण, यह मुर्दा वातावरण, इसके दबाव में शायद ही कोई खुलकर बात कर सके। मैं उससे छोटे–छोटे फ़ालतू सवाल पूछती हूँ कि रास्ते में कोई परेशानी तो नहीं हुई आदि–आदि। वह हर बात के जवाब में 'न' की मुद्रा में सिर हिला देता है।

हम घर पहुँच जाते हैं। मैं उसे इस बात की सूचना देती हूँ कि बस आज वापस नहीं जायेगी। कल सुबह ही उसका जाना हो सकेगा। वह कुछ परेशान दिखायी देता है। मैं उसे आश्वासन देती हूँ कि उसके रात में यहाँ ठहरने के कारण हमें कोई असुविधा न होगी।

पहले उसे चाय पिलाऊँ अथवा माँ के पास ले जाऊँ? फिर दूसरी बात ही ठीक लगती है। हम माँ के कमरे में पहुँचते हैं। वह हम दोनों को फटी–फटी आँखों से देखती रहती है। फिर उसके चेहरे की श्लथ मांसपेशियों में थोड़ी–सी हरकत दिखायी देती है। आँखों में पहचानने का, न पहचानने का द्विधाग्रस्त भाव झलकता है।

वह माँ के पास चारपाई पर बैठ जाता है।

यह क्या! माँ उठने की कोशिश कर रही है। उस मृत यन्त्र के कल–पुर्ज़ों में फिर से हरकत हो रही है और वह अपनी बाँहों का सहारा लेकर बिस्तर पर उठ बैठती है। दायाँ हाथ लेफ़्टिनेंट की पीठ पर फेरना आरम्भ कर देती है। सबसे पहला वाक्य जो उसने बोला, उससे हम दोनों चौंक गये।

"यह तुमने मूँछें क्यों रख ली हैं?"

मेरी साँस ऊपर की ऊपर रह जाती है। कहीं माँ इसे अपना बेटा सुरेन्द्र तो नहीं समझ रही? इसकी स्मरण–शक्ति को कुछ हो तो नहीं गया? मैं परिचय कराती हूँ–

"ये उनके मित्र लेफ़्टिनेंट खन्ना हैं। उनका सामान वापस करने आये हैं।"

क्षण मात्र को लगा, माँ फिर मृत हो जायेगी, पर नहीं। उसकी आँखों में पहचान की चमक लरज़ती है, गुम होने लगती है, फिर वहीं रह जाती है।

"अच्छा", और वह चारपाई से नीचे उतर आती है। हमें बैठने की कहकर चाय बनाने रसोई में चली जाती है। जब मैं खन्ना को बताती हूँ कि माँ चारपाई पकड़े आठ महीने से पड़ी थी, उसको देखने मात्र से उठ बैठी है, ठीक हो गयी है, तो वह थोड़ा–सा खुश दिखायी देता है। अपरिचय की दीवार हिलती नज़र आती है।

माँ बैठक में चाय ले आयी। उसके हाथ में प्लेट है। सुगन्ध से पहचान जाती हूँ कि हलवा बना लायी है। सुरेन्द्र को चाय के साथ हलवा बहुत पसन्द था। माँ शायद सोच रही हो कि सब लोगों की पसन्द उसके बेटे जैसी ही है।

चाय और हलवे के अनोखे मेल को शायद खन्ना अनुभव कर रहा है लेकिन चुपचाप खा लेता है। फिर वह अटैची खोलकर सुरेन्द्र का सामान हमें देता है। सबसे पहले पीतल की छोटी–सी पहचानवाली प्लेट, जिस पर सुरेन्द्र का सैनिक नम्बर और निशान लिखा है। मेरी ओर से आधा लिखा एक पत्र और उसके अपने कुछ कपड़े।

खन्ना बताता है कि उस दिन असल में उसे पेट्रोलिंग पर जाना था, लेकिन उसे अचानक ज्वर हो गया। कैप्टन साहब ही उसके स्थान पर गये। विद्रोहियों के आक्रमण से बचकर आये सैनिकों ने बताया कि पहले हमले में ही कैप्टन साहब की टाँग और कन्धे पर गोली लग गयी थी। चार सैनिक मारे गये थे। उनको वापस उठा लाने का प्रश्न ही न था। तब तो कोई भी न बच पाता। वह मशीनगन लेकर वहीं रह गये थे। बीस मिनट तक छापामारों को रोके रहे, जब तक बचे हुए सैनिक सुरक्षित नहीं लौट आये। फिर वह केवल मुझे ही अंग्रेज़ी में बताता है कि लौटते हुए सैनिकों ने हथगोला फटने की आवाज़ सुनी थी। उस स्थान पर कैप्टन साहब के शरीर का कोई भी अंग न मिला था। नाम व नंबरवाली पीतल की यह पहचान–प्लेट ही उस स्थान पर पड़ी थी। तब वह माँ से बताता है कि कमांडिंग अफ़सर ने सरकार से सुरेन्द्र को 'शौर्य पुरस्कार' देने की सिफ़ारिश की है।

इतनी सारी बातें करने के बाद खन्ना खुल गया है। शायद सैनिक विषय पर बातचीत करना उसके लिए सुविधाजनक है। कैप्टन साहब की बातें करते हुए उसके चेहरे पर बच्चों के जोशवाली चमक आ गयी है।

शायद सुरेन्द्र की मृत्यु का छोटा–सा कारण वह अपने को समझता हो, तभी तो विशेष रूप से यहाँ आया है।

माँ भी अब बिल्कुल नॉर्मल लग रही है। खिड़कियों पर के पर्दे भी धीरे–धीरे हिल रहे हैं। अचानक माँ हम दोनों को बाहिर घूम आने के लिए कहती है। सुरेन्द्र जब छुट्टी पर आता था तो माँ इसी प्रकार चाय पिलाने के बाद हमें सैर करने जाने को कहा करती थी। एक मूर्ख संशय फिर से मेरे मन में जन्म लेता है।

माँ को क्या अब तक पता नहीं चला कि यह उसका लड़का नहीं है? नहीं, पता है, यूँ ही हमें घूमने जाने को कह रही है।

खन्ना अपनी वर्दी की ओर देखता है। मैं समझ जाती हूँ। कल उसे यही पहनकर वापस जाना है। सुरेन्द्र का पुलोवर लाकर उसे देती हूँ। पैंट देने का तो सवाल ही नहीं, वह सुरेन्द्र से कम से कम तीन इंच छोटा ज़रूर रहा होगा। वह दूसरे कमरे में जाता है और पुलोवर पहनकर वापस आ जाता है।

पुलोवर कन्धों पर कुछ लटका हुआ है। हाँ, सुरेन्द्र के कन्धे भी तो इससे बहुत अधिक चौड़े थे। मैं माँ की ओर देखती हूँ। वह बिना कोई आवाज़ किये रोये जा रही है। न उसका चेहरा हिल रहा है और न ही शरीर का कोई दूसरा अंग। आँसू गालों पर से बहते नीचे गिरे जा रहे हैं। आज शायद किसी अन्य व्यक्ति को अपने बेटे के कपड़े पहने देखकर उसकी इन्द्रियों ने, आत्मा ने इस सत्य को ग्रहण किया है कि उसके पुत्र सुरेन्द्र की मृत्यु हो चुकी है।

हम दोनों बाहिर आ जाते हैं। होटल में बैठते हैं। एक बूढ़ी अंग्रेज़ औरत इसकी मालकिन है। बार और कॉफ़ीवाले कमरे में किताबें और बरसों पहले की अंग्रेज़ी पत्रिकाएँ रखी हैं। सारा कमरा इसकी ख़ुशबू से भर गया है। मैं आँख उठाकर बाहिर देखती हूँ–बादल का एक टुकड़ा चुपचाप आया और खिड़की के काँच के सामने टिककर ठहर गया। हमें देखे जा रहा है। मालकिन हमें विश क़रने अन्दर आती है। खन्ना की सूरत देखकर उसकी आँखों में चमक आ जाती है। मैं जानती हूँ, इस निर्जन वातावरण में रहने वाला प्रत्येक व्यक्ति छोटी–से–छोटी बात में भी किसी अनहोने रोमांस को तलाशने की कोशिश करता है। खन्ना मुझे बताता है कि उसकी किसी

से बातचीत पक्की है। लड़की पढ़ रही है पर अभी तो पच्चीस वर्ष की आयु होने तक प्रतीक्षा करनी होगी। उसके बाद ही विवाह की आज्ञा मिल सकेगी। मेरी भी इसी प्रकार सुरेन्द्र से बातचीत हुई थी। हम दोनों ने भी इसी प्रकार एक–दूसरे की प्रतीक्षा की थी। मैं बहुत उदास हो जाती हूँ। खिड़की के सामने पहरेदार बना बैठा बादल परे हट जाता है। कमरे का एक टुकड़ा रोशन हो गया। हम घर की ओर चल पड़ते हैं।

माँ ने रोटी बना रखी है। खाना आरम्भ करने से पहले वह उठकर अन्दर जाती है। वापस आयी, तो उसके हाथ में शराब की एक बोतल है। खन्ना का मुँह शर्म से लाल हो गया। वह बताता है कि ड्रिंक नहीं करता। माँ कहती है–

"बाहिर पीने की कौन सी तुक हुई! तुम घर में ही पी लो, मुझसे शरमाने की कौन सी बात है?"

मैं जानती हूँ, वह अपने अनुपस्थित मृत बेटे से यह वाक्य कह रही है। सुरेन्द्र भी खाने से पहले बाहिर ज़रूर जाया करता था। उसे थोड़ी–सी पीने की आदत थी और एक दिन ठीक इसी तरह माँ ने उसे घर में ही पीने को कहा था। रिपीट ट्रैजेडी।

अब मुझे पक्का निश्चय हो गया है कि माँ जान–बूझकर उसे अपना बेटा मानने का हठ किये बैठी है। किसी और माध्यम से सुख–सांत्वना प्राप्त करना, चाहे वह अस्थायी ही क्यों न हो, अच्छा लगता है। सुखद होता है। फिर मैं माँ की किसी बात का प्रतिरोध न करने का निश्चय कर लेती हूँ। लेफ़्टिनेंट तो कल लौट ही जायेगा। अगर एक दिन के लिए माँ यह मायावी सुख पाप्त करना चाहती है, तो इसमें हर्ज ही क्या है?

माँ उसे ज़बर्दस्ती एक के बाद एक रोटी खिलाये जा रही है, इस तेज़ी से बार–बार रसोई में जाती है, सामान लेकर वापस आती है जैसे कभी बीमार पड़ी ही न हो। उसके चेहरे पर, आँखों में अपूर्व सन्तोष है।

सोने का समय हो गया है। वह दूसरे कमरे में जाता है। मेरी ओर माँ बड़ी प्रतीक्षारत आँखों से देख रही है और मैं उसके उठने का इन्तज़ार कर रही हूँ।

"तुम्हें सोना नहीं है क्या? उठो जाओ! पर ठहरो, पहले कपड़े तो बदल डालो।"

अब मुझे सचमुच डर लग रहा है। वह अन्दर से मेरी लाल साड़ी निकाल लायी है। यह सुरेन्द्र को बहुत पसन्द थी। वह जब भी छुट्टी पर आता था तो पहली रात मुझे यही साड़ी पहननी होती थी, नयी दुलहिनवाली। माँ को क्या हो गया है? किस मरीचिका के पीछे भागी जा रही है? पानी की परछाईं से क्या कभी प्यास मिट पायी है? लेकिन उसके चेहरे पर कोई अनहोना भाव नहीं है। आँखों में वही सुखद शरारत है जो बहू को बेटे के कमरे में भेजते हुए आ जाया करती है। मैं वह साड़ी पहन लेती हूँ। लेफ़्टिनेंट के कमरे में जाने के बहाने ग़ुसलख़ाने में चली जाती हूँ। माँ निश्चिन्त होकर अपने कमरे में पहुँच जाती है।

बहुत देर से सोयी, इसलिए नींद कच्ची थी। गिलास गिरने की आवाज़ आयी। मैं माँ के कमरे में पहुँच जाती हूँ। चेहरे पर अपार शान्ति, जो पिछले आठ महीनों में आज पहली बार मुझे दिखायी दी है। मैं जानती हूँ, आज रात वह मर जायेगी। मृत्यु से थोड़ा समय पूर्व लोग ऐसे ही हो जाते हैं। संघर्ष छोड़े हुए, प्रतीक्षारत। मेरे छोटे बच्चे की साँस बन्द होने की बीमारी से मौत हुई थी। दो घण्टे तड़पता रहा, हाथ–पाँव पटकता रहा, संग्राम करता रहा था और फिर अन्तिम समय इसी प्रकार निश्चल हो गया था जैसे आज की रात माँ है।

वह कुछ कहना चाह रही है, लेकिन शब्द मुँह के कारागार से बाहिर नहीं निकल रहे। फिर उसकी आँखें उस कमरे की ओर उठती हैं, जिसमें लेफ़्टिनेंट सोया हुआ है। उसे बुलाना चाहती है। बेटे की गोद में मर पाने की इच्छा बलवती हो गयी है। झूठ कभी–कभी इतना प्रिय, इतना सुखद होता है कि हमारी आत्मा उसे ही सत्य मानने का हठ कर लेती है।

मैं लेफ़्टिनेंट को उठाती हूँ। वह माँ के पास आकर बैठ जाता है। वह घबराया हुआ–सा है। मैं भी उसे क्या बताती! एक मृत बेटे का स्थान लेकर वह बूढ़ी माँ की मृत्यु का कारण बनने जा रहा है! वह बहुत छोटा है। बता दूँ तो क्या समझ पायेगा? माँ उसका हाथ पकड़कर आँखें बन्द कर लेती है। मैं कुछ समय के पश्चात् उसका हाथ धीरे–से छुड़ा देती हूँ। लेफ़्टिनेंट को उठकर सोने के लिए कहती हूँ। उसे अभी कुछ भी नहीं पता है। जब जीवन में पहली मौत देखेगा, तो फिर मृत्यु के प्रकट होने से पूर्व ही उसके क़दमों की आहट से उसके आगमन को पहचान लिया करेगा, वह नहीं जानता कि उसका हाथ पकड़े हुए ही माँ ने प्राण त्याग दिये थे।

अब मृत माँ प्रकाश के फैलाव में लेटी है। आठ महीने से वह स्वयं उसकी बन्दी आत्मा अँधेरे की सुरंग में भटक रही थी। बाहिर निकलने की चेष्टा में अन्धी दीवारों से टकरा–टकरा जा रही थी। आज जैसे वह सुरंग के मुँह पर पहुँच गयी थी। प्रकाश के सैलाब ने चाकू की धार से अँधेरे को काट दिया, छिन्न–भिन्न कर दिया। सुरंग में क़ैद उसकी आत्मा को मुक्ति प्राप्त हो गयी।

और क्या मैं स्वयं भी आठ महीने से अँधेरे की सुरंग में क़ैद न थी? हाँ, थी। माँ के मरने का इन्तज़ार कर रही थी। इस सोये हुए शहर के पत्थर–वातावरण में जीवन–स्पन्दन तलाशती रही थी जो कहीं नहीं था, कहीं नहीं है। अब अपने पिता के घर लौट जाऊँगी। इस छोटी–सी नौकरी की आवश्यकता मुझे पहले ही न थी और फिर वहाँ कोई मेरी प्रतीक्षा कर रहा है। अँधेरे की सुरंग के मुँह पर खड़ा संकेत कर रहा है। मैं इसी क्षण से उस ओर बढ़ना आरम्भ कर देती हूँ।

फिर यह निश्चय करके सो जाती हूँ कि सुबह आठवाली बस से लेफ़्टिनेंट को वापस भेज दूँगी। माँ की मृत्यु की बात उसे बताने की क्या आवश्यकता है! न वह इस त्रासदी का पात्र है और न दर्शक। हाँ, इसके अन्त का दैवी कारण ज़रूर है।

...और आज आठ महीने में पहली बार मृत माँ और जीवित मैं अँधेरे की सुरंग के बाहिर प्रकाश के सैलाब में सो रहे हैं।

साँकल

विमान भारत की ओर उड़ रहा है और वह पिछले एक घंटे से वैसे–का–वैसे बैठा है, गुमसुम, चुपचाप, बिना हिले–डुले। अभी तक उसने अपनी सुरक्षा–पेटी भी नहीं खोली। हालाँकि कुछ समय पहले विमान परिचारिका ऐसा करने को कह चुकी थी। उससे चाय पूछी, न में सिर हिला। कॉफ़ी पूछी, न में सिर हिला। कैप्टन मेहता ने उसे इस यात्री का विशेष ध्यान रखने के लिए कहा था।

उसने सोचा कि कैप्टन मेहता को बतायें कि लड़का अभी तक डरा हुआ है। हाँ, लड़का ही तो है। बहुत हुआ तो 18 साल की आयु होगी। चेहरे पर पूरी दाढ़ी भी नहीं आयी, लेकिन उसे पता है कि यह लड़का रगड़–रगड़कर ज़रूर दाढ़ी बनाता होगा। इस आयु में सब लड़कों को बड़ा होने की जल्दी जाने क्यों मच जाती है?

नयन–नक़्श से हिन्दुस्तानी, लेकिन रंग–रूप से बिल्कुल विदेशी। इसकी माँ ज़रूर इधर की होगी। परिचारिका को बिना पूछे इस बात का पक्का विश्वास हो गया। विमान में बैठते हुए लड़के ने बताया था कि वह पहली बार हिन्दुस्तान जा रहा है। माँ यहाँ, पिता भारत में। ज़रूर एक दूसरे से तलाक़ हो चुका होगा, परिचारिका को पक्का विश्वास हो गया, लेकिन उसे इस सत्य का पता नहीं था कि यह बिल्कुल ज़रूरी नहीं कि जिन बातों को हमें पक्का विश्वास हो, वह सही हों, सच हों।

लड़का विमान में चढ़ा था तो सबसे पहली बात उसने नोट की कि वह अपनी आयु के हिसाब से बहुत लम्बा है, हालाँकि उसका अपना क़द भी कोई छोटा नहीं–पाँच फुट पाँच इंच। लेकिन उसका सिर लड़के की छाती तक ही पहुँचा, ज़रूर छह फुट से ऊपर ही होगा। कैप्टन मेहता ने, जो अक्सर अंग्रेज़ी बोलते हैं, हिन्दी में परिचय कराया–

"यह गौतम है, मेरे दोस्त का लड़का। पहली बार हिन्दुस्तान जा रहा है।" लड़के ने उसे 'नमस्ते' कहा। तो यह पैदा भी यहाँ हुआ है, तभी 'त' को 'ट' बोलता है।

"यह मीरा शर्मा हैं, हमारी विमान–परिचारिका।" वह हैरान रह गयी कि कैप्टन मेहता ने एयर–होस्टेस क्यों नहीं बोला, जब कि विमान–परिचारिका शब्द बोलते हुए दो बार उनकी ज़बान ने गोता खाया।

कैप्टन ने उसे अपने केबिन की तरफ़ आने का संकेत किया था। केबिन के दरवाज़े के पास रुककर उसे बताया–"मीरा, इस लड़के से सारे रास्ते हिन्दी में बातचीत करने की कोशिश करना। पहली बार इंडिया जा रहा है, वहाँ इसे मुश्किल आयेगी।" यह साधारण–सी सूचना देते समय कैप्टन की आवाज़ दब गयी और उसका जबड़ा कस गया। मीरा को उसकी इस शारीरिक आदत का अब तक पता चल चुका है। जब कोई ख़तरे की बात, बुरी बात न बतानी हो तो कैप्टन की आवाज़ दबेगी, जबड़ा कसेगा।

"लेकिन यह पहली बार जा रहा है, तो अकेला क्यों जा रहा है? इसके माँ–बाप या किसी को साथ होना चाहिए था।"

"पता नहीं?" कैप्टन अपने केबिन में चला गया। मीरा को हैरानी ज़रूर हुई कि जब कैप्टन को कुछ पता नहीं, तो फिर वह इतना उदास क्यों हो गया? ज़रूर इसे कुछ–न–कुछ पता है। तो फिर झूठ क्यों बोला?

विमान में अधिकतर यात्री भारतीय हैं। एक–दूसरे से ऊँची–ऊँची बातें करते हुए, अपने शहरों और रिश्तेदारों के बारे में बताते हुए। लेकिन लड़का किसी से न बोला, न हिला–डुला। अब भी एक कसे हुए स्प्रिंग की तरह तना बैठा है।

मीरा आधी नीचे झुकी, उसकी सुरक्षा–पेटी खोली। लड़के के गले के पास से मीठे–तीखे शेव–लोशन की ख़ुशबू ने उसकी नाक पर चिकुटी काटी। वह अन्दर ही अन्दर हँसी। दाढ़ी अभी पूरी आयी नहीं और आफ़्टर शे़व लोशन लगाना शुरू।

"गौतम, चाय लाऊँ?"

"नो, थैंक्स मैम!"

"देखो, हमारा परिचय हो चुका है। तुम्हें मुझे 'मैम' नहीं 'मीरा' बुलाना चाहिए। यह बैड मैनर्स होते हैं।" कोशिश करने पर भी मीरा को बैड मैनर्स की हिन्दी याद नहीं आयी।

लड़का अब चौंकी आँखों से उसे देख रहा है। उसने हैरानी से एक शब्द बोला–"परिचय?" मीरा को पता चल गया, लड़के ने यह शब्द पहली बार सुना। एक अजनबी शब्द, जो उसके शब्दकोश में नहीं। "इंट्रो!" मीरा ने शब्द के अर्थ का सिरा उसे पकड़ाया।

लड़का ख़ुश हो गया। उसकी आँखों में छोटी–सी चमक आयी, जो किसी खोयी चीज़ के मिल जाने पर आँखों में आ जाती है। लड़के ने शब्द को दोहराया–"परिचय।" उसकी आँखों की चमक होठों पर कूदी, एक मुस्कान में बदलकर–"परिचय। द वर्ड इज़ अ ब्यूटी।" लड़के ने 'ब्यूटीफुल' नहीं, 'ब्यूटी' बोला और मीरा को हैरानी हुई कि इतनी छोटी आयु में यह लड़का शब्दों को शरीर दे सकता है। "अच्छा, क्या पियोगे? देखो, सब लोग खा–पी रहे हैं। तुम्हें भी कुछ लेना चाहिए। बुरा लगता है।"

"बुरा लगता है। किसको? क्यों?"

तो इस लड़के को बातों में टाला नहीं जा सकता। इसकी आत्मा खोजी है, जासूस है, बिना कारण जाने कोई बात नहीं मानेगा। इस उम्र में कारण जानना सच जानने से कहीं ज़रूरी होता है।

"अच्छा मैम, मैं पानी लूँगा।"

"मैम नहीं, मीरा।"

"नो, मैं आपको फ़र्स्ट नेम से नहीं बुला सकता। आय डोंट नो यू।"

"अंग्रेज़ी नहीं, हिन्दी में कहो, मैं आपको जानता नहीं। लेकिन कैप्टन मेहता हमारा परिचय करा चुके हैं। फिर तुम मुझे कैसे नहीं जानते?"

लड़के ने थोड़ी देर सोचा, अपनी छोटी उँगली से नाक के सिरे पर खुजली की, फिर फ़ैसलाकुन आवाज़ में कहा–

"ठीक है, मैं आपको 'मिस शर्मा' बोलूँगा।"

"बोलूँगा नहीं, बुलाऊँगा।"

लड़का हँसा। उसकी आयु और छोटी हो गयी।

"मैं पानी लाता।" मीरा ने उसकी नक़ल उतारी।

"लाता नहीं, लाती।" लड़के ने उसे समझाया। फिर झेंपा क्योंकि उसे पता चल गया कि मीरा ने उसे छेड़ा था।

मीरा और उसकी साथिन अब यात्रियों से रात के खाने के बारे में पूछ रही हैं। विमान टोकियो देर रात से पहुँचेगा। थोड़ी देर के बाद बम्बई के लिए उड़ान भर लेगा। अब क्योंकि वह लगातार काम में लगी है,

इसलिए लड़के को भूल चुकी है। लेकिन मन का कोई कोना अब भी लड़के के बारे में सोचता हुआ—इसके पास सिर्फ़ एक एयरबैग है, वह भी अधमरा। क्या दो—तीन दिन के लिए भारत जा रहा है? आधी बाँहों का एक स्वेटर! क्या इसके माँ—बाप को पता नहीं कि दिसम्बर के महीने में कैसी जानलेवा सर्दी पड़ती है?

कई बार किसी का होना एक शब्द से जुड़ा होता है, एक कुंजी—शब्द जो किसी तक पहुँचने की राह होता है। 'सर्दी' शब्द ज्यों ही मन में आया, साथ—साथ वह लड़का भी मन में आ गया, जो पहली बार हिन्दुस्तान जा रहा है और जिसने आधी बाँहों का स्वेटर पहना हुआ है। लड़के से भी पूछ ले कि क्या खायेगा?

वह उसकी सीट के पास गयी। लड़के की आँखें बन्द लेकिन उसकी छोटी उँगली अब भी लगातार नाक का सिरा मलती हुई। यह सोचकर मीरा को हँसी आ गयी कि लड़के की नाक को सर्दी लग रही है। इसके लिए तो नाक—कोज़ी इसकी माँ को बनानी चाहिए, टीकोजी की तर्ज़ पर। चलो, इसे थोड़ी देर सो लेने दो।

लेकिन मीरा को ग़लती लगी है। लड़का सो नहीं रहा, घर, मांट्रायल में वापिस लौट गया है।

वह दोपहर को स्कूल से घर लौटा तो बाहिर का गेट बर्फ़ से अटा पड़ा था। पूरा खुल भी नहीं रहा। खाने के बाद गेट के आगे से बरफ़ हटायेगा, नहीं तो शाम को पापा की कार कैसे अन्दर आयेगी। वह अपने शरीर को तिरछा कर गेट के अन्दर जा चुका था। लेकिन उसने फिर शरीर तिरछा किया और एक पाँव बाहिर निकाल लिया। बाहिर कुछ देखा है, जो मन पर पूरी तरह अंकित तो नहीं हुआ, लेकिन छोटी—सी छुअन छोड़ गया है। मन से यह छुअन मस्तिष्क की ओर बढ़ने की कोशिश कर रही है, ताकि इसे कोई शब्द अथवा अर्थ दिया जा सके। छुअन ने छलाँग लगायी, मस्तिष्क ने इसे अर्थ दिया, सड़क के दूसरे किनारे पर एल्म के बूढ़े, लेकिन तन्दरुस्त पेड़ के नीचे खड़ी पापा की कार। लड़का गेट से पूरा बाहिर निकला, भागकर एल्म के पेड़ के पास गया। हाँ, पापा की कार ही है, लेकिन पापा तो किसी हालत में दोपहर को घर नहीं आते। तो क्या माँ को कुछ...

वह भागता हुआ बड़े गेट के थोड़े खुले हिस्से से अन्दर दाख़िल हुआ। लोहे का किनारा उसकी कुहनी को लगा, लेकिन वह रुका नहीं। एक हाथ से कुहनी मलता हुआ घर के अन्दर दाख़िल हुआ।

पापा–मम्मी बैठक में बैठे हुए, बिल्कुल मेहमानों की तरह। एक दूसरे के क़रीब भी और दूर भी। लड़के को एकदम पता चल गया कि दोनों में कोई झगड़ा हो चुका है। जब भी पापा–मम्मी में लड़ाई होती है, वे दोनों चुप हो जाते हैं, बिल्कुल औपचारिक जैसे आज ही किसी ने उनका एक–दूसरे से परिचय कराया हो।

"हाय ओल्ड मैन, हॉय क्यूट लेडी! इज़ द वार आलरेडी डिक्लेअर्ड।" उसने उन दोनों को छेड़ा।

"तुमसे कितनी बार कहा है कि घर में हिन्दी बोला करो।" पापा की आवाज़ में ग़ुस्सा तो नहीं, लेकिन सर्दी ज़रूर है।

"तुमसे कितनी बार कहा है कि चमड़े का कोट बाहिर बरामदे में उतारकर आया करो, कालीन ख़राब होता है।" माँ की आवाज़ में ग़ुस्सा नहीं, डर है।

लेकिन लड़का डरा नहीं! उसे पता है कि जब–जब दोनों में लड़ाई होती है तो शत्रुदेश वह बन जाता है, जिस पर दोनों मिलकर आक्रमण करते हैं। दोनों के सिर पटकने की साझी दीवार बेटा है, एक मज़बूत दीवार।

"पहले हमको खाना दो। बोत हंगरी हूँ।" लड़के ने ग़लत ही सही, हिन्दी में बोलने की कोशिश की–पापा का पारा नीचे उतारने के लिए।

"यह 'हंगरी' क्या होता है? 'भूख लगी है' नहीं कह सकते?" पापा का पारा और ऊपर चढ़ा। लड़का अब थोड़ा–सा डर गया।

माँ उसके लिए दूध का गिलास लायी। लड़का पहले 'न' कहने लगा क्योंकि उसे रोटी खानी है। पिता की ओर देखा, वह आज लगातार सिगरेट पी रहे हैं, डॉक्टर के मना करने के बावजूद। इसका मतलब कि आज बड़ी लड़ाई शुरू। थर्ल्ड वर्ल्ड वार जो कुछ दिन तो ज़रूर चलेगी। लड़का हँसा, दिल ही दिल में। कुछ दिन उसे शत्रुदेश का पार्ट अदा करना है, जिस पर दोनों आक्रमण जारी रखेंगे, जो पहले उसे जीत ले उसकी जीत।

उसने एक लम्बे घूँट में दूध का गिलास ख़त्म किया। चमड़े–कोट की बाँह से होंठ साफ़ किये।

"तुम्हें कल शाम की फ़्लाइट से हिन्दुस्तान जाना है।" पिता का पहला वार। लड़के ने चमड़े का कोट उतारा, खाना मेज़ पर रख दिया। माँ ने कोट वहाँ से उठाया, बाहिर रखा, कपड़े से मेज़ पोंछी।

"हिन्दुस्तान जाना है? क्यों जाना है?" लड़के को एक बार शक ज़रूर हुआ कि कहीं पापा ने दिन में ही बहुत तो नहीं पी ली या पागल तो नहीं हो गये? इस उम्र में हर बात का कारण खोजना ज़रूरी होता है। उसने माँ की ओर मदद के लिए देखा, लेकिन माँ तो उसकी तरफ़ देख ही नहीं रही। तो आज वह भी पिता के पक्ष में है।

"क्यों जाना है? मेरा वहाँ कौन है?"

पिता कुर्सी से उठे। उसकी कुर्सी के पास आये। लड़का खड़ा होने लगा। पिता ने उसके कन्धों पर हाथ रखा, उसे उठने नहीं दिया। अब वह उसकी पीठ के पीछे खड़े हैं ताकि लड़का उनके चेहरे को न देख सके।

"आज हिन्दुस्तान से फ़ोन आया था..."

"किसका फ़ोन आया था? वहाँ तो हमारा कोई नहीं। एक बार कहा था कि मुझे वहाँ घुमाने ले चलो तो आप दोनों ने बताया था कि वहाँ हमारा कोई नहीं।"

"गौतम, बात बीच में मत काटा करो। बी अ ग्रोन अप ब्वाय।" माँ का वार, पिता के पक्ष से।

पिता ने उसके कन्धे छोड़े। साथवाली कुर्सी पर बैठे, उसके दोनों हाथ अपने हाथों में पकड़े। लड़के के हाथ बहुत सख़्त और मज़बूत हैं, अपनी स्टेट का जूनियर बॉक्सिंग चैंपियन है।

"क्या फ़ोन आया? किसका फ़ोन आया?" उसके यह सवाल पूछते ही माँ अपनी जगह से उठी, उसके पास आयी, उसके माथे से उसके बर्फ़ से गीले हो चुके बालों को पीछे किया। लड़के ने साफ़–साफ़ महसूस किया कि माँ–बाप की आँखें एक–दूसरे से सहायता माँग रही हैं, 'तुम बताओ' वाली सहायता। लड़का कई लड़ाइयाँ लड़ चुका है, हमेशा जीत उसकी हुई है, क्योंकि ख़तरे का पूर्वानुमान उसे हमेशा हो जाता है कि दूसरा बॉक्सर किस कोण से मारेगा, आक्रमण करेगा। बैठक में बैठी ख़तरे की बू लड़के के नथुनों में घुसी। उसने कन्धे सिकोड़कर ऊँचे किये, अपने मुँह के सामने। माँ–बाप को ठण्डे दिल से देखा, कौन किस कोण से आक्रमण करेगा? अब वह बॉक्सिंग रिंग में उतर चुका है। उसके हाथ मुट्ठियों में बँध गये।

पिता उसे कई बार लड़ते देख चुके हैं। लड़के की इन आक्रामक चालों को जानते हैं। हाथ से दबाकर उसके कन्धे नीचे किये। माँ ने मुट्ठियों में बदल गये उसके हाथों पर अपने हाथ रखे। लड़का रिंग से बाहिर निकल आया। ये दोनों तो शत्रु बॉक्सर नहीं हैं।

"हिन्दुस्तान से फ़ोन आया है। तुम्हारे पिता को हार्ट अटैक हुआ है। किसी भी दिन मर सकते हैं।"

"तुम हमारे बेटे नहीं हो!" जिसे वह पिछले अट्ठारह साल से माँ समझता रहा है, उसने कहा।

"तुम एक साल के थे तो हमने तुम्हें क़ानूनन गोद ले लिया था।"

जिसे वह पिछले अट्ठारह साल से पिता समझता रहा है, उसने कहा–"तुम्हारी माँ जब तुम एक साल के थे, मर गयी थी।" अब उन दोनों को बुरी बात ख़त्म करने की जल्दी पड़ गयी है।

"मैं तुम्हारा पिता नहीं, मामा हूँ।"

"यह तुम्हारी माँ के भाई हैं। माँ के भाई को मामा कहते हैं।" वह औरत जिसे आज तक वह माँ समझता रहा, फ्रिज से उसके खाने के लिए चीज़ें निकालने लगी।

लड़का झटके–से उठा। अब वह अधझुका खड़ा है।

"तो मैं क्यों हिन्दुस्तान जाऊँ? आय डोंट नो दैट ब्लड मैन।" उसका जिस्म दायें–बायें हिलना शुरू हो गया। कुहनियाँ चेहरे के ऐन सामने वार करने के लिए उठी हुईं।

"तुम्हें जाना है। हमारे धर्म में पिता का अन्तिम संस्कार बेटा करता है। इससे आत्मा को मुक्ति मिलती है।" यह बात कहने के बाद वह आदमी जिसे लड़का आज तक पिता समझता रहा है, कुर्सी पर बैठा अपने चेहरे को हाथों से ढाँप चुपचाप, बेआवाज़ रोने लगा। लड़के को उसके रोने का पता उसकी हिलती पीठ से चला।

मेज़ पर खाना लग गया। उस औरत ने, जिसे आज तक वह 'माँ' कहता रहा, मर्द की पीठ सहलानी शुरू कर दी।

"गौतम, खाना खा लो। तुम्हें भूख लगी है।"

"आय डोंट वांट ब्लडी फूड।" लड़के ने अपनी मुड़ी हुई कोहनी सीधी की, मेज़ पर बाँह घसीटी और खाने की सारी प्लेटें नीचे गिरा दीं।

अब उसका जिस्म लगातार हिल रहा है। दोनों मुट्ठियाँ चेहरे के सामने, सिर एक कोण विशेष पर।

"आय डोंट वांट ब्लडी फ़ूड। आय डोंट वांट टू गो टू इंडिया। आय डोंट वांट टू सी दैट मैन। उसे मरने दो।" अब लड़का बैठक में छोटे–छोटे चक्कर काट रहा है। वह आदमी कुर्सी से उठा। उसका कन्धा पकड़कर हमें चलने से रोका, और आख़िरी निर्णय दिया–

"तुम हिन्दुस्तान जाओगे। वह अब दो–चार दिन से ऊपर नहीं जी सकता। यह उसको तीसरा हार्ट अटैक हुआ है, मैसिव स्ट्रोक। हमें मर रहे आदमी से ग़ुस्सा नहीं करना चाहिए। उसका अन्तिम संस्कार करने के बाद तुम यहाँ लौट आओगे। तुम हमारे बेटे हो। हमारे पास रहोगे।"

उस औरत ने लड़के की सफ़ेद क़मीज़ की बाँह को कपड़े से साफ़ करना शुरू कर दिया, जिस पर मेज़ से नीचे गिरती सब्ज़ी के छींटे पड़ गये थे। लड़का बिल्कुल भी कमज़ोर नहीं, लेकिन वह लगभग झटके–से सोफ़े पर गिरा या बैठा। उसकी आँखों से चुपचाप आँसू बह रहे हैं। पता नहीं अपनी सफ़ेद क़मीज़ के ख़राब होने के कारण अथवा एक अनजान देश में एक अनजान और मरते हुए आदमी के पास जाने की सोचकर।

उस रात उस औरत और मर्द ने, जिन्हें वह पिछले अट्ठारह साल से मम्मी–पापा समझ रहा है, उसे बहुत–सी छोटी–छोटी बातें समझायीं।

विमान के सब यात्री खाना शुरू कर चुके हैं। मीरा लड़के के पास से दो बार गुज़री, आँखें बन्द। तो सो रहा है। चलो, थोड़ी देर और सो लेने दो, बाद में खिला देगी।

लड़के का शरीर तो भारत की ओर उड़ते विमान में है, लेकिन आत्मा? आत्मा बॉक्सिंग–रिंग में खड़ी, मुँह के आगे दोनों हाथों का बचाव–घेरा बनाये। वह आक्रमण करे तो कैसे? रिंग में उसके सामने एक प्रतिद्वन्द्वी नहीं, तीन हैं। दो पहचाने हुए, कैनेडावाले माँ–बाप। एक तीसरा बिल्कुल अपरिचित, लेकिन रिंग में लगातार उसके चारों तरफ़ छोटे घेरे में घूमता, उसके शरीर के उन हिस्सों का चुनाव करता, जिन पर वह प्रहार करेगा। अपरिचित से लड़ाई की दहशत हमेशा दुगनी होती है, क्योंकि न हमें उसकी शक्ति का पता होता है, न कमज़ोरी का। लड़का बिना लड़े कोने में रखे स्टूल पर बैठ गया, सिर झुकाये, हार खाये।

मीरा को लगा, विमान में कुछ अव्याख्येय, अकारणीय घटित हो गया है, क्योंकि लोग खाना खाते हुए एकदम चुप। अधिकतर यात्री भारतीय

मूल के हैं और खाना खाते हुए बातचीत करना इनकी संस्कारगत विशेषता है। विमान बिल्कुल सामान्य उड़ रहा है। कैप्टन ने किसी भी तरह की कोई घोषणा नहीं की। फिर? एक छोटी–सी लड़की, जो कि गौतम के साथ वाली सीट पर बैठी थी, अपनी जगह से उठी। पहले घुटनों तक चढ़ आया अपना कोट नीचे किया, फिर बालों पर हाथ फेरा। चेहरे पर 'ठीक है' वाला अहसास आया और उसने मीरा की तरफ़ चलना शुरू कर दिया। मीरा को पहला भय यह लगा कि लड़के को कुछ हो गया है, तभी इतनी देर से आसपास की सीटों पर बैठे यात्री उसकी तरफ़ देखे जा रहे हैं। वह उसकी सीट की तरफ़ लगभग दौड़ी। छोटी लड़की के पास पलभर थमी। उसने गर्दन ऊपर उठाकर मीरा को देखा, फिर बताया–"आंटी, वह बहुत देर से रो रहा है, बहुत ज़ोर से, लेकिन रोने की आवाज़ तो आती नहीं। मैं जब रोती हूँ तो ज़ोर–ज़ोर से। मामा को झट पता चल जाता है।"

मीरा लड़के के पास पहुँची। उसका सारा चेहरा आँसुओं में नहाया हुआ। गले के पास से आँसुओं की लकीर उसकी सफ़ेद क़मीज़ के कॉलर के अन्दर वाले हिस्से के पास से होकर उसकी छाती पर उगे छोटे बालों में गुम हुई जा रही है।

मीरा ने उसका हाथ पकड़ा, हिलाकर जगाने के लिए। हाथ एकदम गरम। उसका माथा छुआ जैसे भट्ठी में सुलगते अंगारे माथे पर उग आये हों। इतना तेज़ बुख़ार! कहीं कुछ...? उसने अपने आप को गाली दी। कुछ क्या होगा? बुख़ार से कभी कुछ होता है क्या? हाँ, कैप्टन को बता दे, ताकि विमान जब टोकियो उतरे तो लड़के के लिए किसी दवाई का प्रबन्ध कर लिया जाये।

लड़के ने आँखें खोलीं। हैरान होकर आसपास देखा–वह तो रिंग में था, फिर यहाँ कैसे? सामने तो अपरिचित बॉक्सर को होना चाहिए, लेकिन यह लम्बी लड़की? उसने थकी हुई आवाज़ में कहा–"मैं खाना नहीं खाऊँगा।" और फिर आँखें बन्द कर लीं। उस छोटी लड़की ने अपने बड़े कोट की जेब से सफ़ेद रूमाल निकाला, मीरा के हाथ में दिया। मीरा ने रूमाल की तहें खोलीं, लड़के का चेहरा पोंछा। छोटी लड़की ने लड़के के गीले गले की ओर इशारा किया। मीरा ने लड़की को मुस्कराकर 'थैंक्स' कहा, लड़के का गला पोंछा और कैप्टन के केबिन की तरफ़ बढ़ गयी।

मीरा ने प्राथमिक चिकित्सा सन्दूकची से थर्मामीटर निकालकर कैप्टन को दिया। कैप्टन ने लड़के का कन्धा हौले से दबाया। उसने आँखें खोलीं। कैप्टन ने थर्मामीटर दिखाया कि मुँह खोलो।

"मैं वहाँ नहीं जाऊँगा। वह मुझे बहुत मारेगा।" उसने फिर आँखें मूँद लीं। लड़के का यह छोटा–सा वाक्य भयप्रद पंजे में तब्दील होकर मीरा के अन्दर खुभ गया। इसे वहाँ कौन मारेगा? क्यों मारेगा?

कैप्टन ने थर्मामीटर लगाया। आधे मिनट बाद उसके मुँह से बाहिर निकाला, देखा, और 'एक सौ पाँच' कहकर उसे मीरा को वापस दिया। उसकी आवाज़ भी काँपी और हाथ भी।

आसपास की सीटों पर बैठे यात्री छोटे–से घेरे में इनके पास खड़े हैं।

"पिच्छे हट्टो।" एक बूढ़ी औरत लोगों का घेरा तोड़कर आगे आयी। सलवार–क़मीज़ में है। उसने मीरा से पूछा–"लड़के नाल कोई है कि नहीं?" मीरा ने 'न' में सिर हिलाया। बूढ़ी ने लड़के का माथा छुआ, एकदम हाथ पीछे खींचा–"हाय रब्बा, यह तो जल रहा है।" लड़के ने बिना आँखें खोले फिर कहा–"मैं वहाँ नहीं जाऊँगा। वह मुझे बहुत मारेगा।"

"कौन मारेगा, पुत्तर?" बूढ़ी औरत ने उसके माथे पर हाथ फेरकर पूछा।

"वह तीसरा बॉक्सर!" और लड़के का सिर उसकी छाती पर झुक गया। हाथ मुट्ठियों में बदलकर चेहरे के सामने, बचाव के लिए उठे हुए।

"बुख़ार इसके सिर को चढ़ गया है।" बूढ़ी ने अपनी शाल उतारकर लड़के के सिर को ढाँका–"मैं कहती हूँ जी इसके घरवाले कितने पागल हैं? इतनी सर्दी और इसको कम्बल तक नहीं दिया?" फिर मीरा से कहा–"देख तो पुत्तर, इसके थैले में कोई गरम कपड़ा है कि नहीं?" बूढ़ी एयर–बैग को 'थैला' कहती है। इस अधमरे बैग में कम्बल कहाँ होगा?

विमान एक छोटे–से हिन्दुस्तान में बदल गया जहाँ पाँच–दस हिन्दुस्तानी हों, वहाँ छोटा–सा भारत बन जाता है। कुछ यात्रियों ने अपने कम्बल लड़के पर डाले। बूढ़ी ने कैप्टन को हिदायत दी–"इसे दूध में थोड़ी सी ब्रांडी दो। बुख़ार सिर को चढ़ गया है। कहीं सरसाम न हो जाये।"

मीरा ने सोचा, यह सरसाम क्या होता है? उसे पता नहीं क्योंकि वह अपनी मिट्टी पर नहीं उगी। कैप्टन को पता है। उसकी दादी भी निमोनिया को 'सरसाम' कहा करती थी। बुख़ार में बुड़बुड़ाने पर 'बुख़ार सिर पर चढ़ गया है', कहती थी।

बूढ़ी औरत ने पास खड़े यात्रियों को डाँटा–"जाओ भरावो, अपनी सीटों पर बैठो। कोई मेला तो लगा नहीं यहाँ?" और वह लड़के के पासवाली सीट पर बैठी। बचाव के लिए उठे हाथों को चेहरे से परे किया और अपनी गोद में रखकर मलना शुरू कर दिया। मीरा ने उस बूढ़ी के हाथ में ब्रांडी मिला दूध का गिलास पकड़ाया। बूढ़ी ने लड़के के होंठों के पास गिलास लगाया–"पी ले पुत्तर! कोई नहीं मारेगा।" लड़के ने आँखें खोलीं, बूढ़ी को देखा, आश्वस्त हुआ और दूध पी गया। उसका मुँह कड़वा हुआ। बूढ़ी ने दिलासा दिया–"दवाईवाला दूध है। सवेरे तक तू ठीक हो जायेगा।" फिर पास खड़े कैप्टन को समझाया–"काका, तू अपना जहाज़ चला। फिक्कर की कोई बात नहीं। जितना तेज़ यह बुख़ार चढ़ता है, उतना तेज़ उतर भी जाता है।"

मीरा कैप्टन के केबिन तक साथ गयी। उसके अन्दर जाने से पहले पूछा–"इसके माँ–बाप ने गरम कपड़े क्यों नहीं दिये? यह अकेला क्या करने जा रहा है?" कैप्टन ने उसे धीमी और जबड़ा–कसी आवाज़ में कहा–"वे लोग इसके माँ–बाप नहीं। यह हिन्दुस्तान अपने असली पिता के पास जा रहा है जो कभी भी मर सकता है। थर्ड हार्ट अटैक।" मीरा चुप। कैप्टन ने उसके कन्धे को छूकर फिर कहा–"मीरा, प्लीज़ टेक पर्सनल केयर ऑफ़ हिम। इट विल बी अ पर्सनल फ़ेवर टू मी। यह मेरे दोस्त का बेटा है।" और वह केबिन में चला गया। मीरा ने सोचा कि वह पूछ लेती, लड़के का कौन–सा पिता कैप्टन मेहता का दोस्त है? कैनेडा वाला, जिसने लड़के को पाला–पोसा है या हिन्दुस्तान वाला, जो कभी भी मर सकता है।

विमान देर से उतरा। टोकियो में कुछ ख़राबी आ गयी थी। ठीक करने में पाँच घण्टे से ऊपर लग गये। जैसे गौतम को एकदम बुख़ार चढ़ा था, एकदम उतर भी गया, लेकिन जाते–जाते यह बुख़ार उसके शरीर की शक्ति भी ले गया।

कैप्टन मेहता थोड़ा परेशान हैं। इतनी रात गये, इस कमज़ोरी की हालत में गौतम को किसी होटल में कैसे ठहरने दें? उनका अपना परिवार आजकल दिल्ली नहीं। फिर गौतम के कैनेडा वाले पिता ने जो डॉलर उनको दिये हैं, उन्हें रुपयों में तो कल सुबह ही बदला जायेगा। मीरा को इस लड़के के साथ मोह हो गया है अथवा उसके प्रति दया उपज आयी। पहली बार हिन्दुस्तान आ रहा है और वह भी इसलिए कि किसी की मृत्यु

होने वाली है, जो उसका पिता है और जिसे न उसने देखा है, न जानता है। उसने कैप्टन मेहता से कहा कि रात गौतम उसके घर रहेगा। उसके माता–पिता को कोई एतराज़, परेशानी न होगी।

मीरा ने अपने घर एयरपोर्ट से फ़ोन कर दिया। कैप्टन मेहता ने भी मीरा के पिता से बात की। गौतम को लेकर कुछ बताया। इसीलिए जब इतनी रात गये मीरा एयरलाइंस की बस में गौतम के साथ घर पहुँची तो पिता और माँ बैठक में उन दोनों की प्रतीक्षा में बैठे थे।

मीरा की माँ ने सबसे पहले गौतम का माथा छुआ–'ठीक है। अब तो बुख़ार नहीं' कहकर आश्वस्त हुई। मीरा के पिता ने उससे हाथ मिलाया, अपने पास सोफ़े पर बिठाया। पत्नी से कहा कि हल्का कुछ खाने के लिए लाये।

"नहीं सर, मुझे भूख नहीं।" गौतम को वैसे भी इस अजनबी घर में आ जाने से कहीं कुछ अजीब लग रहा है।

"देखो यंगमैन, हमारे देश में बड़े–बूढ़ों को 'सर' कहकर नहीं बुलाते। 'अंकल' क्यों नहीं कहते?"

मीरा की माँ उसके लिए दूध लायी। सवाल उसके पिता ने पूछा, "अच्छा गौतम, तुम्हें पहुँचना कहाँ है?"

उसने अपने चमड़े के कोट से कागज़ निकाला। पढ़कर बताया–"सर, शिमला से पहले एक जगह आती है चैल, वहाँ जाना है।"

कैप्टन मेहता उन्हें गौतम के पिता के तीसरे हार्ट अटैक के बारे में फ़ोन पर बता चुके हैं।

"बेटा, जब तुम्हारे पिता पहली बार बीमार पड़े तो तुम्हें ख़त तो लिखा होगा। तुम्हें तब आ जाना चाहिए था।" मीरा की माँ ने सलाह दी।

लड़के का चेहरा एकदम कठोर हो गया। उसके हाथ मुट्ठियों से बँधे, मुँह के सामने आये। फिर उसे एकदम ख़याल आया कि इस कमरे में तो शत्रु है ही नहीं। उसने चेहरे के आगे से हाथ हटा लिये।

"मुझे उस आदमी ने सोलह साल से कोई ख़त नहीं लिखा। एक साल का था तो मुझे दे दिया। मैंने तो उसका फ़ोटो भी नहीं देखा।" लड़के की आवाज़ एकदम हिंसक हो आयी। उसके चेहरे की चमड़ी, जहाँ वह ख़ूब कसकर दाढ़ी बनाता होगा, हल्की नीली हो आयी। उसने हाथ के पिछले हिस्से से चेहरा मला। वह लगातार दायें–बायें देख रहा है, किसी आक्रमण से शंकाग्रस्त।

मीरा की माँ उसके पास बैठी, उसके दोनों हाथ अपने हाथों में पकड़े। उसे समझाया–

"देखो गौतम, हमें सारी बात जाने बिना किसी पर ग़ुस्सा नहीं होना चाहिए। अगर उन्होंने तुम्हें कभी ख़त तक नहीं लिखा तो कोई कारण तो होगा न?"

लड़के ने 'हाँ' में सिर हिलाया।

"लेकिन कैनेडा से तुम्हारे मामा जी क्यों नहीं आये? तुम्हें अकेले क्यों भेजा?" मीरा ने छोटे–से ग़ुस्से के साथ पूछा।

"बुलाया तो उन्हें था, लेकिन मुझे इसलिए भेजा कि इस देश में पिता का अन्तिम संस्कार बड़ा लड़का करता है। वह आदमी मरेगा तो मुझे सब कुछ करना है।"

"तुम उन्हें 'वह आदमी' क्यों कहते हो? पिता को ऐसे नहीं बुलाते।"

"आइ विल नॉट कॉल हिम फ़ादर। आइ हैवंट सीन हिम एवर।" लड़के के चेहरे की नीली पड़ गयी चमड़ी फिर चमकी।

"गौतम, अंग्रेज़ी नहीं बोलनी। सिर्फ़ हिन्दी। ठीक है न?" मीरा ने माहौल को हल्का किया।

लड़का हँसा। उसकी आयु और छोटी हो गयी।

"अब तुम कपड़े बदलकर सो जाओ। बाक़ी बातें कल करेंगे।"

"मैं जींस में ही सो जाऊँगा। और कपड़े, जल्दी थी, लाया नहीं।"

मीरा अपने बड़े भाई का कुर्ता–पाजामा उसके लिए लायी। बाथरूम दिखाया। लड़का जब कपड़े बदलकर बाहिर आया तो तीनों हँस पड़े, क्योंकि मीरा के भाई का पाजामा उसके टखनों तक पहुँचा। लड़का पहले शरमाया, फिर हँसा।

तीनों ने ही साथ–साथ सोचा कि लड़का सचमुच बहुत लम्बा है।

मीरा और कैप्टन मेहता ने उसे सुबह चण्डीगढ़ की बस में बैठाया। मीरा के पिता ने आज सवेरे ही अपने बेटे को चण्डीगढ़ फ़ोन कर दिया। वह गौतम को बस–अड्डे पर मिल लेगा। उन्होंने उसे बताया कि बेटा चण्डीगढ़ में इंस्पेक्टर है। लड़के की आँखों में उग आये प्रश्न को उन्होंने समझा, और फिर उसे समझाया–"पुलिस इंस्पेक्टर है। तुम्हें चैल तक भिजवा देगा। और देखो, यह जगह शिमला के पास नहीं है। बहुत थोड़ी बसें चण्डीगढ़ से वहाँ जाती हैं। अगर देर हो जाये तो कल सुबह वहाँ के लिए चलना।"

कैप्टन मेहता ने बस–ड्राइवर से कुछ बातचीत की। ड्राइवर ने अगली सीट पर पहले से बैठी सवारी को पीछे बैठने के लिए कहा, लड़के को वहाँ बैठाया। बस चलने से पहले लड़के ने मीरा से कहा–"मैं दो–तीन दिन में वापिस आकर आपसे मिलूँगा, कैनेडा जाने से पहले।" फिर उसने कैप्टन मेहता की ओर देखा–"शुक्रिया सर! आपने मेरी बहुत..." वह रुक गया, 'हेल्प' की हिन्दी उसे नहीं आती। मीरा ने मदद की–'सहायता'। लड़का हँसा, मीरा हँसी, मेहता हँसा और लड़के ने वाक्य पूरा किया–"आपने मेरी बहुत सहायता की।" बस चल पड़ी।

लड़का सोच रहा है कि उस आदमी को कैसे पहचानेगा जो मरने वाला है? लोग कैसे मरते हैं? उसने आज तक किसी को मरते तो नहीं देखा। वह उस आदमी से क्या बात करेगा जो उसका पिता है? लड़के के मन में एक मूर्ख इच्छा पैदा हुई कि कितना अच्छा हो गर वह आदमी कल ही मर जाये और वह जल्दी–से उसका अन्तिम संस्कार करके लौट जाये। इस उम्र में हमेशा जल्दी पड़ी रहती है, सारी बातें जान लेने की, सारे प्रश्नों के उत्तर खोज लेने की। उसके मन से एक छोटी–सी हैरानी उठी, अपनी हथेली पर दो शब्द उठाये–'अन्तिम संस्कार।' उसने दो दिन पहले ये शब्द सुने हैं, और कई बार उन्हें बोल चुका है। यह होता क्या है? शब्द अगर अर्थ की क़ैद में न आयें तो एक मधुमक्खी की तरह लगातार हमारे कानों के पास घूमते रहते हैं, तंग करते हुए, छेड़ते हुए, डंक मारने की ताक में।

बस दिल्ली से बाहिर निकलकर जी.टी. रोड पर आ चुकी है। उसने खिड़की थोड़ी–सी खोली, आधा चेहरा बाहिर निकाला ताकि यह शब्द बाहिर सड़क पर फेंक दे। हवा की ठण्डी हथेली ने उसके गालों को थपथपाया। अच्छा लगा। पिछली सीट पर बैठी मोटी औरत ने मोटी आवाज़ में कहा–"खिड़की बन्द करो। सर्दी से मरना है क्या?"

ड्राइवर ने लड़के को देखा, फिर उस मोटी औरत को देखा। मुस्कराया–"बीबी, सर्दी से लोग मरने लगे तो फैमली–प्लानिंगवालों की नौकरियाँ न छूट जायें।"

लड़के को शब्दों के अर्थ का सिरा मिल गया। वह थोड़ा–सा ख़ुश हुआ। वह इस सिरे को पकड़कर शब्दों के अर्थ खोजने में लग गया। लेकिन नहीं, इनका अर्थ अगर मरना ही होता तो कैनेडावाले पिता यही

शब्द बोलते। वह अभी तक उन्हें मामावाले रिश्ते से जोड़ नहीं पाया। उसने ड्राइवर की तरफ़ देखा। उसे बूढ़े ड्राइवर ने स्नेह–भरी आँखों से जवाबी देखा। लड़के को हौसला हुआ। पूछ लिया–

"सर, यह अन्तिम संस्कार क्या होता है?"

ड्राइवर को पहला झटका दिल पर लगा, जो सरककर उसके हाथों में आ गया। उसके हाथ काँपे, स्टीयरिंग काँपा, बस का अगला पहिया सड़क से नीचे उतरा। झटका लगा। सारी सवारियाँ सीटों से आधी उठ गयीं। हैरान। न आगे कोई बस–ट्रक न पीछे, फिर ड्राइवर ने बस सड़क से नीचे क्यों उतारी? दूसरा झटका लगा, बस सड़क पर चढ़ आयी। ड्राइवर ने उसे घूरा–

"राम–राम बोल, काका! सवेरे–सवेरे ऐसी बातें नहीं पूछते।" अब लड़का हैरान भी हुआ और डर भी गया। हैरान इसलिए कि किसी शब्द का अर्थ सवेरे–सवेरे क्यों नहीं पूछा जा सकता? डरा इसलिए कि यह शब्द ज़रूर शत्रु शब्द होगा, तभी ड्राइवर और बस दोनों हिल गये।

बस सीधी सड़क पर है लेकिन इंजन से समतल आवाज़ नहीं आ रही है, गियर बदलने पर इसकी गति थोड़ी–सी टूट–टूट जाती है। एक कर्कश आवाज़ के साथ पीछे बैठे कंडक्टर ने पूछा–"अरे ताऊ, क्या हो गया?" ड्राइवर ने सामने लगे शीशे में, जिसमें पीछे का सब कुछ दिखता है, निगाह जमायी, कंडक्टर के चेहरे को आँखों में बाँधा और जवाब दिया–"सुसरा चौथा गियर नहीं लग रहा, स्लिप करता है।"

"ताऊ, पानीपत तक तो किसी तरह ले ही चल। वहाँ वर्कशॉप में ठीक करा लेना।"

सामने से ट्रक आया, बस की गति धीमी हुई। ट्रक झन्नाटे के साथ पास से गुज़रा। ड्राइवर ने गियर बदलने की कोशिश की, लगा नहीं। बस में छोटे–छोटे झटके आये।

लड़का अगली सीट से उठा। इंजिन पर बैठा और बिना ड्राइवर से पूछे गियर पकड़ लिया। ड्राइवर ने पहले ग़ुस्से से देखा, पर लड़के के चेहरे पर आ गये आत्मविश्वास ने उसका ग़ुस्सा पोंछ दिया और उसने 'हाँ' में सिर हिलाया।

लड़के ने पहले गियर को नीचे दबाया, ड्राइवर ने रफ़्तार बढ़ायी। लड़के ने नीचे दबाव बढ़ाया। ड्राइवर की ओर देखा। उसने क्लच दबाया

और लड़के ने बिल्कुल सहज से चौथा गियर डाल दिया। ड्राइवर ने उसका कन्धा छुआ, गर्व–भरी निगाहों से उसे देखा और अबोले प्रश्न पूछा–"जब गियर थोड़ा स्लिप करे तो पहले नीचे दबाकर फिर लगाते हैं, यह तुम्हें कैसे पता?"

"मैं अपने शहर मांट्रायल में कार चलाने का चैम्पियन हूँ। रेसिंग ड्राइवर बनूँगा।" दोनों में, जैसा कि एक ही क्षेत्र के लोगों में अक्सर होता है, मित्रता का धागा बँध गया। सामने सड़क बिल्कुल ख़ाली, इसलिए ड्राइवर ने उससे बात जारी रखी। समझाया–"देख काका, हमारे देश में सवेरे–सवेरे बुरी बात नहीं करते। नहीं तो दिन में कुछ–न–कुछ बुरा ज़रूर होता है।" लड़के ने 'हाँ' में सिर हिलाया, हालाँकि यह बात उसे मूर्खतापूर्ण लगी।

"अच्छा बताओ, तुमने 'अन्तिम संस्कार' क्यों पूछा?"

"मेरे पिता मरने वाले हैं, उनसे मिलने जा रहा हूँ। कहते हैं, अन्तिम संस्कार बड़े लड़के को करना होता है।"

ड्राइवर ने सामने लगी धनुषधारी भगवान राम की तस्वीर के आगे सिर झुकाया–"राम–राम", फिर लड़के से कहा–"काका, तू भी बोल–राम–राम।"

लड़के की जीभ पर यह शब्द बिल्कुल नहीं फिसला। कहा–"राम!"

ड्राइवर ने फिर समझाया–"यह शब्द दो बार बोलते हैं–राम–राम!" लड़के को लगा, शरीर से कुछ बाहिर निकल गया। क्या निकला? वह हल्का क्यों हो गया? और फिर उसे साफ़ महसूस हुआ कि आत्मा में बैठा भय का छोटा–सा काला अँधेरा इन शब्दों के बोलने के साथ–साथ मुँह से निकलकर बाहिर सरका। उसने खिड़की खोली, हवा ने झपटकर काले भय को दबोचा और अपने साथ उड़ा ले गयी। उसने आँखें बन्द कीं। फिर से उजली हो गयी आत्मा ने शरीर को आश्वस्त किया और वह बिना आँखें बन्द किये सो गया। सोये–सोये भी वह थोड़ा–सा हैरान है, शब्दों की शक्ति से।

चण्डीगढ़ बस–अड्डे पर उसे मीरा शर्मा का बड़ा भाई लेने पहुँचा हुआ था। शायद लड़के का पूरा हुलिया मीरा के पिता ने उसे बता दिया था, इसीलिए झट–से पहचान गया। पुलिस की वर्दी में, साथ में जीप का ड्राइवर, स्टेनगन लिये।

"आर यू गौतम?" उसने हाथ आगे बढ़ाया, मिलाने के लिए।

"यस सर, लेकिन आपने कैसे पहचान लिया? पहले तो मुझे देखा नहीं।" जवाब में इंस्पेक्टर और उसका ड्राइवर, दोनों मुस्कराये।

"मुझे चैल के लिए बस कब मिलेगी?" लड़के ने अपना एयर–बैग कन्धे पर लटकाते हुए पूछा।

"गौतम, अब कल सुबह जा सकोगे। इस वक़्त वहाँ के लिए सीधी बस नहीं चलती।" इससे पहले कि लड़का कोई जवाब दे, ड्राइवर ने उसके कन्धे से लटका बैग उतार लिया और बस–अड्डे से बाहिर की तरफ़ चल पड़ा।

इंस्पेक्टर जीप में गौतम के साथ पिछली सीट पर बैठा, शायद अपरिचय की दूरी कम करने के लिए।

"सर, आपके कितने चिल्ड्रन हैं?" शायद उसे 'बच्चे' शब्द नहीं मिला।

"क्यों? एक लड़की है, चार साल की।" इंस्पेक्टर थोड़ा हैरान।

"तो ठीक है।" फिर लड़के ने ड्राइवर से कहा–"किसी डिपार्टमेंट स्टोर के आगे जीप रोकिए।" ड्राइवर ने इंस्पेक्टर की ओर देखा, उसकी आँखों में 'हाँ' का भाव देखा और जीप एक बड़ी दुकान के आगे रोक दी। लड़के ने इंस्पेक्टर से कहा–"सर, आप यहीं बैठें। मैं अभी आया।" वह लगभग भागता हुआ दुकान के अन्दर गया। सेल्सगर्ल को जब उसने 'गुड मार्निंग' कहा तो वह अचम्भित रह गयी। ऐसे ग्राहक अपने यहाँ के तो नहीं हो सकते, जो पहले 'नमस्ते' करें। ज़रूर विदेशी है। उसने लड़के से अंग्रेज़ी में पूछा कि क्या चाहिए। लड़के ने हँसकर जवाब दिया–"क्या लोग इधर हिन्दी नहीं बोलते?" सेल्सगर्ल झेंप गयी।

"चार साल की लड़की के लिए कुछ खाने को दें। मुझे तो पता नहीं, इधर के चिल्ड्रन को क्या अच्छा लगता है!"

लड़की ने दो चॉकलेट और थोड़ी–सी टाफ़ियाँ उसे दीं। लड़के ने बाहिर निकलते हुए पूछा–"'थैंक यू' को हिन्दी में क्या बोलते हैं?"

"धन्यवाद!" दोनों हँसे। दिन थोड़ा और उजला हो गया।

जीप इंस्पेक्टर के छोटे–से घर के आगे रुकी। लड़के ने गेट पर लगे नाम–पट्ट पर लिखा नाम पढ़ा–अर्जुन शर्मा। जीप की आवाज़ सुनकर सबसे पहले घर के अन्दर से एक छोटी बच्ची दौड़कर बाहिर आयी। पिता से छूटते ही पूछा–"पापा, मेरे लिए क्या लाये?"

फिर उसने लड़के को देखा और पिता के पीछे छुप गयी। लड़के ने चॉकलेट और टॉफ़ियाँ उसकी ओर बढ़ायीं। पिता ने लेने के लिए 'हाँ' में सिर हिलाया। पैकेट पकड़ने के बाद बच्ची ने उससे पहला सवाल पूछा—"अंकल, आप अंग्रेज़ हैं न!"

"नहीं, क्यों?"

"झूठ। आप अंग्रेज़ हैं। मैंने टी.वी. में अंग्रेज़ देखे हैं। हाँ, बोत लम्बे और लाल। हाँ, आप अंग्रेज़ हैं।"

अर्जुन की पत्नी, अब बाहिर आयी। बच्ची को चुप होने के लिए मीठा डाँटा। लड़का छोटे–से आँगन में लगे छोटे क़द के आम और नीबू के पेड़ देख रहा है। फिर पास गया। हाथ से छूकर देखा। सब अन्दर आये।

"बच्ची के लिए यह सब कुछ लाने की क्या ज़रूरत थी? जैसे मीरा का घर है, वैसे ही इसे भी अपना घर समझो।" अर्जुन की पत्नी अलका ने बातचीत की ग़र्ज़ से कहा।

"मेरे कैनेडावाले पिता ने समझाया था कि इंडिया में जब किसी के घर जाते हैं, तो बच्चों के लिए कुछ लेकर जाते हैं।" अलका को लगा कि यह लम्बा लड़का ज़रूर बुद्धू है। ऐसी बातें कही थोड़ी जाती हैं?

"कुछ खा लो। रास्ते में रोटी तो नहीं खायी होगी।" अलका ने बिस्किट की प्लेट आगे की।

"नहीं, खा ली थी। दिल्ली से मीरा शर्मा की माँ ने..." वह शब्द तलाशने के लिए रुका, नहीं मिला—"वह मोटी रोटियाँ दी थीं, जिनमें आलू डाले थे।"

"पराँठा। अंकल, आप स्कूल नहीं जाते न! बुद्धू हो। पराँठे को मोटी रोटी थोड़ा न कहते हैं?" बच्ची ने ताली बजाकर माँ की तरफ़ देखा कि देखा, मैं कितनी स्यानी हूँ। अर्जुन ने पत्नी को अन्दर दूसरे कमरे में चलने के लिए संकेत किया।

उसने अलका को लड़के के बारे में जितना कुछ पिता ने फ़ोन पर बताया था, समझाया। अलका ने खीझती आवाज़ में कहा—

"उसका कैनेडावाला पिता या तो बेवकूफ़ है या बहुत क्रूर। इतने छोटे लड़के को मर रहे आदमी की देखभाल के लिए भेजने की क्या तुक बनी?"

"वह उसका पिता नहीं, मामा है। शायद यह लड़का बहुत छोटा था तो अपने पास ले गया। लड़का उसे दो दिन पहले तक अपना पिता समझता रहा।"

"लेकिन एक बीमार आदमी की देखभाल..."

"गौतम उसकी देखभाल के लिए नहीं, अन्तिम संस्कार करने आया है। उसके पिता को यह तीसरा हार्ट अटैक..."

"चलो, गौतम के पास चलें। दैट कैनेडावाला फ़ादर मस्ट बी ऐन इनह्यूमन बास्टर्ड।" अर्जुन उसके मुँह से गाली सुनकर चौंका। सात साल हो गये शादी को, पहली बार गाली सुनी। उसे कुछ हैरानी भी हुई। कैनेडा में रह रहे एक अनदेखे–अनजान आदमी के प्रति इतना गुस्सा क्यों?

दोनों बैठक में आये। मिन्नी लड़के को छोटे–छोटे अंग्रेज़ी शब्दों की हिन्दी सिखा रही थी।

"अंकल, बोलो मैंगो मींस आम।"

लड़के ने कहा–"आम।" मिन्नी ने अपने स्कूल की टीचर की नक़ल में उसके सिर को छूकर कहा–"गुड ब्वाय!"

सामने की खुली खिड़की की जाली से छनकर अन्दर आती हवा ने लड़के की नाक और माथे पर हाथ से छुआ और रसोई के दरवाज़े से अन्दर चली गयी। लड़के ने हाथ के पिछले हिस्से से नाक और माथे पर बैठी ठण्ड को रगड़कर पोंछा। अलका ने उसकी अधबाँहों वाली स्वेटर को देखा। उसे छोटा–सा गुस्सा आया कि इसकी कैनेडावाली माँ कितनी लापरवाह है, कोई भारी गरम कपड़ा तक साथ नहीं दिया। उसने अलमारी से अर्जुन की खादी की बड़ी शाल निकाली, बाहिर आयी और गौतम को ओढ़ा दी।

"इसे तो लेडीज़, औरतें पहनता है।"

"पहनता नहीं अंकल, पहनती कहो। बिल्कुल बुद्धू! बड़ी शाल मरद डालते हैं। मेरे पापा की है, हाँ!" हल्की पीली मोतियारँगी शाल में गौतम का चेहरा अतिरिक्त लाल हुआ जा रहा है कि...अर्जुन ने अलका को यह भी तो बताया था कि प्लेन में लड़के को तेज़ बुख़ार चढ़ा था, तभी तो मीरा अपने घर ले गयी थी। कहीं...उसने लड़के का माथा छुआ। आजकल की धूप–सा हल्का गरम। अन्दर गयी, थर्मामीटर लायी। मिन्नी मचली–"मैं लगाऊँगी।" उसने थर्मामीटर धोया, लड़के के पास आयी। आज्ञा दी–"चलो, मुँह खोलो।" लड़का हँसा। मुँह खोला। मिन्नी ने बड़े–बूढ़ों की आवाज़ में समझाया–"जीभ के नीचे रखना है। दाँत से दबाना मत। इसमें पारा है, पारा। हाँ, ज़हर होता है।"

अलका ने एक मिनट के बाद उसके मुँह से थर्मामीटर निकाला, देखा, अर्जुन के यह पूछने पर कि कितना है, उसकी ओर बढ़ा दिया। लड़के ने पूछा–"कितना?" अर्जुन ने बताया, "दो।" मिन्नी ने कहा–बरफ़वाले पानी की पट्टियाँ सिर पर वह रखेगी। अलका ने उसे घूरकर देखा, वह चुप हो गयी।

"सवेरे तो ठीक था।" लड़के ने बताया।

"सफ़र की थकान से फिर चढ़ गया होगा। कुछ बुख़ार सिर्फ़ शाम को चढ़ते हैं।" लड़के को इस औरत की बात सुनकर छोटी–सी हैरानी हुई। स्ट्रेंज कंट्री। स्ट्रेंज पीपल। बस के ड्राइवर ने कहा था, कुछ बातें सवेरे–सवेरे नहीं की जातीं। यह औरत कहती है कि कुछ फ़ीवर शाम को होते हैं। उसे याद आया कि कैनेडा में उसे जब भी बुख़ार आया तो दिन–रात, सिर्फ़ शाम को नहीं।

अलका ने अर्जुन को पड़ोसी डॉक्टर को बुलाने के लिए कहा तो लड़के ने टोका–"इतने कम फ़ीवर में दवाई नहीं लेता।" मिन्नी ने उसे कहा–"फ़ीवर नहीं, बुख़ार।" और पड़ोसी डॉक्टर अंकल को बुलाने के लिए इठलाती हुई बाहिर निकली। वह ख़ुश है क्योंकि पहली बार उसे बड़ों का रोल करने का मौक़ा जो मिला।

"कितने दिन भारत में रहना है?" अलका ने पूछा।

"मैं रहूँगा नहीं। वह आदमी जब मरेगा तो उसको दबाकर वापस जाऊँगा।"

"हमारे धर्म में मुर्दे को दबाते नहीं, जलाते हैं।"

लड़का झटके–से उठा, शाल नीचे गिरी। उसका सिर बायीं ओर झुका। दोनों हाथ मुट्ठियों में कसे चेहरे के सामने। वह एक जगह खड़ा का खड़ा, लेकिन अपनी ही शक्ति से शरीर का ऊपरवाला हिस्सा लगातार काँपता–हिलता हुआ।

"जलाते हैं? कैसे? हाऊ, विद वाट? पेट्रोल।"

"नहीं, सूखी लकड़ियों से।"

"हाउ पेनफुल। कैनेडा में माम–पाप को बताना चाहिए था कि जलाते हैं।" लड़के की आवाज़ में शिकायत। अलका को फिर ग़ुस्सा आ गया। उन कैनेडावालों का अपना बेटा होता तो क्या अकेले भेजते? फिर इस लड़के ने आज तक मौत देखी नहीं, कैसे यह...

"गौतम, तुम थोड़े दिन यहीं रहो। बुख़ार ठीक हो जाये तो चैल जाना।"

"नहीं, मैं सवेरे जाऊँगा। उस आदमी का अन्तिम संस्कार करना है।" लड़के के इस वाक्य में अन्तिम निर्णय है। अलका और अर्जुन को पता चल गया कि उनके रोकने से यह लड़का रुकने वाला नहीं।

वह सवेरे दस बजे चैल पहुँच गया, क्योंकि चण्डीगढ़ से पहली बस पर उसे अर्जुन ने बिठा दिया था। उसने बस में बैठते हुए 'स्ट्रेंज कंट्री' की हिन्दी पूछी। अर्जुन ने बताया–"विचित्र देश।" वह सारे रास्ते मुँह ही मुँह में यह शब्द बोलता रहा। उसने यहाँ आने के बाद जितने भी हिन्दी शब्द सीखे हैं, उसे यह सबसे अच्छा लगा–विचित्र देश।

छोटे–से अड्डे पर बस रुकी तो सारी सवारियाँ अगले और पिछले दरवाज़े से बाहिर निकलने लगीं। यहाँ से आगे बस नहीं जायेगी क्योंकि सड़क आगे नहीं जाती।

उसने आधीबाँहों का स्वेटर रास्ते में ही उतार दिया था, क्योंकि तेज़ और चमकदार धूप ने बस को भी गरम कर दिया था। उसने अपने एयर–बैग को कन्धे पर लटका लिया। दो–तीन कुली उसकी तरफ़ झपटे। उन्हें भी ग़लती लगी कि लड़का विदेशी है। एक ने उसके कन्धे से बैग झपटने की कोशिश की। दूसरे ने दुहाई देती आवाज़ में कहा–"साहब, और सामान मैं उतारूँगा। मेरी बारी। छत से क्या उतारना है?"

"और सामान नहीं।" लड़के ने यह बात बिल्कुल विदेशी तर्ज़वाली हिन्दी में बोली, क्योंकि अभी तक हिन्दी शब्द सिर्फ़ उसके मुँह से निकलते हैं, दिल से नहीं।

कुली पहले उदास हुए, फिर उन्होंने दिल ही दिल में बुरा माना। विदेश से ऐसे लोग आते हैं और सामान के नाम पर एक झोला। हुँह! भूखे–नंगे ही रहेंगे।

वह अभी सोच ही रहा था कि उस आदमी के घर का पता किसी से पूछे कि तेज़–तेज़ चलता पुलिस की वर्दी में एक आदमी उसके पास पहुँचा। अड्डे पर खड़ी टैक्सी के ड्राइवर ने उसे सलाम ठोका। कुलियों ने उसे नमस्कार किया। उसने अंग्रेज़ी में लड़के से पूछा–"आर यू गौतम मेहरा?" लड़के ने 'हाँ' में सिर हिलाया।

"मैं सब–इंस्पेक्टर राठौर हूँ। अर्जुन ने मुझे चण्डीगढ़ से फ़ोन किया था। मेरा दोस्त है।" उसने मिलाने के लिए हाथ आगे बढ़ाया।

लड़का झिझका, फिर उसने भी हाथ आगे बढ़ा दिया।

राठौर को लड़के का हाथ गरम लगा। शुरू मौसम की सर्दी है, फिर हाथ गरम होने का मतलब? उसने लड़के का चेहरा ध्यान से देखा—लाल! पता नहीं बुख़ार से या रंग ही ऐसा है?

लड़के ने जेब से काग़ज़ निकाला, कुछ पढ़ा, काग़ज़ जेब में रखा और बताया—"सर, मुझे स्नोवाइट कॉटेज जाना है एस. चण्डोक के पास।"

"अरे, चण्डोक साहब के घर। वह तो मेरे दोस्त हैं।" यह कहते हुए राठौर की आवाज़ थोड़ी उदास हो गयी।

लड़का उदास आवाज़ सुनकर ख़ुश हुआ। तो क्या वह आदमी, जिसका नाम एस. चण्डोक है, मर गया? फिर तो वह कल ही कैनेडा वापस जा सकेगा।

"इज़ ही डैड? मैं उसका अन्तिम संस्कार करने आया हूँ।" राठौर ने साफ़ महसूस किया कि यह बात पूछते हुए लड़के की आवाज़ में उछाह है। एक सुख की साँस लेने वाला उछाह। लड़के ने देखा कि राठौर के चेहरे से स्वागती मुस्कान उड़ गयी। उसकी आँखों की गरमाइश जाने कहाँ चली गयी—"लगता है, तुम्हें उनके मरने की बहुत जल्दी है। चिन्ता मत करो, चण्डोक साहब जल्दी ही मर जायेंगे।"

लड़के को एकदम याद आया कि राठौर ने अभी—अभी तो बताया था कि चण्डोक साहब उसके दोस्त हैं।

"आय एम सॉरी सर! मेरा यह मतलब नहीं था। कैनेडा में टेलीग्राम गयी थी कि उनको हार्ट अटैक हुआ, इसलिए पूछा। मैं उनका बेटा हूँ। वहाँ से आया।"

राठौर ने उसके कन्धे पर हाथ रखा। बताया कि स्नोवाइट कॉटेज यहाँ से दो किलोमीटर दूर है। पहले कुछ खा—पी लें, फिर वह गौतम को वहाँ छोड़ आयेगा।

"नहीं सर, सवेरे खाया था। अब नहीं, आप मुझे रास्ता बता दें। मैं अकेले जाऊँगा। मुझे पहली बार उनसे अकेले मिलना चाहिए न।"

राठौर को लड़के की बात ठीक लगी। उसका दिल किया कि लड़के से कुछ पूछे—यह रहस्य कैसा है कि चण्डोक साहब ने उसे आज तक बताया ही नहीं कि उनका कोई बेटा भी है जो कैनेडा में रहता है। उसे तो सिर्फ़ इतना पता है कि चण्डोक साहब यहाँ के रहने वाले नहीं, नीचे

मैदानों से पाँच साल पहले यहाँ आये, अकेले, बिल्कुल अकेले। चैल में न अब राजे–महाराजे आते हैं न सैलानी। इसलिए मकानों की क़ीमतें गिर गयी हैं। यहाँ से दो किलोमीटर दूर स्नोवाइट कॉटेज उन्हें बहुत सस्ती मिल गयी थी, अधटूटी और लगभग खण्डहर। किसी अंग्रेज़ ने जाते–जाते दिल्ली के हिन्दुस्तानी को बेची थी। दिल्ली वाला सिर्फ़ एक बार आया। फिर कॉटेज पर मोटा ताला लटका रहा–बीस साल तक। पिछले कुछ सालों में थोड़ी–बहुत मुरम्मत करवाकर चण्डोक साहब ने इसे रहने के क़ाबिल बना लिया।

राठौर ने लड़के को ज़ोर देकर एक कोल्ड ड्रिंक पिलायी। उसे कॉटेज तक जाने का रास्ता बताया। सामने की ठिगनी पहाड़ी से मुड़ते ही कॉटेज साफ़ दिखायी देगी। लड़के ने बैग कन्धे पर लटकाया और चलने से पहले पूछा–"सर, टेलीग्राम को हिन्दी में क्या कहेंगे?"

राठौर हैरान। यह कोई पूछने की बात है? कहा–"तार।"

"तार!" लड़के ने उसकी हैरानी देखी, एक शरारती मुस्कान उसकी आँखों में झलकी–"सर, मैं हिन्दी बोलना सीख रहा हूँ।"

राठौर हँसा। उसे लड़का एकदम अच्छा लगने लगा।

सड़क सीधी ऊपर चढ़ती हुई। वह ज्यों–ज्यों आगे बढ़ा, सड़क की हालत ख़स्ता। इसका मतलब कि आगे जाकर ख़त्म हो जायेगी, नहीं तो लगातार मरम्मत न होती रहती। इस आयु में लड़के कोई दूर की बातें नहीं सोचते। उनके छोटे–छोटे अनुमान जब सही साबित होते हैं तो उनका अपने ऊपर भरोसा बढ़ जाता है। छोटे–छोटे सत्य सदैव किसी बड़े सत्य की ओर ठेलते हैं, लेकिन किसी बड़े सत्य को जानने की अब तक न उसकी आयु है और न उसमें लालसा।

उसकी साँस फूली। बैग को एक कन्धे से दूसरे कन्धे पर बदला। आँखें बन्द कीं, लम्बी साँस अन्दर खींचकर साँस लेना बन्द किया और सौ तक गिनती की। शरीर पर चढ़ बैठी चढ़ाई नीचे उतरी और साँस की थकान छूमन्तर हो गयी।

आकाश में साँ–साँ की लम्बी, लगातार आवाज़ उसे स्पष्ट सुनायी दी। ऊपर, बहुत ऊपर उड़ते किसी परिन्दे ने पंख समेटकर अपने शरीर के साथ जोड़ लिये और ऐन उसके ऊपर डाइव लगा दी। परिन्दा नज़दीक

पहुँचा। लड़के को अब उसकी हुक्ड नाक साफ़ दिखना शुरू हो गयी। इस मौन उड़ान से वायु में जो कम्पन पैदा हुआ, उसकी छोटी लहरों की छुअन लड़के ने अपने गालों पर महसूस की। मुँह पर हथेली फेरी, छुअन उड़ गयी। इस देश के परिन्दों के बारे में उसे कुछ पता नहीं। क्या यह उसके सिर पर आक्रमण करेगा? उसने नीचे झुककर पत्थर उठाने की सोची, लेकिन उसके सिर के ऊपर पहुँचने से पहले परिन्दे ने लम्बी सीटी मारी, डाइव तोड़ी, डैने खोले और पंखों का पंखा झलता हुआ क्षितिज के समानान्तर होकर आँखों से ओझल हो गया। लड़का परिन्दे की इस शरारत पर ख़ुश हुआ। किशोरावस्था में ख़ुशी और उदासी एक–दूसरे के हाथ पकड़े चलती हैं। दिल का दायरा अभी इतना छोटा होता है कि ख़ुशी और उदासी झटपट जगहें बदलती रहती हैं।

सड़क सँकरी हुई। ठिगनी पहाड़ी से मुड़ते ही वह ठिठक गया, मकान एकदम सामने, जैसे किसी जादूगर ने अपनी पिटारी से निकालकर वहाँ रख दिया हो। वह घबरा गया। उस आदमी से कैसे मिलेगा, क्या बात करेगा, जिसके चेहरे का कोई भी स्मृति–अंश न दिल के डार्करूम में है न कल्पना के संसार में। और वह आदमी उसका पिता है! लड़के को अपने कैनेडावाले माँ–बाप पर एकदम ग़ुस्सा आया। अभी भी वह उन्हें बदल गये रिश्ते से न याद कर सकता है, न पुकार सकता है। ख़ुद आ जाते, एक मरते हुए आदमी के पास उसे क्यों भेजा? फिर यहाँ आने के कारण ने उसका ग़ुस्सा और बढ़ा दिया। गाली दी। ब्लडी, अन्तिम संस्कार। उसका बायाँ हाथ, जिसे उसका बक्खिया कोच किलर पंच कहता है, सहज वृत्ति से चेहरे के सामने आया और उसने झट–से उसे नीचे कर लिया। यह सोचकर वह एकदम उदास हो गया कि सामने प्रतिद्वन्द्वी बॉक्सर नहीं खड़ा और वह अपने किलर पंच से किसी को नहीं मार सकता।

सड़क आगे नहीं जाती। यहीं पर ख़त्म। मकान ख़त्म हुई सड़क से थोड़ा–सा दायें, छोटे–से टीले पर बना है। कच्चे रास्ते पर बिछी बजरी, लेकिन कम चौड़ाई की बजरी के किनारे उसे टायरों के निशान साफ़ दिखे। अगले दो और पिछले दो टायरों के निशान बराबर–बराबर, साफ़ और गहरे। कार के नहीं हो सकते क्योंकि चारों टायरों की ज़मीन पर पकड़ बराबर नहीं होती। दिमाग़ के कोने से संकेत सरका और शब्द में बदला–जीप, फ़ोर व्हील ड्राइव! लड़का फिर से ख़ुश हो गया। इस आदमी

के पास चलाने के लिए कुछ तो है! हालाँकि उसने जीप आज तक नहीं चलायी, लेकिन उसे विश्वास है कि गियर लगाने का तरीक़ा समझते ही चला लेगा। उसके मन से उस आदमी से, जो मर रहा है, मिलने का ग़ुस्सा और अटपटापन दोनों निकल गये क्योंकि उनका स्थान जीप ने ले लिया है, जिसे वह अपनी कल्पना में चलाना शुरू कर चुका है। ओपन जीप होगी कि मोटे कपड़े की छतवाली? उसने निर्णय कर लिया कि उसे ओपन जीप अच्छी लगती है और अगर छत होगी तो वह उसे उतार देगा।

कभी कोठी के चारों ओर जो तरतीब से लगी बाड़ होगी, अब जंगली झाड–झंखाड़ का रूप धारण किये हुए है। बरसों से नहीं काटा गया। लोहे के बने मुख्य दरवाज़े पर दोनों ओर से ऊपर उठती बोगनविला की बेलें, जिनके पत्ते और पतली टहनियाँ आपस में उलझे हुए। प्रवेशद्वार के ऊपर अर्ध–चन्द्राकार लोहे की सलाख़ लेकिन दोनों बेलें इस पर चढ़कर नीचे लटक रही हैं। लड़के को विश्वास हो गया कि जब वह गेट के अन्दर दाख़िल होगा तो ये लटकती टहनियाँ उसके सिर और कन्धे को छुयेंगी। लाल–सुर्ख़ और स्वर्ण–सुनहले फूलों के गुच्छे हिलते हुए, हालाँकि हवा बिल्कुल बन्द, साँस रोककर खड़ी हुई। इस बेल पर दो तरह के फूल क्योंकर? उसे 'क्रीपर' की हिन्दी आती है क्योंकि कैनेडावाले घर में लॉन की घास और मकान पर चढ़ी बेलें वही काटता है। एक बार काटने के पाँच डॉलर–उसके प्रतिदिन के जेबख़र्च के अतिरिक्त। वहाँ के घर की बहुत सारी चीज़ों के नाम वहाँ की माँ हिन्दी में बोलती है जैसे कि घास, फूल, बेलें और इन्हें काटने के लिए बड़ी कैंची। 'कैंची' शब्द बोलकर उसे वहाँ भी हँसी आ जाती थी, अब यहाँ भी आ गयी। उसने तय कर लिया कि आज का सबसे पहला काम होगा, गेट पर चौमुखा घेरा डाले इन बेलों को काटना और कोई आकार देना।

वह एकदम चौकन्ना हो गया, क्योंकि कॉटेज के अन्दर से कोई अन्धड़ गति से इस ओर आ रहा है। गेट तो बन्द था लेकिन साथ लगे झाड़ू में बड़ा सूराख़ बनाकर एक मुँह बाहिर निकला–बैठी नाकवाले कुत्ते का मुँह और बिना उसकी ओर देखे 'भौं' की आवाज़ फेंकी। ख़ुशीवाली स्वागती भौं। फिर बेलों को छिदरा–बिखराकर पूरा शरीर बाहिर। सिर उसकी ओर उठाया, स्वागत भय में बदला और बुल्डॉग की ख़ूनी नस्ल का कुत्ता भयभीत 'कीं कीं' की आवाज़ें निकालता भागा और उससे थोड़ी

दूर जाकर खड़ा हो गया। कुत्ते का पेट धौंकनी की तरह हिलता हुआ, आँखों में दुविधा–यह वही आदमी है, लेकिन नहीं भी। इस पर आक्रमण करे कि न करे? वह मुँह खोलकर साँस लेता और नोकीले दाँत चाकुओं की तरह चमकते।

लड़का बिना हिले–डुले अपनी जगह पर खड़ा का खड़ा। वह जानता है कि जब तक हम हिलें नहीं, बिल्कुल विश्वास अपनी जगह पर खड़े रहें, तो जानवर आक्रमण नहीं करते। उसे जंगल के क़ानूनों का पता है, क्योंकि हर साल वह समर कैम्पस पर जाता है। अब उसने कुत्ते की आँखों में अपनी आँखें डाल दीं। वायु–कम्पन पर सवार उसका स्नेह कुत्ते तक पहुँचा। जानवर महसूस करके ख़तरा पहचानते हैं, सोचकर नहीं। लड़के ने अपना हाथ थोड़ा–सा हिलाया अपनी तरफ़ और हिन्दी में कहा–"आ जाओ।" ये दो शब्द कुत्ते तक पहुँचकर मित्रता की डोर में बदल गये, मुँह बन्द। पेट की तेज़–तेज़ चलती धौंकनी बन्द।

"आ जाओ।" लड़के ने फिर कहा लेकिन अपनी जगह से हिला नहीं, क्योंकि उसे पता है कि दोस्ती शुरू करने की पहल हमेशा जानवर की तरफ़ से होती है।

कुत्ता आगे बढ़ा, ठिठका, और फिर एक लम्बी कूद लगाकर उसके पास आ गया और उसकी टाँगों से सिर रगड़ना शुरू कर दिया। लड़के ने उसके कान के पीछे खुजली की, कुत्ता ख़ुश हो गया, दोस्त बन गया–'गों–गों' की छोटी–छोटी आवाज़ें निकालता हुआ।

कुत्ते ने लोहे के बन्द गेट पर अपना सिर मारा–अन्दर चलो न! फिर वह झंखाड़ में बने सूराख़ से अन्दर दाख़िल हो गया और बरामदे में खड़ा होकर लगातार भौंकने लगा–बाहिर निकलो, कोई आया है!

वह गेट खोलकर अन्दर आया। अन्दर के किसी कमरे से एक बूढ़ी औरत बाहिर निकली। माथे पर हथेली की छतरी बनाकर उसकी तरफ़ देखा और ऊँची आवाज़ में कहा–"साहब, हस्पताल से इतनी जल्दी लौट आये?"

लड़के के चलते पाँव रुक गये। यह औरत किसके भुलावे में उसे साहब और हस्पताल से लौट आये कह रही है? वह थोड़ा आगे बढ़ा और उस कमज़ोर नज़रवाली बूढ़ी औरत के दृष्टि–दायरे में आ गया। औरत ने हथेली की छतरी माथे से हटायी। स्वागत के भाव, जो शायद अपने 'साहब' के लिए उसके चेहरे पर आये थे, एकदम उड़ गये। पहले उसकी

पलकें झपकनी बन्द हुईं, फिर चेहरे का हर हिस्सा शिथिल हो गया। अब वह बिना हिले–डुले उसे लगातार देखे जा रही है–अपलक और स्तम्भित।

कुत्ते का पेट नीचे झुका, लड़के की तरफ़ छलाँगने के लिए। बूढ़ी ने कुत्ते के गले में बँधे पट्टे में अपनी उँगलियाँ फँसाकर डरी हुई और ऊँची आवाज़ में कहा–"साहब, वहीं ठहर जाओ। टिप्सी बहुत लड़ाका है। काट लेगा। इसे ज़ंजीर से बाँध लूँ तब आगे आना।"

टिप्सी चाहे ठिगने क़द का है, लेकिन बुल्डॉग नस्ल के कुत्ते बहुत ताक़तवर होते हैं। लड़के की तरफ़ आने के लिए टिप्सी ज़ोर लगा रहा है, बूढ़ी उसकी खींच से घिसटना शुरू हो गयी।

"इसे छोड़ो, नहीं काटेगा।" लड़के की आवाज़ सुनकर बूढ़ी का हाथ पट्टे से निकल गया। वह जिस झुकी मुद्रा में थी, उसी में जम–सी गयी। टिप्सी अब लड़के की जाँघों से अपना सिर मल रहा है और उसकी कटी हुई पूँछ हाथ–पंखे की डण्डी की तरह हिलती हुई।

अब लड़के ने अपनी साँस रोक ली। बूढ़ी की आवाज़ सुनकर शायद वह आदमी बाहिर निकले जो उसका पिता है और जो मरने वाला है। उसी क्षण उसे याद आया कि वह आदमी घर में नहीं, बूढ़ी ने हस्पताल से लौटने की बात जो कही थी। वह सहज होकर बरामदे में चढ़ आया।

मकान का अगला हिस्सा सफ़ेद पत्थरों का है। लगातार बारिश, धूप, सर्दी और गर्मी की वजह से सफ़ेद पत्थर पीले–पीले। बरामदे के बाहिर लगी बेल दीवारों पर चढ़ने के बाद लतरों में लटकी हुई। मकान का मुँह इस छोटे फूलों–वाली बेल से बिल्कुल छुपा–ढँका। उसको अपने साथ पढ़ने वाली मोटी लड़की का चेहरा याद आ गया, जिसके कटे हुए बाल हमेशा चेहरे को ढाँपे रहते हैं और वह उन्हें लगातार पीछे करती रहती है। उस मोटी लड़की की याद से लड़का हँस पड़ा। टिप्सी ने उसे हँसता देखा, 'कूँ–कूँ' की और उसकी पैंट हल्के–से दाँतों में पकड़कर अन्दर खींचा। वह बूढ़ी और टिप्सी के पीछे–पीछे बड़े कमरे में दाख़िल हुआ।

सारी चीज़ें–मेज़, कुर्सियाँ, तिपाइयाँ, बुक–शेल्फ़, लम्बा सोफ़ा और दो छोटी सोफ़ा कुर्सियाँ, एकदम भारी और बड़ी–सब कुछ चमचम चमकता। बैठक की पीठ की तरफ़वाली छोटे दरवाज़े जितनी बड़ी खिड़की उसने खोली। सूरज इस समय इस खिड़की के ऐन ऊपर मँडरा रहा था। पानी की तरह धूप बहकर अन्दर आयी और लम्बे सोफ़े तथा बड़ी मेज़ के सिरे

पर रखी दो कुर्सियों पर लेट गयी। बाहिर शायद हौले हवा चल निकली। चाहे धूप में डुबोयी हुई, फिर भी मीठी ठण्डी। लड़के को झुरझुरी आयी? उसे साफ़ लगा कि कमरा भी काँपा। उसने बड़ी खिड़की के बाहिर झाँका। पहाड़ी, जिस पर मकान बना है, यहाँ एकदम ख़त्म। नीचे पहले जंगली झाड़ियाँ दिखीं, थोड़ा और नीचे जाकर ढलान, बिल्कुल गंजी की गंजी। खोह शुरू। यहाँ से आगे धूप नहीं पहुँच रही। पहले नीला अँधेरा। और फिर आगे नीचे, बहुत नीचे भरी दोपहर में भी रात। लड़के ने सोचा कि वहाँ चौबीसों घण्टे, सारा वर्ष रात रहती होगी! वे जगहें कैसी होती हैं जहाँ कभी दिन आता ही नहीं, हमेशा रात!

टिप्सी उसके पास आया। बिना भौंके उसकी पैंट दाँतों में पकड़ी और पीछे खींचा। लड़का जब बड़े सोफ़े के पास पहुँचा तो टिप्सी ने सिर से धक्का दिया कि बैठो। लड़का बैठ गया।

बूढ़ी पानी का गिलास हाथ में पकड़े अन्दर आयी। लड़के ने हाथ आगे बढ़ाकर ले लिया। पहले छोटा घूँट भरा, फिर गिलास को धूप या बुख़ार से तप आये अपने गालों से छुआ।

"काका, कहाँ से आये?"

"कैनेडा से।" बूढ़ी ने आज तक इस जगह का नाम नहीं सुना, क्योंकि वह आज तक मैदानों में गयी ही नहीं।

"कैनेडा कहाँ है?"

"कैनेडा में।" लड़के की आँखों में शरारती चमक। बूढ़ी पहले झेंपी, फिर हँस पड़ी। उन दोनों को हँसता देख टिप्सी ख़ुश हो गया और उछलकर सोफ़ा–कुर्सी में जा बैठा। अपने अगले पैरों पर सिर रखकर सो गया। लड़का जानता है कि इस नस्ल के कुत्ते दिन–भर सोएँगे और रात–भर जागेंगे।

"क्या खाओगे? भूख लगी है न! साहब तो देर में आयेंगे। शिमला, बड़े अस्पताल गये हैं।"

"दिन को नहीं खाता। दूध और अण्डा दे दो।"

बूढ़ी ने लड़के का क़द–बुत देखा, गठा शरीर देखा और पूछ ही लिया–"कितने अण्डे बनाऊँ?"

"चार। गर्म पानी में..." उसे 'ब्वायल' का हिन्दी शब्द नहीं मिल रहा।

"उबले अण्डे।" बूढ़ी ने बताया और लड़के ने अपने छोटे–से हिन्दी शब्दकोश में यह शब्द जोड़ लिया।

बूढ़ी चार उबले अण्डे, जो उसने छील दिये हैं और दूध का बड़ा जग भर लायी। प्लेट में रखे चाकू से लड़के ने अण्डों को दो–दो हिस्सों में काटा और बिना नमक लगाये खा गया। दूध का जग उठाया, बूढ़ी की तरफ़ देखा और एकबारगी सारा दूध पी गया। बूढ़ी ने ख़ुश होकर कहा–"हाँ, दूध ऐसे ही 'छीक' लगाकर पीना चाहिए। बड़े साहब घूँट–घूँट पीते हैं, तभी तो बीमार..." वह एकदम चुप और उदास हो गयी। लड़के ने 'छीक' शब्द दिल में दोहराया और याद कर लिया।

"लेटोगे? दूर से आये हो। थक गये होगे?"

"नहीं। कैंची दो।"

"कैंची। कैंची क्या?"

"बड़ी कैंची। बेलें काटूँगा।" लड़का जैसे तलाश करने के बाद शब्द बोलता है। बूढ़ी को विश्वास हो गया कि ज़रूर अंग्रेज़ है। वे लोग जब यहाँ रहते थे तो ऐसे ही टूटी हिन्दी बोलते थे। बूढ़ी के लिए जो कोई भी हिन्दुस्तान से बाहिर का है, अंग्रेज़ होता है।

"मेरे साथ आओ।" वह घर से बाहिर, छोटे बाग़ में बने कमरे के पास लड़के को ले गयी। लड़के ने दरवाज़े के सिर पर बना कुण्डा खोला। बूढ़ी ने उसे बताया–"यह स्टोर है। बाग़वानी की सारी चीज़ें यहाँ रख़ते हैं।" लड़के ने कुदाल, खुरपा, बड़ी कैंची और सम्बल देखा। दीवार के साथ लकड़ी की छोटी सीढ़ी भी है। उसने एक हाथ में सीढ़ी लटकायी, एक में बड़ी कैंची पकड़ी और गेट की ओर चल पड़ा।

उसने हाथ ऊँचे उठाये, गेट पर लगे आधे गोल सरिये तक उसके हाथ पहुँच गये। सीढ़ी ज़मीन पर लिटा दी। कैंची चलाकर देखी–ढीली। जोड़ पर लगे पेंच को कसा और हाथ ऊपर उठाकर नीचे लटक रही पहली टहनी काटी। टिप्सी वहाँ आ गया। ज़मीन पर गिरी टहनी उसने पहले सूँघी, फिर मुँह में उठायी और गेट से दूर सड़क के नीचे फेंक आया। लड़का काटे जा रहा है और टिप्सी उठाये जा रहा। बोगनविला को एक घरेलू चेहरा मिलना शुरू हो गया।

लड़का अन्दर नीचे चटायी पर सोया हुआ। उसने सोने के सिर्फ़ एक कमरे को देखा था, दो पलंग बिछे हुए। लेकिन किसी दूसरे के सोने के कमरे में लेटना उसकी कल्पना से भी परे था।

हम सो चुके हों तब भी आत्मा का एक हिस्सा लगातार जागा रहेगा, शरीर की पहरेदारी करता हुआ। उसकी श्रवणेन्द्रिय ने घूँ–घूँ की आवाज़ें ग्रहण कीं, उन्हें आत्मा के सुप्त हिस्से की तरफ़ धकेला, लेकिन लड़का जगा नहीं। जब हम सो रहे हों तो सत्य सपनों का रूप धारण कर लेता है। ब्रेक लगाने की कर्कश आवाज़ ने उसके सोये हिस्से को कन्धे पकड़कर झिंझोड़ा और वह एक ही लय में उठकर खड़ा हो गया।

बरामदे में आया। घर के आगे गेट तक पहुँचने का रास्ता सँकरा है, इसलिए जीप दूसरी तरफ़ के ज़मीन के चौड़े हिस्से पर मोड़ी गयी और अब उल्टी चलाकर गेट के सामने रोकी गयी।

पहले उसने सोचा कि गेट तक जाये, लेकिन नहीं। पिछले तीन दिनों से जमा हो रहे ग़ुस्से ने उसकी आत्मा को जकड़ लिया और वह उस आदमी के प्रति, जिसका उसे अन्तिम संस्कार करना है, पूरी तरह क्रूर हो गया।

वह आदमी जीप से नीचे उतरा। शाल कसकर लपेटी हुई। पहले गेट पर तराशी हुई बेलें देखीं, फिर मकान के साफ़–सुथरे मुँह को देखा और ठिठक गया। उसने तो किसी माली को नहीं बुलाया था, फिर? आसमान से उतर आये मैले कुहरे के पर्दे के आर–पार उसने देखा कि बरामदे में कोई खड़ा है। वह तेज़ी–से बरामदे की तरफ़ बढ़ा। पीछे–पीछे ड्राइवर।

लड़के ने उस मटमैले कुहरे में उस आदमी का चेहरा देखा–एकदम दमकते छोटे सूरज जैसा लाल–सुर्ख़, अँधेरे को काटता सूरज। पहले उसकी आत्मा काँपी, फिर सारा शरीर। उसने कसकर मुट्ठियाँ बन्द कर लीं। अब उसे समझ आया कि उसे देखकर टिप्सी क्यों डरा था, बुढ़िया क्यों डरी थी, क्योंकि उस आदमी के क़द–काठी, चेहरे–मोहरे और कन्धों की चौड़ाई तथा थोड़ा–सा मुँह ऊपर उठाकर चलने का तरीक़ा बिल्कुल उसकी तरह था। बिल्कुल लड़के का प्रतिरूप–बस, थोड़ा–सा पुराना। लड़के को पहला ख़याल आया कि झूठा तार देकर उसे बुलाया गया है। वह आदमी शत–प्रतिशत स्वस्थ है और उसका चेहरा सूरज की तरह दमक रहा है। लड़के का ग़ुस्सा और बढ़ गया क्योंकि जो भी झूठ हो, उससे वह घृणा करता है।

आदमी बरामदे के नीचे खड़ा उसे अपलक देख रहा है। चेहरे का सूरज बुझना शुरू हो गया और ऊपरवाले होंठ पर आया पसीना लड़के ने साफ़ देखा।

"सर, मैं गौतम मेहरा। कैनेडा से आया हूँ।" लड़के ने यह कहते हुए पहले सोचा कि मिलाने के लिए हाथ आगे बढ़ाये, लेकिन ऐसा नहीं किया।

उस आदमी के चेहरे पर एकदम ग़ुस्से का सूरज उग आया। वह काँपा। फिर प्रत्येक शब्द चबा–चबाकर बोला–"मेहरा ख़ुद क्यों नहीं आया? तुम्हें क्यों भेजा? डैम हिम!" किसी आदमी के मुँह से निकले शब्द साकार हो सकते हैं, इस बात का पता लड़के को पहली बार लगा। उसे पक्का हो गया कि 'डैम' शब्द कैनेडा तक पहुँच गया होगा। लड़के ने कोई जवाब नहीं दिया।

"मैं पूछता हूँ, तुम क्यों आये? अब शब्द पराजित और असहाय। लड़के को शुरू से सिखाया गया है कि जब कुछ पूछा जाये तो उसका जवाब देना ज़रूरी है, और सच जवाब देना। इस छोटी–सी जीवन–यात्रा में अभी तक उसने यह नहीं सीखा कि प्रत्येक बात का सच जवाब देना ज़रूरी नहीं होता।

"सर, मैं आपका अन्तिम संस्कार करने आया हूँ। कैनेडा में पापा ने बताया कि आपके देश में यह काम बड़ा लडका करता है, इसलिए भेजा।" फिर लड़के को लगा कि कहीं कुछ ग़लत हो गया। उसने धीमे से कहा–"आयम सॉरी, सर!"

ड्राइवर बोला–"मैं जाऊँ, साहब?"

"हाँ, और देखो, राठौर साहब को भेज देना। ज़रूर आयें।" उसने पर्स से बीस का नोट निकाला। ड्राइवर की ओर बढ़ाया।

"नहीं साहब, नहीं लूँगा।"

"रख लो, चाय–पानी के लिए। मैं राठौर साहब को थोड़े बताऊँगा?" ड्राइवर उसे 'जयहिन्द साहब' कहकर चला गया।

टिप्सी ने लड़के की पैंट दाँतों में पकड़ बरामदे से अन्दर खींचा। फिर उस आदमी की टाँग पर सिर रगड़ा–अन्दर चलो।

बैठक में आकर उस आदमी ने बड़ी खिड़की बन्द की, लेकिन जो कुहरा अन्दर आ चुका था, वह थोड़ा ऊपर उठकर छत के अन्दरवाले हिस्से–वितान के साथ चिपक गया।

"मैं चण्डोक हूँ, एस. चण्डोक।" उसे अपना परिचय अपने ही बेटे को देना अटपटा लगा। लेकिन उसके साथ तो सदैव जो कुछ हुआ, अटपटा और अनहोना। "तुमने खाना खा लिया, दिन का खाना?"

"सर, मैं दिन को नहीं ख़ता।"

"डोंट कॉल मी, सर!" मैं तुम्हारा पिता हूँ, समझे?"

"सर, मैं आपको पिता नहीं पुकारूँगा। आयम सॉरी!"

"सुनो, हर बात पर 'आयम सॉरी' कहना तुम्हें किसने सिखाया? हम चण्डोक हैं, ब्लडी चण्डोक। 'सॉरी' शब्द हमारे लिए नहीं बना। फिर कभी मत कहना।" यह बात उसने लड़के को समझाने वाले ढंग से नहीं कही, बल्कि अन्तिम सत्य बताने वाले ढंग से कही। लड़के ने साफ़ महसूस किया कि उसके रक्त ने रक्त की पुकार सुनी, यह नामर्द शब्द 'सॉरी' ख़ून ने शरीर से बाहिर फेंका और वह गौतम मेहरा से गौतम चण्डोक बनना शुरू हो गया। अनजानी शक्तियाँ, काली शक्तियाँ, क्षण मात्र में रक्त से रक्त की पहचान करा देती हैं। गौतम को 'चण्डोक' शब्द दिल में दुहराते हुए लगा कि ख़ून एकदम गर्म हो गया है।

"तुम्हारा सामान कहाँ है?" गौतम ने एयर–बैग की तरफ़ इशारा कर दिया।

"बस, गरम कपड़े नहीं लाये?" गौतम ने बैग के पास रखा आधी बाँहों का स्वेटर दिखाया।

"शायद मेहरा को याद नहीं कि इन दिनों यहाँ कितनी सर्दी पड़ती है? लगता है, कैनेडावाले बहुत ग़रीब हो गये हैं, क्यों?"

लड़के ने पहले सोचा जवाब दे कि ऐसी बात नहीं, फिर उसे लगा कि जिस ढंग से ग़रीब हो जाने वाला वाक्य बोला गया, उससे उसका अर्थ बदल गया है।

वह आदमी सोफ़े में बैठा, गौतम को पास बैठने का इशारा किया। लेकिन वह खड़ा का खड़ा रहा। न हिला न डुला।

स्मृति एक अथाह जल से भरा तालाब होती है। जल के नीचे, बहुत नीचेवाले काले हिस्से में जब कुछ हिलता है तो अन्दर से ठहरे जल में छोटा–सा कम्पन होता है। लड़के को बिल्कुल सही महसूस हुआ कि पानी में झीनी–सी हलचल हुई। उसकी सारी शक्तियाँ इस बेचैनी को कोई शब्द देने में जूझ गयीं। उसने अभी–अभी कुछ देखा, जिसका कारण यह कुरेद है। सिर से पैर तक का पूरा ज़ोर लगाया और शब्द मिल गया–जीप, बाहिर खड़ी जीप, जिसे वह जानता है।

वह लगभग दौड़ता हुआ बाहिर गया। उसके दौड़ते मन के साथ एक अक्षर उछलकर बाहिर आया—'जी' फ़ॉर गौतम। हाँ, उसने जीप की लोहे की सीट की पीठ पर अपने नाम का पहला अक्षर 'जी' लिखा था—कील के नोकीले सिरे से।

उसने एक झटके—से जीप की अगली सीट पर का मोटे कपड़े का कवर हटाया। अक्षर धुँधलाया हुआ। उसने ज़ोर—ज़ोर—से वहाँ हथेली रगड़ी। उसके नाम का पहला अक्षर अब बिल्कुल सही और स्पष्ट है। स्मृति के ठहरे हुए अथाह जल में अब हिलोरें उठनी शुरू हो गयीं। जीप पर सीट ख़राब करने के कारण उसके कान किसने मसले थे? उस आदमी ने नहीं जो अन्दर बैठा है? तो?

एक चमकता क्षण उसकी आत्मा के अँधेरे हिस्से में दमका, रोशनी एक छोटी—सी लहर की तरह उछली और फिर उस अँधेरे में विलीन हो गयी, लेकिन इस क्षणांश लौ में एक चेहरा क़ैद हो गया और तालाब के काले पानीवाले हिस्से से बाहिर निकलने लगा।

बाल कन्धों तक कटे हुए और भूरे रंग के। हवा के छोटे—से झोंके के कन्धों पर सवार होकर उस चेहरे को ढाँपने की ज़िद करते भूरे बाल और उन्हें लगातार पीछे हटाता चाकू—सा चमकता हाथ। चेहरा अथाह गहरायी से पूरा—का—पूरा बाहिर आ गया—मुझे पहचानो, मैं कौन हूँ?

लड़के की स्मृति में बैठा चमकीला हाथ हिला और चेहरे के बाल बिल्कुल पीछे हटा दिये। जिस गाल पर हाथ है वह धुँधला, लेकिन दूसरा गाल बिल्कुल साफ़ दिखायी दिया, उस हिस्से पर लाल सुर्ख़ गुलाब उगे हुए। तीखी नाक सिकुड़ी—मुझे पहचानते क्यों नहीं? अब आँखें दिखीं और उनमें छिपकर बैठी शरारती हँसी उछलकर होंठों पर आ बैठी। नीचे का होंठ थोड़ा टेढ़ा हुआ और लड़के की यादों में उस हँसी के छींटे बिखर गये। ऐसा हँसना उसने आज तक न देखा, न सुना है। अब आत्मा के अँधेरे हिस्से में हँसी के टुकड़े पहले पटाख़ों की तरह बजे और फिर एक फुलझड़ी की तरह प्रकाश की छोटी नदी में बदल गये। उसकी स्मृति की अगली पर्त हिली—उधड़ी। उसके मुँह में स्तन—गोल, सख़्त जिसे अपने छोटे हाथों में पकड़ने की उसकी लगातार कोशिश, लेकिन असफल। उसका ग़ुस्सा। नये निकले अगले दाँतों से स्तन काटना। छोटा—सा दर्द ज़रूर हुआ होगा। चमकीला हाथ उसके सिर को दबाव देता। चाहे उसकी

इन्द्रियाँ तब बन्द थीं, लेकिन हाथ का दबाव स्वाभाविक पशु–अर्थ समझाता हुआ–और ज़ोर से काटो। उसके दाँत उस सख़्त, लेकिन गोल मांस का कोई हिस्सा पकड़ने के लिए दायरे में दौड़ते। उसके सिर को थोड़ा ऊपर करता हाथ–उस गोल हिस्से पर उगे छोटे–से, कालापन लिये मांस के टुकड़े का उसके दाँतों में फँसना। उसका काटना और फिर हँसी–तेज़ी से नीचे गिरते एक झरने की धार–सी हँसी पहले मेज़ पर रखा फूलदान हिलाती, फिर सोये हुए पर्दे हिलते। वह और ज़ोर–से काटता। हँसी की चिंगारियाँ सारे कमरे में छिटक जातीं।

स्मृति में बैठे चेहरे ने फिर बाल, भूरे बाल पीछे हटाए–मुझे पहचानो। इस गुम हो गयी याद से जुड़ा शब्द लड़के की आत्मा से उठा, सरककर उसके गले तक पहुँचा–बाहिर निकलने के लिए छटपटाता शब्द। लड़के के होंठ पहले हिले, फिर थोड़े–से खुले और शब्द गले से उछलकर बाहिर कूद गया–माँ! उसकी माँ!

स्मृति के तालाब का जल हिलना बन्द हो गया। लड़के ने पीछे मुड़कर नहीं देखा, लेकिन उसे पता चल गया कि वह आदमी अन्दर से निकलकर बरामदे में आ गया है। वह दो लम्बे क़दम उठाकर उस आदमी के पास पहुँचा और पूछा–"सर, मेरी माँ का नाम क्या था?"

उस आदमी के चेहरे पर जवाब न देने का भाव आया। फिर उसे पता चल गया कि यह लड़का अपने सवालों का जवाब ज़रूर लेगा। इस उमर में प्रश्न सिर के पास लगातार घूमती मधुमक्खी होते हैं, उत्तर मिले तो पीछा छोड़ें।

"उसका नाम मुक्ता था, लेकिन हम सबने उसका नाम 'ब्राउन बॉम्बर' रखा हुआ था। इसी नाम से पुकारते थे।"

"मेरी माँ मरी कैसे?"

"जैसे लोग मरते हैं। जैसे मैं मरूँगा। जैसे तुम मरोगे।" और वह आदमी बरामदे से अन्दर मुड़ गया। उसके कन्धे थोड़े फैल गये और गर्दन तनकर अकड़ गयी।

हवा जो अब तक पेड़ों पर छिपकर बैठी थी, नीचे उतरी, पहले लड़के की नाक पर ठण्डी चिकोटी काटी, फिर उसके कानों पर बैठ गयी। लड़के के शरीर में झुरझुरी दौड़ी–ठण्डी हवा से अथवा आत्मा के अँधेरे कमरे से झाँकते उस चेहरे से, जिसका असली नाम तो मुक्ता था लेकिन घर का

नाम, प्यार का नाम 'ब्राउन बॉम्बर', और जो उसकी माँ थी। लड़के ने पूरी कोशिश की कि वह कटे भूरे बालों से घिरा चेहरा फिर दिखायी दे, लेकिन नहीं। वह उदास हो गया और थके हुए कदमों से अन्दर आया। उसकी नाक पर बैठी हवा नीचे उतरी और पेड़ पर वापस जा बैठी।

वह आदमी बैठक की पीठ पर बनी बड़ी खिड़की के सामने खड़ा, और टिप्सी उसको पीछे हटाने के लिए उसकी टाँग पर सिर मारता। टिप्सी ने कमरे में सिमटा बैठा तनाव सूँघ लिया। लड़के की ओर पल–भर देखा, घूरकर और फिर मुँह मोड़ लिया। लड़के ने पूछा–"मैं कितना बड़ा था जब कैनेडा गया?"

"चार साल के थे।" उस आदमी ने टिप्सी का सिर छूकर कहा।

"फिर उन लोगों ने झूठ क्यों बोला कि मैं एक साल का था तो मेरी माँ मर गयी, वह मुझे कैनेडा ले गये।"

"जब थोड़े बड़े हो जाओगे तो समझ लोगे कि जीवन में झूठ भी उतना ही ज़रूरी है, जितना सच।" उसकी आवाज़ थकी हुई।

तभी आवाज़ों की गेंदें उछलकर कमरे में आने लगीं। टिप्सी बाहिर भागा। लड़के ने आवाज़ों को शब्द से जोड़ लिया–मोटरसाइकिल। वह आदमी खिड़की के सामने से हटा, लम्बे सोफ़े में बैठा और बताया कि राठौर आ रहा है।

राठौर के हाथ में बड़ा–सा डिब्बा–खाने वाला। लड़के ने उसे नमस्ते की। राठौर ने बताया, "चण्डोक साहब, हम बस अड्डे पर मिल चुके हैं। गौतम ने यह भी बताया कि वह किस काम के लिए कैनेडा से आया है?" उसकी आवाज़ कसैली हो गयी। लड़का झेंप गया।

"राठौर! तुमने दुनिया देखी है। इस उम्र में लड़के घुमा–फिराकर बात नहीं करते, और फिर मैंने तार भी...अच्छा, छोड़ो। यह डिब्बे में क्या ले आये?"

"मुर्ग़ा। गौतम अब पहले ही दिन दूध और ब्रेड थोड़े न खायेगा? अब शाम का खाना मैं लाया करूँगा।"

"तो खोलो डिब्बा। वहाँ रात का खाना जल्दी खा लेते हैं। गौतम को भूख लगी होगी।"

राठौर ने खाना लगाया, लड़के की प्लेट में मुर्ग़े की टाँग, तरी में डूबी हुई। उसकी आँखों ने छुरी–काँटा तलाशा। राठौर ने बताया कि मुर्ग़ा खाने

का मज़ा हाथ से ही है–ऐसे। दोनों हाथों में उसने मुर्गे की गर्दनवाला हिस्सा पकड़ा और दातों से पकड़कर मांस छीला। लड़के ने अपने हिस्से की टाँग उठायी, मांस काटा, रसा उसके होंठों के आसपास लगा। राठौर हँसा। रोटी का ग्रास तोड़कर उसने अपने होंठ उस टुकड़े से पोंछे और फिर उसे खा गया। टिप्सी ने मीठी भभकी मारी मेरा हिस्सा। राठौर ने हड्डियाँ उसे दीं। टिप्सी ने गर्दन की लम्बी हड्डी मुँह में पकड़ी, अपने अगले पैरों पर टिकायी और सिर को झटका देकर बच्चा–खुचा मांस छीला। वह आदमी दूध पी रहा है, और कुछ नहीं खा रहा।

"राठौर, गौतम कपड़े नहीं लाया। खाकर इसके साथ पिछले कमरे में जाना। मेरे कपड़े वहाँ आलमारी में रखे हैं, शायद पूरे आ जायें।"

"पूरे क्या चण्डोक साहब, बिल्कुल फ़िट बैठेंगे। न आपसे एक इंच छोटा है न बड़ा।" फिर उसने गौतम के शरीर को अपनी आँखों से तौला–मापा–"हाँ, क़मीज़ें गले से खुली रहेंगी। इसकी गर्दन आपसे पतली है। कोई नहीं। कल सोलन से बनी–बनायी क़मीज़ें ले आयेंगे।"

"ठीक, लेकिन गरम कपड़े अगर पूरे आ जायें तो ड्राईक्लीन करवा लेना। मैंने पिछले बारह साल से नहीं डाले। फिनायल की तीखी गन्ध में लिपटे होंगे।" लड़के के खाते–खाते हाथ रुके–बारह साल से कपड़े क्यों नहीं डाले? लेकिन उसने पूछा नहीं, क्योंकि केवल तीन दिनों में वह समझदार हो गया है कि सारे प्रश्न पूछना ज़रूरी नहीं होता। और फिर उसे पता भी चल गया कि यह आदमी उसके प्रत्येक सवाल का जवाब नहीं देगा। यह बात सोचकर उसकी आत्मा का काला हिस्सा और गहरा काला हो गया। उसने दिल ही दिल में निर्णय लिया–मुझे क्या लेना, मैं तो जल्दी लौट जाऊँगा!

लड़का गहरी नींद के झूले में लेटा, सोया हुआ था। उसकी आत्मा का उजला हिस्सा आज बाहिर बैठा पहरेदारी नहीं कर रहा था। लड़के को ग़लती लग गयी थी कि जो कुछ सत्य है, उसे पता है। जब हम चौकस नहीं होते तब हमारी आत्मा की क़िलेबन्दी निर्बल पड़ जाती है। झाड़ी के पीछे छिपकर बैठी हिंसक स्मृतियाँ इस निर्बल क्षण की ताक में रहती हैं और तब हमारी आत्मा पर आक्रमण कर देती हैं। लगातार छीलते–छेदते तेज़–तीखे नाख़ून और इनसे कोई बचाव नहीं, क्योंकि इन क्षणों में आत्मा का उजला हिस्सा भी सोया होता है।

लड़का फिर एक ठहरे जल के अथाह तालाब में बदल गया। नीचे, बहुत नीचे के काले हिस्से में कुछ सरका और जल–साँप की तरह पानी से बाहिर सिर निकाला। एक बहुत छोटा हाथ। नन्ही उँगलियाँ जैसे आपस में चिपकी हुईं। हमेशा मुट्ठी बन्द। हाथ हिला। उसकी आत्मा में जो डार्करूम है, वहाँ चमकीले क्षण की चमक फैली और इस बन्द मुट्ठी वाले हाथ के साथ एक छोटा चेहरा जुड़ गया। लड़का अतीत में लौट गया। एक कमरा, तीखी गन्ध से भरा–भरा, एक पलंग जिस पर सफ़ेद चादर। एक औरत–नहीं, भूरे कटे बालोंवाली उसकी माँ। साथ लेटी नवजात बेटी।

सोते हुए भी लड़के का हाथ हिला। फिर उसका हिला हाथ आकार में छोटा हुआ और छोटी बच्ची की आँखों के आगे हिलना शुरू। तब वह नया–नया स्कूल में दाख़िल हुआ था और आँखों के आगे हाथ हिलाकर किसी को भी छेड़ने का खेल सीखा था। जिसकी आँखों के आगे हाथ हिलाता, वह आँखें झपकाता।

लेकिन इसके हिलते हाथ के बावजूद बच्ची की आँखें अपलक, वैसी की वैसी खुली। अब उसकी आत्मा में तीसरा हाथ उगा। चाकू–सा चमकीला हाथ। उराकी माँ का यह हाथ भी बच्ची की आँखों के दायें–बायें चला, लेकिन छोटे चेहरे पर उगी आँखें अपलक। अब इन स्मृति–चित्रों के साथ शब्द जुड़े, ज़हर–बुझे शब्द। माँ की चीख़–"यह अन्धी है, जन्म से अन्धी।"

चीख़कर बोले इन शब्दों ने सोये हुए लड़के की आत्मा में चक्कर मारा–"अन्धी, अन्धी, जन्मजात अन्धी।" गूँज के कुहराम से लड़के की आत्मा का उजला हिस्सा एकदम जागा, शरीर के बाहिर आया और उसे झिंझोड़कर जगाया।

वह आदतन, एकदम पूरा–का–पूरा जाग गया। स्मृति–पशु कमरे की बन्द खिड़की से बाहिर कूदा और झाड़ी के पीछे छिप गया–फिर से आक्रमण की मुद्रा में शरीर समेटकर ताक में बैठा हुआ। लड़के के हाथ चेहरे के सामने और सिर लगातार हिलता हुआ, कन्धे थोड़े सिकुड़े। बॉक्सिंग कोच ने बताया था कि अपना चेहरा बचाओ। प्रतिद्वंद्वी का मुक्का मुँह पर नहीं पड़ना चाहिए। लगातार रिंग में चलते रहो, ताकि प्रतिद्वन्द्वी आक्रमण का कोण तय न कर सके। वह सारे कमरे में घूम गया, कहीं कोई नहीं।

खिड़की उसने खोली। बाहिर छिपकर बैठी हवा के छापामार दस्ते ने खुली खिड़की से अचानक आक्रमण कर दिया। सर्द कीलें उसके सारे शरीर को छेद गयीं। छापामार दस्ता आगे बढ़ा और तिपायी पर रखे काँच

के गिलास को नीचे गिराकर तोड़ दिया। कमरे के सारे शत्रुओं का वध करने के बाद हवा बन्द दरवाज़े से भिड़ गयी। कमरे में लड़के की पीठ के पीछे, छोटी–छोटी गुर्राहटें। लड़का आधा झुका और घूमकर पलट गया। तो पशु अभी कमरे में ही है। उसका एक हाथ चेहरे के आगे और दूसरा आधा उठा, उसका किलर पंच। गुर्राहट एक लगातार 'गों–गों' की आवाज़ में बदली। लड़के के दृष्टि दायरे में टिप्सी आया, जो सारा दिन सोता है और सारी रात पहरेदारी में जागता है। टिप्सी ने खुली खिड़की देखी, ख़तरा यहीं से है। उछला, चौखट पर अगले दोनों पैर रखकर सिर बाहिर निकाला। छापामार हवा ने उसके सिर पर हल्ला बोला, लेकिन टिप्सी हवा से डरता नहीं।

खिड़की के बाहिर तो कोई नहीं। टिप्सी की चपटी नाक लगातार सिकुड़ रही है–शत्रु–गन्ध की खोज में। पलंग के सिरे पर लटकी चादर हटायी। एक तरफ़ से पलंग के नीचे घुसा और दूसरी तरफ़ से निकल आया। उसने गुर्राना बन्द कर दिया है, लेकिन पेट अब भी लगातार हिलता हुआ। वह लड़के के पास आकर खड़ा हो गया, उसकी जाँघ के साथ सिर लगाकर हौसला दिया कि कमरे में कोई शत्रु नहीं।

दो कमरे के बीच बने दरवाज़े से वह आदमी लड़के के कमरे में आया। पहले खुली खिड़की बन्द की, फिर सारे कमरे में खोज करती निगाहें दौड़ायीं। कहीं कुछ नहीं। फिर टिप्सी की प्रत्येक मांसपेशी कसी–कसायी क्यों?

"क्या हुआ? तुम जाग क्यों गये?"

"सर, कमरे में कोई आया था।"

"कहाँ से? खिड़की खुली छोड़कर सोये थे क्या?"

लड़के ने 'न' में सिर हिलाया और आँखें नीची कर लीं। उस आदमी ने टिप्सी के सिर पर हाथ रखा, दबाया, बाहिर का दरवाज़ा खोला। टिप्सी के गले में पड़े पट्टे को ऊपर खींचा और आज्ञा दी–"गो। सर्च। किल।" टिप्सी अन्धड़ की तरह उछला, बाहिर निकल गया।

"तुमने कोई भयानक सपना देखा होगा। लेट जाओ। लम्बी साँस लो।" लड़के को पकड़कर उसने पलंग पर बिठाया।

"सर, घर में कोई गन है? मुझे दें।" वह अन्दर गया, लौटा तो उसके हाथों में दोनाली बन्दूक़ थी। लड़के ने हाथ आगे बढ़ाकर बन्दूक़ पकड़ी।

"इसे पहले माथे से लगाओ।"

"क्यों?" लड़का हैरान।

लड़के ने बन्दूक़ का ठण्डा लोहा अपने माथे से लगाया और उसने साफ़ महसूस किया कि ठण्डे लोहे से एक शक्ति–लहर निकली और उसके शरीर में प्रवेश कर गयी। रक्त की रफ़्तार तेज़ हुई और उसकी आत्मा के आसपास एक सुरक्षा–कवच फैल गया।

टिप्सी अन्दर लौट आया। सिर झुका हुआ, शत्रु से आमना–सामना न होने की निराशा में। उस आदमी ने लड़के के बिस्तर की तरफ़ संकेत किया और आज्ञा दी, "स्लीप"। टिप्सी पलंग के पास बैठा, सिर अगली टाँगों पर रखा और आँखें बन्द कर लीं। वह आदमी अपने कमरे में जाने के लिए मुड़ा तो लड़के ने पूछा–"सर, क्या मेरी कोई बहन थी?"

"हाँ, जन्म से अन्धी। पैदा होने के थोड़े दिनों बाद मर गयी।" उसकी आवाज़ किसी गहरी खाई से निकली।

"क्या उसे मरने के बाद जला दिया था?"

"नहीं? बहुत छोटे बच्चों को दबाते हैं, जलाते नहीं।" यह कहकर वह अपने कमरे में चला गया।

लड़के की आत्मा से एक चित्र निकला–सफ़ेद चादर में लपेटा गया छोटा–सा शरीर। धरती पर रखा हुआ।

टिप्सी ने उसके पैरों पर अपना पंजा छुआ–अब सो जाओ। देख लिया है, कहीं कोई शत्रु नहीं। और दोबारा सोने से पहले लड़के को बिल्कुल याद आ गया कि वह छोटी बच्ची लगातार रोती रहती थी, चौबीसों घण्टे...

नये वर्ष की आज पूर्व संख्या है। राठौर उन दोनों को पैलेस होटल ले आया, चाहे चण्डोक साहब ने बहुत न–नू की। नीचे मैदानों से लोग नया साल मनाने आये हैं। गौतम ने आज नीले रंग का ब्लेज़र डाल रखा है, पोल्का जाट्स की लाल टाई के साथ। मैनेजर ने स्वयं स्वागत करते हुए पूछा–"चण्डोक साहब, आपका छोटा भाई है? कब आया?"

वे दोनों मुस्कराये।

रंग–बिरंगे गुब्बारे और रंग–बिरंगी रोशनियाँ। हॉल का प्रवेशद्वार बन्द है। हवा बिल्कुल अन्दर नहीं आ रही, लेकिन गुब्बारे फिर भी हिलते हुए। तेज़ संगीत की आवाज़ जब हॉल में फैलती है तो गुब्बारों को छेड़–छेड़ जाती है।

"गौतम, तुम कुछ ले लो। आज सब कुछ माफ़ है।" राठौर ने कहा।

लड़के ने उस आदमी की तरफ़ देखा, उसने स्वीकृति में सिर हिलाया। "मैं बीयर लूँगा। अभी हार्ड–ड्रिंक्स नहीं लेता।"

लोग तेज़ संगीत की धुन पर उतना ही तेज़ हॉल में नाच रहे हैं। पास ही मेज़ पर बैठी नौ–दस साल की लड़की इनकी ओर देखकर अपने माँ–बाप से कुछ ज़िद कर रही है और वे मान नहीं रहे। फिर उसकी माँ ने 'हाँ' में सिर हिलाया। लड़की उनके पास आयी, अपनी लाल नाक को उँगली से छूकर गौतम से पूछा–"मे आय हैव अ डांस विद यू?" गौतम अपनी जगह से उठा। आधा झुककर उसने लड़की की कमर में हाथ डाला और दोनों डांस–फ़्लोर की तरफ़ सरक गये।

बॉर की लम्बी मेज़ के पास खड़े लोगों ने ज़ोर–से तालियाँ बजायीं, नाचते जोड़ों ने इन दोनों को देखा और इनके लिए जगह बनायी। लड़की का चेहरा एकदम लाल है, सर्दी से या शर्म से। लेकिन नाच वह बिल्कुल ठीक रही है। बाक़ी जोड़े अब एक दायरे में खड़े हो गये हैं। संगीत और तेज़ बजा, गुब्बारे और तेज़ी–से हिले। गौतम को पता है, लड़की थक गयी है। नाचते हुए उसे हॉल–कमरे के किनारे की तरफ़ लाया, जहाँ बॉर–मेज़ है। ड्रम–बीट ने दोनों हाथों से सिर धुना और फिर एकदम चुप हो गयी, लेकिन गुब्बारे अब भी हिलते हुए क्योंकि ड्रम–बीट की आवाज़ें ऊपर उड़कर बाहिर निकलने का रास्ता तलाश रही हैं।

बॉर–मेज़ के पास खड़ा आदमी लगातार उसे देख रहा है, अपने साथ खड़े लोगों से कुछ कहता हुआ। साथ के लोग उसे रोक रहे हैं। गौतम अपने स्कूल का पेशेवर बॉक्सर है, इसलिए ख़तरे सूँघने की उसकी शक्ति बहुत तीव्र है। उसे पता चल गया कि मोटा आदमी कुछ–न–कुछ कहेगा, करेगा। उसके हाथ मुट्ठियों में बँध गये। जेब से रूमाल निकालकर उस छोटी लड़की के चेहरे का पसीना उसने पोंछा। मोटा आदमी, जिसके बाल बहुत लम्बे हैं, अपने साथियों को परे धकेलकर उसके पास आया–"तुम चण्डोक हो?" उसकी आवाज़ में शराबी ग़ुस्सा।

"नहीं, मैं गौतम मेहरा हूँ।" यह जवाब देते हुए उसने आक्रमण–कोण तलाश लिया। लड़ाई हुई तो पहला मुक्का मोटे के पेट में मारेगा।

"तुम झूठ बोल रहे हो। यू ब्लडी...!" उस आदमी ने बहुत ऊँची आवाज़ में गाली दी। लोगों ने बोलना बन्द कर दिया। इससे पहले कि गौतम कुछ करे, चण्डोक और राठौर वहाँ, बॉर के पास आ गये।

"गौतम, रिलैक्स।" उसने गौतम को अपनी पीठ के पीछे किया और उस मोटे आदमी के सामने खड़ा हो गया। बिल्कुल धीमी आवाज़ में पूछा–"मैं चण्डोक हूँ। बोलो, क्या करना है?"

उस मोटे और लम्बे बालोंवाले आदमी ने चीख़कर कहा–"तुम जेल में मरे नहीं, अभी तक ज़िन्दा हो? आज मैं तुम्हारा ख़ून कर दूँगा। अपने भाई के ख़ून का बदला लूँगा।" बॉर–मेज़ के पास खड़े लोग इनके पास आ गये। राठौर आगे बढ़ा, चण्डोक ने उसे हाथ से पीछे किया। आँखें उस आदमी की आँखों में डाल दीं। पहला युद्ध तो दृष्टि–युद्ध होता है, जिसे हारना हो, उसकी आँखें पहले झुकती हैं।

"मैं प्रकाश अग्रवाल हूँ, उसका छोटा भाई। मैं तुम्हें मार डालूँ..." उससे वाक्य पूरा नहीं हुआ। मुँह से झाग निकल रही है।

"तुम्हें बांग्ला भाषा आती है?" चण्डोक की आवाज़ बिल्कुल सर्द?

"नहीं, क्यों?" उस मोटे आदमी की आँखें झपकीं।

"बांग्ला में एक मुहावरा है–बाघ जब झपटता है तो कम–से–कम सात घाव होते हैं। और फिर ख़ून करने के लिए जिगरा चाहिए, रुपये नहीं। तुम इसी वक़्त यहाँ से चले जाओ।" उस मोटे आदमी की आँखें झुक गयीं। गहनों से लदी–फदी उसकी पत्नी वहाँ आयी, उसका हाथ पकड़कर खींचा और रोती हुई आवाज़ में कहा–"यहाँ से चलो। यह आदमी तुम्हारी हत्या कर देगा।" मोटे के मुँह पर पसीना आ गया।

राठौर ने उसका हाथ पकड़ा और कड़ककर कहा–"चलो, मैं तुम्हें बाहिर तक छोड़ आऊँ। वैसे मैं तुम्हें पुलिस–चौकी भी ले जा सकता हूँ। सरेआम क़त्ल करने की धमकी देने की, शायद तुम्हें पता नहीं, क्या सज़ा होती है? बोलो, घर जाना है कि थाने?"

"सर, इन्हें हम घर ले जायेंगे। नशे में कह गये। इन्हें छोड़ दीजिए।" उसके साथ के लोगों ने प्रार्थना की। राठौर ने उसका हाथ छोड़ा, वे लोग बाहिर निकल गये।

गौतम का सिर झुका हुआ और चेहरा घृणा में नहाया हुआ। तो यह आदमी, जो उसका पिता है, ख़ूनी है, इसने मर्डर किया था!

"गौतम, चलो।" उसका कन्धा छूकर उसने कहा।

गौतम छिटककर पीछे हो गया। उसकी आँखों में नफ़रत का दरिया बह रहा है–"डोंट टच मी" वह काँप रहा है। बॉर के पास खड़ा एक सिख बुज़ुर्ग गौतम के पास आया।

"काका, लगता है, तू यहाँ का रहने वाला नहीं। क़त्ल मर्द करते हैं, मर्द। गर्दन तान ले। तेरा बाप जवाँमर्द है। हमारे यहाँ किसी का ख़ून करना पाप नहीं, वीरों का कर्म होता है। जा, घर जा। वाहे गुरु का नाम ले।" गौतम का नीचे झुका सिर ऊपर उठा। उसके मन से विदेशी संस्कृति के ओढ़े हुए संस्कार जैसे किसी ने गीले कपड़े से पोंछ दिये। उसके अपने देश के, अपने पिता के चण्डोक ख़ून ने हुंकार मारी और उसकी आँखें चमकने लगीं।

"चलिए, घर चलें।" लेकिन जिसे यह कहा, उसका रंग तो एकदम सफ़ेद हो गया है। ऊपर के होंठ पर पसीने की मोटी पर्त। कहीं...उसके स्कूल में प्राथमिक चिकित्सा की शिक्षा भी दी जाती है। किसी को हार्ट अटैक हो तो उसके कपड़े ढीले कर देने चाहिए। उसने उस आदमी की टाई की गाँठ नीचे खींचकर ढीली की। क़मीज़ का ऊपरवाला बटन खोला। राठौर ने कन्धों के इर्दगिर्द बाँह लपेटी और तीनों बाहिर जीप के पास आ गये।

"राठौर अंकल, आप इनके पास पिछली सीट पर बैठ जायें। छाती पर मसाज करें।" उसे 'मसाज' का हिन्दी शब्द नहीं पता।

राठौर ने उन्हें लम्बी सीट पर लिटाया। जीप स्टार्ट करने से पहले गौतम ने पीछे मुड़कर पूछा—"उस मोटे आदमी का भाई मेरी माँ का दोस्त था न?"

'हाँ' में सिर हिला।

"वह जब घर आता था और माँ उसके पास बैठकर बातें करती थी, तब मैं भी उसे मारने के तरीक़े सोचता था।"

गोल सड़क से गेट तक आते—आते गौतम ने जीप दूसरे गियर में डाल दी। 'हुआ—हुआ' की इंजन की चिंघाड़ ने उस सर्द रात का कलेजा चीर दिया। गियर बदला, इंजन की चिंघाड़ एक समतल गर्जना में बदली। ठिगनी पहाड़ी का मोड़ भी उसने तीसरे गियर में काटा। राठौर सोचता है कि अब गौतम गति कम करेगा, क्योंकि कॉटेज के प्रवेशद्वार के पास जीप रिवर्स करके ले जाते हैं।

लेकिन नहीं। गौतम ने गति और बढ़ा दी। सँकरी सड़क पर जीप के एक तरफ़ के दो पहिए ज़मीन से उठे, उसने स्टीयरिंग ढीला छोड़ा, पहियों ने ज़मीन को अपनी पकड़ में फिर लिया। गेट खुला है। उसने तेज़ मोड़ काटा और बरामदे के सामने जीप जैसे तैरती हुई रुकी। गौतम ने कुछ

क्षणों के बाद जीप बन्द की। टिप्सी बरामदे में खड़ा गुर्रा रहा है–जीप ऐसे चलाते हैं? राठौर ने उन्हें सहारा देकर नीचे उतारा।

"चण्डोक साहब, मैं अभी डॉक्टर लेकर आया।"

"नहीं, मेरे साथ अन्दर चलो। सब कुछ ख़त्म हो गया।"

"मैं तो पहले ही कहता था, गौतम को बता देना चाहिए।"

"मैंने आज तक किसी का कहा माना है क्या?" उसने मरी हुई मुस्कान से जवाब दिया और तीनों अन्दर आ गये।

"क्या फिर दर्द..."

"रिलैक्स, गौतम! मुझे कुछ नहीं हुआ।" उसने जेब से एक लम्बी चाबी निकाली। गौतम को पकड़ायी और कहा–"उस स्टील एलमिरा से पाँच हज़ार रुपये निकालो। बण्डल अलग पड़ा है।" राठौर हैरान, गौतम हैरान। इस समय पाँच हज़ार का क्या करना है! गौतम नोटों का बण्डल निकाल लाया। उसने राठौर को पकड़ाने का इशारा किया।

"यह क्या...?"

"राठौर, बहस मत मरो। ये रुपये रख लो। मेरा बुलावा आ गया। गौतम के साथ हरिद्वार जाना। अकेले मत भेजना।"

राठौर ने दोनों हाथों से चेहरा ढाँप लिया। उसकी पीठ लगातार हिल रही है। गौतम ने उसे छूकर कहा–"प्लीज़, अंकल!"

"यह तुम्हें क्या हो गया है? कभी सुना है कि राठौर और चण्डोक रोते हों? तुम जानते हो, हमारी तरफ़ मरने को क्या कहते हैं? कोई मर जाये तो कहते हैं 'पूरा' हो गया। ज़िन्दा रहना तो आधा जीवन होता है, मृत्यु हमें पूरा करती है।"

"मैं आज रात यहीं रहूँगा।"

"नहीं, तुम घर जाओगे, अपने बच्चों के पास। नया साल वे अकेले मनायेंगे क्या? सवेरे आ जाना।"

राठौर बिना कुछ कहे बाहिर निकल गया।

"गौतम, मेरा बिस्तरा ज़मीन पर लगा दो।"

उसने फ़र्श पर बिस्तरा लगाया। वह आदमी नीचे लेट गया। "सुनो, मिट्टी का दीपक रसोई में पड़ा है। यहाँ मेरे सिर के पास रखकर जला दो।" गौतम दीया लाया, उसे जलाया और उसकी आँखों में उग आये प्रश्न का उस आदमी ने जवाब दिया–

"आदमी जब मर जाता है तो उसकी आत्मा शरीर छोड़कर अपने असली घर, परमात्मा के पास जाती है। अँधेरे में यात्रा करते हुए आत्मा को डर लगता है, इसलिए रास्ता दिखाने के लिए दीपक जलाते हैं।" गौतम फ़र्श पर बैठ गया। दूसरी तरफ़ अगले पैरों पर सिर रखकर टिप्सी लगातार चपटी नाक फैलाकर आन`वाले शत्रु की गन्ध पकड़ रहा है।

"टिप्सी, गो। स्लीप।" लेकिन आज पहली बार टिप्सी ने आज्ञा नहीं मानी। उसने आँखें बन्द कीं। लम्बी साँस ली। आँखें खोलीं।

"तुम्हें पता है, तुम्हारी छोटी बहन हमेशा क्यों रोती रहती थी?" गौतम ने 'न' में सिर हिलाया।

"ब्राउन बॉम्बर उसे अपना दूध नहीं पिलाती थी। बच्ची गाय का दूध पचा नहीं सकती थी।"

"माँ दूध क्यों नहीं पिलाती थी?"

"कहा कि इस अन्धी के लिए मैं अपनी फ़िगर ख़राब करूँ? नहीं करूँगी। इसे मरने दो। उस औरत को अपने शरीर पर बहुत गर्व था।" उसने फिर आँखें मूँद लीं।

गौतम को पता है, बच्ची भूख से नहीं मरी। अब स्मृतियाँ काले तालाब से बाहिर नहीं निकल रहीं, आत्मा के उजले हिस्से में लगातार चल रही हैं—माँ का दोस्त उस दिन घर आया था। उसके कहने, समझाने पर माँ ने पहली बार बच्ची को अपना दूध पिलाया। बच्ची ने रोना बन्द कर दिया। पिता कमरे से बाहिर गये थे। वह दरवाज़े के पीछे छिपकर खड़ा था। जब भी वह आदमी माँ के पास होता था, गौतम दरवाज़े के पीछे छिपकर सब कुछ देख़ता था। उस आदमी ने बाहिर झाँका था। फिर आश्वस्त होकर उसकी माँ को इशारा किया। माँ ने तकिया उठाकर अन्धी बच्ची के मुँह पर रखा और ज़ोर—से दबाया। दरवाज़े के पीछे खड़े लड़के को यह नया खेल बहुत अच्छा लगा। आज रात को वह पापा के मुँह पर तकिया रखकर नया खेल खेलेगा और उस रात उसने पापा के मुँह पर तकिया रखा भी था।

"आपको पहले उस औरत की हत्या करनी चाहिए थी।" उसने आँखें खोलीं, वे अब बिल्कुल निर्मल हैं, न पश्चात्ताप, न किसी पाप की छाया।

"पहले मैंने उसी की हत्या की थी। स्टोव में मिट्टी के तेल की जगह पेट्रोल डाला था। तब हमारे शहर में कुकिंग गैस नहीं थी। ब्राउन बॉम्बर

को चाय बहुत अच्छी लगती थी। सवेरे का पहला प्याला अपने हाथ से बनाती थी।" टिप्सी की पशु–इन्द्रियाँ समझ कुछ नहीं रहीं, लेकिन उस आग से जलती औरत का दृश्य शायद उसके अन्दर भी उगा। वह गुर्राया। दरवाज़े पर दस्तक हुई।

"अम्मा होगी। उसे कमरे तक छोड़ आओ।"

गौतम को अब तक पता चल गया था कि इस देश में बूढ़ी नौकरानियों को 'अम्मा' कहते हैं। बाहिर निकला। अम्मा का हाथ पकड़ा, कॉटेज के पीछे बने छोटे कमरे की तरफ़ ले चला। अम्मा लगातार कोई मन्त्र पढ़ रही है। उसके कमरे के पास पहुँचकर गौतम ने पूछा, "अम्मा, जब मौत आती है तो कैसे पता चलता है?"

"काका, मौत और भूचाल जब आते हैं, तो दरवाज़े की साँकल बजाकर आते हैं।" वह मुँह पर हाथ रखकर अपने कमरे में चली गयी।

उस आदमी की आँखें बन्द हैं। टिप्सी कमरे में लगातार घूम रहा है, शत्रु की प्रतीक्षा में। गौतम नीचे बैठा।

"उस आदमी को आपने गोली मारी थी?"

"गोली? नहीं। उसकी गर्दन तो मैंने दोनों हाथों में पकड़कर एक झटके में तोड़ दी थी। ब्राउन बॉम्बर के जलकर मरने की वजह से पुलिस पूछताछ के लिए आयी थी। उस आदमी ने पुलिस के सामने मुझ पर हत्या का इल्ज़ाम लगाया। उसने सबके सामने कहा कि बाउन बॉम्बर उसकी प्रेमिका थी, शादी से पहले की प्रेमिका। मैंने सबके सामने उसकी गर्दन तोड़ दी। चौदह साल की क़ैद हुई।"

"आप न मारते तो मैं उसका ख़ून कर देता।" यह सुनकर उस आदमी के सफ़ेद चेहरे पर ख़ून लौट आया। कमरे में फिर एक छोटा–सा सूरज निकल आया।

"अब तुम अपने कमरे में जाकर सो जाओ।"

"नहीं पापा, मैं आपके पास बैठूँगा।"

उसने गौतम के हाथ अपने हाथों में पकड़े। लड़के को लगा, लोहे का एक शिकंजा है जिसने उसके हाथ जकड़ लिये हैं। हाँ, यह हाथ किसी की भी गर्दन तोड़ सकते हैं। 'पापा' शब्द सुनकर उस आदमी की सूखी पड़ चुकी आत्मा पर बारिश की पहली बूँदें गिरीं। उसका चेहरा बिल्कुल शान्त।

"जाओ, सो जाओ। मैं ठीक हूँ।"

गौतम अपने कमरे में आकर लेटा। वह निश्चिन्त है कि मौत आयेगी तो उसे पता चल जायेगा। साँकल जो बजेगी! उसे एकदम नींद आ गयी, क्योंकि अब उसकी आत्मा का कोई हिस्सा काला नहीं। झाड़ियों के पीछे ताक लगाकर बैठे पशु भाग गये हैं।

शव पर सूखी लकड़ियाँ सजायी जा चुकी हैं। गौतम को पता ही नहीं चला था कि मृत्यु कब आयी? उसे अब भी ग़ुस्सा है बूढ़ी अम्मा पर। झूठ क्यों बताया था कि साँकल बजेगी।

शव को कन्धों पर उठाकर राठौर अंकल और सादे कपड़ों में उसके थाने के सिपाही यहाँ लाये हैं। पण्डित जी ने गौतम की कलाई पर मोटा–सा लाल धागा बाँधा और मन्त्र पढ़ने लगे, जो उसे समझ नहीं आ रहे। अम्मा ज़मीन पर बैठी ऊँची आवाज़ में लगातार रो रही है और राठौर अंकल को उनके एक सिपाही ने कन्धे से पकड़ रखा है, लेकिन गौतम बिल्कुल शान्त और चुप। उसकी आँखों में सूखा पड़ गया है। मन्त्र पढ़ते हुए पण्डित जी रुके। गौतम से पूछा, "पिता का नाम बताओ।"

"एस. चण्डोक।"

"काका, पूरा नाम बताते हैं।"

गौतम को पूरा नाम पता ही नहीं, बताये कैसे?

"पण्डित जी, पूरा नाम सत्येन्द्र चण्डोक है।" राठौर ने बताया।

चिता जल चुकी है। आग सबसे पहले सिर के बालों को लगी। सारे के सारे बाल पलक झपकते जल गये।

पण्डित जी ने एक लम्बा बाँस उठाया, गौतम को पकड़ाया। गौतम ने हैरान होकर उनकी तरफ़ देखा।

"काका, अब कपाल–क्रिया करनी है।"

"कपाल–क्रिया! वह क्या होता है?"

"तुम इस बाँस से मुर्दे की खोपड़ी तोड़ दो, एक ही चोट से। फिर बाँस को चिता के परे फेंक दो।"

गौतम ने बाँस पकड़ा, बिल्कुल वैसे ही जैसे फेंकने से पहले स्कूल में जैवलिन पकड़ता हो। साँस रोकी, शरीर की सारी शक्ति हाथों में समेटी और पूरी ताक़त से बाँस का सिरा खोपड़ी पर मारा। सिर के टुकड़े–टुकड़े हो गये। उसने बाँस चिता के पार फेंका। हवा में तैरता बाँस बहुत दूर जाकर गिरा।

खट्–खट् की आवाज़ हुई। उसने अपने पिता का टुकड़े–टुकड़े हो गया सिर देखा। 'खटाक' की आवाज़ के साथ उसकी आत्मा पर लगी साँकल खुल गयी। सारा ग़ुस्सा, सारी नफ़रत आत्मा से बाहिर निकलकर उसके गले तक पहुँची। उसने लम्बी चीख़ मारी, जो जैवलिन फेंकने के बाद मारी जाती है। उसकी आँखों में बैठा सूखा धुली हुई आत्मा के पानी में डूब गया। उसने दूसरी चीख़ मारी। अब वह ज़मीन पर बैठा लगातार बिलख–बिलखकर रो रहा है और उसकी आत्मा लगातार उजली हो रही है। पेड़ पर बैठे परिन्दों ने दूसरी चीख़ सुनी, फड़फड़ाकर उड़ान भरी और ऊँचे, बहुत ऊँचे गोलायी में उड़ना शुरू हो गये।

□□